·奇想文库·

小王子计划和消失的黄金宝藏

[意] 帕尔多文尼高·巴卡拉里奥 著

范 琛 译

你现在对于我来说，还只是一个普通的男孩，和成千上万其他男孩一样。而且，我并不需要你。同样，你也不需要我。对于你来说，我和成千上万其他狐狸没有两样。但是，如果你"驯养"了我，我们就会彼此需要。你对我来说，就会是独一无二的。我对你而言，也是独一无二的……

——圣埃克苏佩里《小王子》

　　人们不应该以士兵的素质来判断世界上的任何人，否则就没有文明。

——埃尔温·隆美尔

　　本故事纯属杜撰，如有雷同，纯属巧合。

奇想国童书
Everafter Books

项目策划　奇想国童书
特约编辑　李婉婷
版式设计　李燕萍

目 录

01	拿破仑旅店	1
02	走进旅馆	8
03	开始新生活	13
04	广场上的葬礼	19
05	布伦特	22
06	空棺材	29
07	见面前夜	39
08	出 发！	43
09	普什巴赫	45
10	秘密基地	53
11	一通电话	57
12	布伦特的笔记本	62

13	搜寻笔记本	67
14	空荡荡的房子	73
15	客　人	80
16	共进晚餐	84
17	争　论	89
18	怀　疑	93
19	初见马蒂斯	98
20	推　理	110
21	消失的第三本日记	114
22	新发现	119
23	不要碰那个锅炉	128
24	第三本日记！	131
25	合　作	139
26	翻译日记	144
27	潜　水	151
28	四个问题	154

29	花园里的十字架	161
30	疑　问	167
31	无所事事	170
32	分开行动	172
33	拜访马蒂斯	176
34	钥　匙	187
35	偷放录音机	191
36	黄金转移计划	197
37	蝴蝶特工	207
38	达成共识	213
39	不速之客	218
40	思绪万千	221
41	修整旅店	224
42	做弥撒	229
43	酒馆的照片	235
44	查尔兄妹的秘密	244

45	昏昏沉沉	254
46	枪　响	258
47	毫发无伤	267
48	运动员的名字	270
49	发现锡盒	274
50	黑色日记本	276
51	沙漠之狐遇到了海狼	279
52	计划开始	286
53	《小王子》的秘密	295
54	原形毕露	302
55	求　救	308
56	搜寻宝藏坐标	311
57	出　逃	316
58	发现潜艇	318
59	分头行动	322
60	进入潜艇	324

61	危　险！	327
62	消失的黄金宝藏	330
63	自　救	341
64	清　醒	345
65	枪响之后	348
66	勇敢的米拉贝尔军士	352
67	回　家	355
68	事　实	361
69	航海日志的真相	365
70	神秘的压舱物	368
71	胜　利！	374
72	白驹过隙	379

01
拿破仑旅店

　　不难理解爸爸为什么会爱上拿破仑旅店。这是一座颇有年代感的旅店，就建在镇外的沙丘旁，距离镇子大约三四百米。旅店的外边围着一圈被太阳烤得干巴巴的芦篱，前面还有一个院子，里面种着许多有上百年树龄的雪松。自从旅店关门以来，院子一直无人打理，变得荒草丛生。我们在乘船渡海期间，已经听爸爸滔滔不绝地描述了好多遍。所以，第一次看到这座旅店时，我就觉得它似曾相识。它就像一个坐在沙漠中的石头巨人，身上缠绕着爬山虎和紫藤，排水沟里堆满了落叶。而此时此刻，我正坐在汽车的后座上，挤在米拉贝尔和延斯卡中间，一只耳朵听着从延斯卡的头戴式耳机里传出的摇滚乐的嘶嘶声，另一只耳朵听着米拉贝尔熟睡中发出的呼吸声。出发时，米拉贝尔怎么都不愿意系安全带，但她大哭大闹都不管用，闹着闹着就睡着了。转眼间，我们已经开出了八十五公里。

妈妈坐在宽敞的副驾驶位上。自打我们远远望见旅店后，她就再没有说过一句话。

我们的标致牌旅行车绕着沙丘拐了一个急转弯，旅店又消失在了沙丘的背后。当我们驶过一座低矮的石头房子，回到颠簸的直道上时，旅店一下子重新出现在我们的视线中，而且已经近在咫尺了。

这是一栋四层小楼，屋顶是斜坡式的，看起来活像一把立着的大伞。在缺少雨水的沙漠地带建造这样的屋顶，真是毫无必要。旅店就这样矗立在沙丘的最外围，仿佛是要帮沙丘抵挡一波又一波的海浪——在它的另一侧，离公路不到一百米的地方，就是波光粼粼的大海。

当爸爸减慢车速，打开转向灯时，妈妈终于小声叫道："乔治·多米尼克……"爸爸姓雷纳德，名叫乔治·多米尼克，这是一个典型的安特卫普人的名字——爸爸就是在那儿出生的。每当妈妈叫他"乔治·多米尼克"时，就意味着她有重要的话要说了。

不过，这次妈妈没再说下去。旅店的大门上挂着一条铁链和一把大锁，没关系，爸爸拿着钥匙，我们一家现在是拿破仑旅店的新主人。爸爸刚一下车,妈妈就转过身来,望向我们兄弟姐妹四人,最后把目光锁定在我脸上——她别无选择,因为延斯卡正在忘我地跟着摇滚乐摇头晃脑,米拉贝尔睡得正香,而我的哥哥法布里斯,别人是看不见的,因为他已经不在这个世界上了。

"莫里斯,我们到了。"妈妈对我说。

她是微笑着说的,但看起来——至少在我看来——有点儿心神不宁。

"那些是什么?"我把身子探向前排,指着前面问道,"你看,就是大门上挂着的那些东西。"

妈妈起初想把这个问题搪塞过去,就像她经常做的那样。有一次,当我问她看到雅克·希拉克再次赢得大选高不高兴时,就被她搪塞了过去。但是这一次,在我的一再追问下,她只好回答道:"乖孩子,我也不知道。会不会是……兔子皮?"

还真被妈妈说中了。不知是哪个家伙,竟然在大门上挂了十三张兔子皮。很难说这是某种欢迎仪式,还是有什么别的含义,反正让人看着不舒服。爸爸却仿佛没看见一般,从容地走向大门,把钥匙插进锁眼里,将打开的锁从铁链上取下,然后推了一下。大门嘎吱一声,发出可怕的声响,不过仍不足以将米拉贝尔从熟睡中惊醒。

"铁链都锈了。"爸爸回到车上后感慨道。他吻了吻妈妈——这是只有当他心情特别好的时候才会做的事情。爸爸踩下离合器，挂到空挡，旅行车在惯性作用下驶完最后几十米。我们就这样静静地、悄无声息地、仿佛内心有愧似的进入了拿破仑旅店空无一人的院子。我们穿过硕大的龙舌兰丛和疯长的藤蔓，接着又经过那些生长了上百年的黎巴嫩雪松。

旅行车在树荫下的砾石地上停了下来，我们谁也没有说话。从爸爸那一侧开着的车窗外，传来无人之地特有的一阵又一阵知了的叫声、海浪的拍打声和给人以神秘感的窸窸窣窣的声音。

我太喜欢这个地方了。我把身子挤向前排座椅，迫不及待地想要下车看看。

"怎么样，还不错吧？"爸爸说道，不过他并不是真的在问我们谁的意见。

"真是太棒了。"我回答道。

我在心里小声问道："法布里斯，你喜欢这里吗？"

爸爸推开车门，激动地宣布："大家快下车吧！我们到啦！"

我和妈妈跟着爸爸下了车。这时，米拉贝尔也醒了过来。延斯卡看到我们站在车外，便伸长脖子，和我们一同打量起旅店来。

"不会就是这栋破房子吧？"这是她唯一的评价。

不过我们已经习惯了她这种反应。

她说这话的时候，我已经一瘸一拐地（我的两条腿不一样长）绕过旅行车，在旅店的入口前停住了脚步。入口处搭着一个大藤架，表面的油漆已经被腐蚀得斑驳、脱落。一阵和风从芦篱的缝隙中拂过，金雀花灌木丛微微摇晃，好似豪猪在抖动着背刺。我顺着一条铺着木板的残破小道望去，只见它一路穿过沙滩，消失在海浪的粼粼波光里。大海离我那么近，以至于我觉得自己站在这里，一抬手就能把石子儿丢到海里去。

"怎么样？是不是很棒呀？"爸爸又一次说道，他从我们小山一般的行李堆中拎出一个手提箱跟了上来，"瞧瞧，这难道不是你们梦寐以求的房子吗？"

"可不是嘛。"我心想，米拉贝尔肯定也是这么想的。至于延斯卡是怎么想的，根本没人理会，谁叫她是个正处在青春期的叛逆少女呢？

妈妈则一遍又一遍地感叹道："我的天哪，我的天哪……"

她这么说既可能表示同意，也可能表示不同意。

在进门前，爸爸和妈妈相互拥抱了一下。妈妈的眼睛睁得大大的，眼睛里泛着泪光，希望那是她太激动的缘故。

"我也想要进去！"米拉贝尔突然大声叫嚷起来，她还被安全带缠在后座上呢。延斯卡随手帮她解开安全带，靠在旅行车的行李架旁，扯着嗓子喊道："爸爸！这破房子眼看就要塌啦！"

这倒不至于，完全没有她说得那么夸张，只是这座旅店确实有点儿不中看，正好被她逮着机会抱怨而已。的确，它既不是一栋崭新的房子，也不是一栋外观光鲜的旧房子。房子的正面需要好好粉刷一下，木制的百叶窗也需要重新上漆。大门旁边的墙壁上，还有蓝色喷漆的两行涂鸦大字：

自由的科西嘉！
独立万岁！

除此之外，旅店的其他地方看起来都挺不错的，甚至还配备着一个车棚，正好可以把旅行车停在里头。正当我们站在那里，有点儿胆怯又有点儿出神地上下打量旅店的时候，通往海边的那扇小铁门蓦地打开了，一个人朝我们走了过来。

那是一个又高又壮的男人。他留着一脸浓密的白色络腮胡，穿着牛仔背带裤，粗壮的脖子上系着一条信号旗一般的蓝手帕。

"你们提前到了啊。"他自顾自地说着，径直走向妈妈，自我介绍道,"我是奥斯卡·塔尔迪。"随即又说道,"您好,夫人,欢迎来到拿破仑旅店。乔治·多米尼克先生,很高兴再次见到您。"

"塔尔迪先生,我也很高兴再见到您!"爸爸热情地向他打招呼,但我觉得对方只不过是客气一下。

塔尔迪和爸爸、妈妈一一握手,却没有理会我们三个孩子——包括已经是大孩子的延斯卡。

"可以这么说,自从旅店的前主人去世后,塔尔迪先生就是这儿的管家了。"爸爸介绍道。

"您可千万别这么说,实在是不敢当。"塔尔迪立刻表现得有些不好意思,又显得有些懊恼,"说实在的,现如今谁还能管得住什么呢?一切都在分崩离析,我所做的不过是尽可能让东西都保持原样……"

妈妈握了握他的手,冲他笑了一下。大家沉默了一会儿,都没有再说些什么,只是静静地凝视着旅店。

"不管怎么说,"塔尔迪再次开口说道,"人们常说,过去的事就让它过去吧。我来帮你们拿行李吧。走,咱们去大门那里,只有那扇门还能打开……"

02

走进旅馆

旅店里弥漫着一股腐臭味和老旧管道散发的气味,大理石地砖上堆满了从前年秋天起就积攒下的枯叶。踏进旅店大门,迎面便是宽敞的前厅,往里走是一个巨大的餐厅,正对着外面游廊的藤架和花园,蜘蛛在窗框的裂缝中结了网。简朴的酒柜里摆满了蒙尘的空酒瓶,黄铜面板的挂钩上挂着各房间的钥匙。电梯旁是一架木质扶手的楼梯,台阶上铺着黑白相间的瓷砖。

米拉贝尔一眼就看到角落里有两个废弃的狗碗,于是跑去和爸爸妈妈说,这次必须给她买两只狗。

延斯卡想去地下室看看,但塔尔迪告诉她,地下室的门已经坏了。

塔尔迪领着我们来到二楼,给我们分配刚打扫出来的三个房间。

"布兰迪太太觉得你们不想去前主人曾住过的房间里……"塔尔迪一边说，一边打开为我父母准备的房间的门，"但如果你们感兴趣的话，那个房间就在走廊尽头，挨着书房。"

我抬头看了一眼狭长又幽暗的走廊，可以看到走廊尽头的一侧有一扇上了锁的黑色房门。我跟着妈妈走进他们的房间，这个房间既宽敞又舒适——尽管白色的墙壁上有一条条裂缝。我们合力推开破损的百叶窗，窗外郁郁葱葱的树林和波光粼粼的大海顿时令人觉得一番辛苦没有白费。

我们就让窗户这么敞着，给房间透气，接着把其他房间的窗户也打开了。塔尔迪帮爸爸把我们堆成小山的行李一趟一趟地搬上楼，他呼哧呼哧的喘气声回荡在整个楼里。旅行车的后备厢和行李架上装满了我们的行李，出发前我们还雇了辆搬家用的货车，等货车来后，我们还要继续卸行李。

我们的房门都是朝内开的，第一次用手推时感觉很沉，仿佛有阻力一般。房间的内墙是白色的，房间里有一个笨重的衣橱，还有个独立的卫生间，屋里弥漫着一股杏仁味。微风贴着窗框擦过，发出嘶嘶的响声，半开的百叶窗叶片也随之轻轻颤动。我把所有窗户都打开了，米拉贝尔趴在我的背上，兴奋地大喊大叫。我靠在窗台上，看着不远处的大海，静静地享受着这一刻。

"我要这张床！这是我的！这是我的！"米拉贝尔很快霸占了两张床中的一张。于是我把那张床让给了她，随后走进卫生间。洗手池里有一只褐色的蟑螂，它仿佛察觉到我进来了，挣扎着试图从洗手池爬出来逃走。我把它捏起来，塞进了瓷砖的缝隙里。镜子上方，一根根老旧的白色管道交错纵横，穿过天花板和墙壁，延伸到其他房间里。我把耳朵贴到水管上，甚至能听到楼下爸爸的说话声和隔壁妈妈的哼唱声。

我又来到环绕整个楼层的走廊中央，停住脚步，忍不住四下打量。

我以为走廊里只有我一个人，于是大声问道："一切都有待探索，对吗，法布里斯？"

但事实证明我错了。

"你能不能不要再这样了？"

"抱歉，妈妈。"

她从我身边走过，一边下楼去拿行李，一边说道："我也希望法布里斯还在。"

"蟑螂！"这时，延斯卡在自己的房间里尖叫道，"浴缸里有好多蟑螂！"

她三步并作两步冲到走廊上来，手里还抓着鞋子。

我告诉她："我的浴室里也有一只，还挺可爱的。"

"混蛋！"

"不许说脏话！"妈妈立刻训斥道，"不许大声吵闹，你们两个都下来帮忙搬行李！"

妈妈又转向我说道："你能答应我到此为止吗？"但她看起来并不是在生我的气，而是很失落。

我们三个人一起下楼，正巧在楼梯口遇到了爸爸，"好样的，孩子们！看来你们已经准备好迎接我们的新生活了。"

延斯卡耸了耸肩，说："我要走了。"

"去吧，宝贝，车里还有几个箱子。"爸爸安排道，一点儿没听出她话里的讽刺意味。

我一只手提起一个自己的箱子，另一只手也拎了一个。塔尔迪喘着粗气，却一句话也没有说。就在我上楼的时候，有一扇衣柜的柜门从铰链上脱落，啪的一声，砸在了地上。

我吓了一跳，呆立在原地，随后听到塔尔迪小声嘟哝了几句，爸爸大笑起来。

"塔尔迪先生说什么？"妈妈问道。

"他说他可没开玩笑,"爸爸答道,"'一切都在分崩离析'!"
或许这是塔尔迪的冷幽默,或许他确实是认真的,但不管怎样,这句话让我们都哈哈大笑起来。

03

开始新生活

把所有行李都搬进旅店后,我们已经饿得头晕眼花了。泡菜、鳀鱼罐头、虾肉罐头、一碟橄榄油,外加一大根黑面包,这就是我们在拿破仑旅店的第一顿晚餐。爸爸和米拉贝尔调好了餐厅的座钟,上面显示已经是下午六点了。时值五月末,太阳已经落到树梢后了,阳光透不进来,房间里半明半暗。我们打开餐厅的彩色玻璃窗,布置好餐桌——现在室内还没那么热。爸爸坐在桌子上首[1],背对大海,我们则能看到逐渐被夜色吞没的沙丘。泡菜、鳀鱼和虾肉罐头都是从马赛带过来的,作为见面礼的面包则是塔尔迪今天早上刚烤的,这面包可比他的话更有吸引力。我

---

[1] 指比较尊贵的一侧。

们还重新启动了厨房里的菲亚特牌冰箱，但它嗡嗡地响个不停，所以我们不得不一直关着厨房门。米拉贝尔坐着还够不到桌子，只好在椅子上垫了一堆五颜六色的坐垫。延斯卡无精打采地坐在桌边，低头吃着眼前的饭菜，拒绝参与我们的谈话。

这是我们一家第一次真切地感受到，我们真的搬到了科西嘉岛上一个僻静的小镇上——经过之前的反复计划和谈论，我们终于真正搬过来了。我记得第一次听说拿破仑旅店还是在开学时，那时我们坐在巴黎的家里，坐在我们公寓里的圆形餐桌旁，认真讨论搬家的事。我没想到，爸爸会辞去巴黎银行房屋中介员的工作，妈妈会放弃在艾克斯马赛大学做研究，也没想到我和延斯卡、米拉贝尔会停下学业——我不知道这一切是否值得。然而，事已至此，大约用了两周时间，我们就把所有家具、书籍、衣服和杂七杂八的东西打包、装箱，塞进了一辆大卡车里。而我们自己，则在卡车出发的前一天就上路了。我至今无法相信，我们已经开始了经营旅店的新生活，毕竟我们对旅店的管理和经营一无所知。

在此之前，只有爸爸亲眼见过这座旅店，我们其他人只看过照片。但他的拍照技术就像他选饭店的眼光一样，都不怎么样。那时他经常往返于马尔西利亚和多特雷梅尔之间，给我们的房子提交申请表、填写表格、熟悉房子的情况，也是在那时他认识了塔尔迪，而且在塔尔迪的带领下，实地查看了旅店。这里的镇长名叫埃泽希尔·福考特，这是个让人印象深刻的名字。镇长在《尼斯早报》上刊登了拿破仑旅店的拍卖信息。不过，爸爸是通过在《科西嘉早报》做编辑的朋友那里知道的，然后就告诉了妈妈。他们觉得买下这所房子是一个很疯狂的想法（至少他们是这样告诉我们的）。他们请人对旅店进行估价，然后参加拍卖，最终买了下来。

这些都是听延斯卡说的，我们几个小孩子并没有参与这个复杂的过程。

就这样，我们来到了这座宽敞却让人隐隐不安的房子里，一边吃晚餐，一边眺望着荒芜已久的花园外辽阔的大海。

"你们不觉得海浪声特别美妙吗？"爸爸问，见我们没有反驳，他又补充道，"在马赛可听不到海浪声，那里只有汽车发动机的轰鸣声。"

"地板看起来不错，"妈妈说，"有的家具也还行。"

"塔尔迪说屋顶也没什么问题，但灯泡、水管、门窗、门框这些地方都得检查一遍。不过我们有一整个夏天的时间呢，来得及。"爸爸笑着看向窗外，仿佛完全被这里的景色吸引了。

我们聊了各自的想法：我想为房间做隔音处理，延斯卡一心想回马赛，米拉贝尔则想在花园里种花。

"就这么定了！"爸爸高兴地说，"我们可以在花园里种满旱金莲和紫罗兰！"延斯卡听后撇了撇嘴。

"打起精神来，家人们！尤其是你，延斯卡小姐！"爸爸接着说，"我跟你说话的时候，你要看着我。对，很好，脖子伸直，抬起头来，这才是我的小宝贝，笑一个！看看我们的新家，你是这个旅店的小主人了，你知道这意味着什么吗？意味着你可以认识很多很多人，你可以用你学的英语、德语、意大利语、西班牙语结交来自世界各地的人……"

"我可没学过西班牙语。"延斯卡一边说，一边把餐巾从膝盖上拿开。

"那你正好可以学嘛！"爸爸说道。

"对啊，那就学呗！那我到底需要干什么，把自己撕成两半够用吗？"

延斯卡忽地站起身，气呼呼地离开了餐桌。

"我说错什么话了吗？"爸爸不解地转头问我们。

"我猜她是舍不得在马赛的那些朋友吧。"我慢吞吞地回答。

"哪个朋友？那个总是戴着得州牛仔腰带的？他叫什么名字

来着？"

"应该是乔治吧……"妈妈小声嘟囔着。

"恰罗牌[①]！爸爸！那是恰罗牌腰带！跟得州牛仔一点儿关系都没有！"延斯卡在楼梯上大喊道。

"看到没？她对腰带牌子倒是记得清，那小子叫什么可绝口不提。"

延斯卡砰的一声关上了自己的房门，妈妈叹了口气，开始吩咐我们收拾餐桌。

爸爸多坐了一会儿，然后也站起身，把餐厅橱柜的抽屉一个一个地拉开，好像在找什么东西。

"我就知道！"他从纸堆里翻出一包茨冈牌香烟。他抽出一根烟，点燃，或者说是尝试着点燃，踱步到花园里吞云吐雾起来。

米拉贝尔看着这一幕，惊讶地问道："爸爸从什么时候开始抽烟了？"

"要是我跟他一样不靠谱的话，我也会抽烟的。"妈妈看着爸

[①] 恰罗（charro）是墨西哥人对优秀骑手的尊称。墨西哥的恰罗骑术是当地特有的一种娱乐活动，结合了优秀马技、传统服饰和街头音乐。这里的"恰罗"指的是以此命名的腰带品牌，因此延斯卡说与得州牛仔无关。

爸,摇了摇头。

"妈妈,'不靠谱'是什么意思啊?"米拉贝尔追问道。

"意思就是爸爸还是个小男孩,妈妈不是。"

"所以莫里斯也不靠谱喽?"

"注意你的言辞,米拉贝尔军士!"我打断她,并把洗干净的盛放过虾肉罐头的盘子递给她。我的职责是在水槽里洗盘子,而米拉贝尔负责擦干它们。

米拉贝尔依然不依不饶地问我:"他们怎么了?吵架了吗?"

妈妈走到花园里,跟爸爸说了几句话,指了指延斯卡的房间,让他把烟掐灭。

爸爸回到餐厅里,脸上带着微笑。

"加油!"他说,"等你们干完活儿,我们一起去散步!"

04

广场上的葬礼

　　我们在木栈道尽头脱下鞋子,赤脚踩到沙滩上,沙子上仍然残留着白天阳光照射后的余温。我和米拉贝尔挽起裤腿,跑进海水里。海水的温度倒是有点儿刺骨。太阳渐渐落山了,我们俩蹲下身,大笑着相互泼水玩;爸爸双手背后,妈妈挽着他的胳膊;延斯卡拎着她那双沉甸甸的靴子,磨磨蹭蹭地挪到沙滩边上。西沉的夕阳把天空染成了暗红色,给云彩也镶上了一道金边。一群群海鸥在晚风中从海面上俯冲向岸边,又倏地转身,迎着海浪回到高高的天空中去。我们沿着沙滩,朝镇子的方向走了一会儿。从海边回望过去,门窗紧闭的拿破仑旅店仿佛一个灰扑扑的大石块。我们走到了沙滩与礁石接壤的地方,低矮的礁石表面满是坑坑洼洼的小孔,里面汪着冲上来的海水。

米拉贝尔顺着礁石瞟了一眼，兴奋地大叫："螃蟹！螃蟹！看啊！莫里斯，那边有只螃蟹！"

礁石的另一边是与我们相邻的镇子，五十多栋小房子鳞次栉比，朝向我们的外墙要么刷成鲜艳的颜色，要么保留了深色的石头原色。海岬对岸是小港口和悬崖，沿海公路从那里伸进镇子里。镇中心矗立着一座古老的钟楼，黄墙黑顶，仿佛一根硕大的甘草糖棒。钟楼前的小路旁有一个老式电话亭，它斜靠着沙滩，仿佛半截身子埋在沙子里。我们默默走过电话亭，路上一个人影都没看见。拐进第一条铺着鹅卵石的小巷时，我们还光着脚，脚趾缝里夹着细细的沙子。绕过一个叫作"大广场"的小酒馆的招牌后——尽管我没看到任何"大"的广场，我们听到了教堂的钟声，孤零零的一声钟鸣，显得那么忧伤、冷清。我们穿过岔路，来到了教堂前的广场上。这时，我们终于明白为什么走了这么久都没有看到人——多特梅尔的居民这会儿全都聚集在教堂门口。

教堂里正在举行一场葬礼。

"真是不幸。"爸爸尴尬地咕哝了一句。

米拉贝尔和妈妈快速地在胸前画起十字，延斯卡一脸漠然地站在旁边看着。广场上大概有一百多人，男人比女人要多一些。男人们大都留着浓密的胡子，尽管天气很热，他们还是穿着绒面外套，手里紧紧地攥着便帽。有四位抬棺人抬着一具松木棺材，其中一位正是在拿破仑旅店迎接我们的塔尔迪。牧师又高又瘦，满头白发，看起来仿佛一棵满树白花的杏树。我们站在原地，不知道该做些什么。爸爸听了一会儿，得知死者是一位名叫普什巴赫的八十三岁的老渔夫。

爸爸指着一个站在教堂门槛边的人说："看到那个卷头发的人了吗？那就是镇长，埃泽希尔·福考特先生。"

埃泽希尔·福考特先生是一位六十多岁的绅士，长着一双猫头鹰般的眼睛，站在一位比他高很多的女士（应该是他的妻子）和一个一直盯着我看的小女孩中间。

当我们目光交汇时，我不禁屏住了呼吸。我从没见过这么美的人：笔直的黑发，高耸的颧骨，海蓝色的眼眸。

她那么漂亮，却目不转睛地盯着我。我不得不躲在房子的拐角处，让父母的身影挡住我，如此才能鼓起勇气，重新大口地呼吸。

05

布伦特

十点左右，载着我们家具的货车终于驶来了。

货车扬起的灰尘甚至飘到了二楼的窗户上。我正在绘制旅店的粗略平面图，被这些尘土迷了眼。旅店上面三层的结构非常相似，都有一条方形的走廊连接各个房间和楼梯间。包括我们自己住的房间在内，二楼共有八个房间，三楼也一样，顶楼则有五个被妈妈称为"套间"的大房间，从那里可以看到无与伦比的美景。我奉命把每个房间床头柜上铺着的蕾丝桌布和挂在墙上的装饰画取下来。显然，房子的上一任主人布伦特在美学上没什么造诣，但这座房子的其他布置倒是井井有条，无可挑剔。尤其是厨房，麻雀虽小，五脏俱全。旅店还有个阁楼，又闷又热，堆满了铁架床、可怕的呼吸面罩和医用抹刀。爸爸告诉我，这些都是疗养院做泥疗时会用到的工具。难道拿破仑旅店以前是一家疗养院？

我也去过地下室，以为能在旅店的地下发现什么恐怖的东西。然而，结果让我大失所望——地下室里只有一个巨大的锅炉和一个洗衣房，洗衣房里静静地放着一排洗衣机和烘干机。

货车开进院子的时候，塔尔迪也带着他从镇上找的三位帮手来了。他们用力和爸爸握了握手，又轻轻地碰了碰自己的额头，当作是给妈妈打招呼了。我下楼后站到一边，看着他们坐下来不紧不慢地喝咖啡、聊天。喝完咖啡后，镇上来的那三个帮手便爬上货车，解开固定家具的带子，开始卸货。妈妈坐在门口，把我画的平面图摊在膝盖上，把家具应该放的位置一一指给他们看。于是，他们几个就在"小心点儿""往前走""抬起来"和花样百出的抱怨声中，把五斗柜、衣橱、我提到过的在马赛的圆桌以及爷爷家的衣柜，一件一件地摆到了妈妈指定的位置。

我们所有人，包括米拉贝尔都动了起来。米拉贝尔接手了被爸爸称为"鸡零狗碎"的那些小东西。我坚持要亲自搬我的那套装备：线圈、话筒杆和麦克风。自从看了一部叫作《巨蟒与圣杯》的滑稽电影后，我就迷上了配音和录音。在那部电影中，一群衣衫褴褛的骑士通过敲打椰子壳，模拟出了活灵活现的马蹄声。更有意思的是，这并不是特效，而是拟音师真的用椰子壳模拟出的马蹄声。用椰子壳拟音和其他很多拟音技巧一样，都是由一位叫杰克·福莱的人发明的。从1914年起，他就开始为无声电影做现场的音效配音了。福莱的工作极具开创性，所以，"福莱"这个词，现在也可以用来指代"拟音"了①。他通过摩擦装在皮袋里的玉米粒来模拟踩雪声；通过烧塑料袋来模拟蜡烛燃烧时的声音；通过击打冻莴苣来模拟战斗中打中头部的声音……这些都是他的创作。福莱建议所有有理想的拟音师建立一个自己的音效库，分类整理好，等到需要时便可以立即找到合适的素材。我已经按照他的建议做了一年多了，存了一米又一米、一卷又一卷、一盒又一盒的录音带。我小心翼翼地把这些宝贝搬进我的房间。一上午很快就过去了，下午两点钟的时候，我们终于搬空货车，吃上了午餐——妈妈做的意大利面。我们在凉棚下享用美食，所有人都被妈妈的厨艺折服了。

"太好吃了！雷纳德太太！"

"跟我们说实话，您一定是地地道道的意大利人吧！"

"估计将来游客会因为您的手艺慕名而来！"

"就算他们不来，我们也会天天来光顾！欢迎吗，雷纳德

---

① "福莱"和"拟音"的英文都是foley。

先生？"

爸爸端起酒杯，我给每个大人又斟了一轮桃红葡萄酒。他们谈论天气、马赛、普拉蒂尼和即将到来的墨西哥世界杯，桌上的意大利面被一扫而光。我对足球一无所知，所以被派去准备咖啡。当我端着满满一托盘咖啡杯回来的时候，塔尔迪请来的帮手之一——一个名叫帕斯卡尔的秃头男人，正在问爸爸为什么选择搬到这里来。

爸爸轻轻地摇了摇头，说道："之前塔尔迪先生也问过我这个问题……"

帕斯卡尔急忙补充道："我没有冒犯的意思。"

"没什么，这么说吧，"爸爸指了指花园和黎巴嫩雪松，示意我们听浪花和蝉鸣的声音，"我们很喜欢这些声音，在城市里可没办法享受到这一切，你只能听到来自街道、人群、港口的喧闹声。"

秃头男人喝了口咖啡，放松地靠到椅背上说道："啊！是这样啊，我完全能理解。"

另一个长着络腮胡子的帮手扭头问："奥斯卡，现在我们镇上有十辆小汽车了吗？"

"十二辆，"最后一个帮手答道，"要是你把镇长的雪铁龙算两辆的话。"

他们咯咯地笑起来,我也跟着笑起来。当我端着第二轮咖啡回到餐厅时,他们还在讨论这个话题。

"帕斯卡尔的意思是,开旅店是需要客源的,但来我们镇子的游客并不多……"

爸爸这下有点儿生气了,反问道:"那么旅店的前任主人布伦特是怎么维持下来的?"

三个帮手都叹了口气。

"这大概只有老天知道了吧。"

"对吧,塔尔迪先生?"

"所以,我们照他之前的样子经营就好了。"爸爸简短地说。

妈妈突然插话问道:"布伦特先生是个怎样的人?"

塔尔迪犹豫了一下,回答道:"是个很有个性的人。"

"他很懂旅店经营吗?"

"不,他来这个镇子之前是一名帆船船长。"塔尔迪答道,"他在这儿认识了他妻子。"

"他是从哪儿来的呢?"妈妈问道。

"马略卡岛。"帕斯卡尔说。

"西班牙人?姓布伦特?"

"不，他是德国人，只是在马略卡岛工作。"塔尔迪答道。他看了一眼帕斯卡尔，眼神有些古怪。

"一个德国船长啊……"爸爸咕哝着。

"就像普什巴赫一样。"络腮胡男人补充道，他的名字是费迪南德。

普什巴赫就是前一天下葬的那个老渔夫。

"不，普什巴赫不是德国人。"帕斯卡尔反驳道。

"不是吗？"

"他是奥地利人。"

"不可能，他出生在基尔。"

"基尔又是哪儿？"

大家都安静了下来。看来，没有人知道基尔在哪里。"布伦特是德国汉堡人。"费迪南德用餐巾擦了擦胡子上的汤渍，"有一次，我们在雷米家看比赛，他指着电视上的一个美国快餐广告喊'小偷！汉堡包是我的家乡汉堡发明的！'"

"布伦特为什么会去雷米家？"帕斯卡尔问道。

"那是他妻子刚离开的时候。"费迪南德仰头喝完杯子里最后一滴酒，"无意冒犯啊，雷纳德太太，但那个叫康苏埃洛的女人一点儿都不喜欢旅店的工作，她很难缠。旅店都是布伦特一手打理的……"

　　塔尔迪轻咳了一声，费迪南德立即紧紧闭上了嘴巴，仿佛刚刚吞下了一只死老鼠。

　　"人们常说，过去的事，都已经过去了。"塔尔迪接着说道，"谢谢您美味的意大利面，您还需要我们继续搬家具吗？"

06

空棺材

下午四点，我们终于搬完了最后一个床头柜。爸爸把帮手们送出门外，并递给塔尔迪一个信封，里边装着之前谈好的报酬。几分钟后，我从花园通向沙滩的小门偷偷溜了出去。干了这么大半天的活儿，我的肩膀和大腿又酸又痛。我沿着水边慢慢往镇子方向走。刚走到海岬，我突然看到礁石前散落着一小堆衣物：一件条纹毛衣、一条牛仔裤、一件衬衣，还有一双白色帆布鞋。

我走近了一点儿，以便能看得更清楚。突然，一个声音从海里朝我大喊："嘿！别动，知道吗？我可在这儿看着呢！"

我抬头望去，只见海里露出半个小脑袋，头发又黑又亮。等我再看清楚一些时，我怔住了。

"法布里斯，我看到的是她，对吗？"我自言自语。

海里传来的是个女孩的声音，她的头发又黑又直，很像昨天在教堂门口盯着我看的那个女孩。

她朝岸边游了过来。一看到她从水里出来，我立刻像个发条士兵一样，僵硬地转过身去。我背对着她道歉，"对不起，我不是故意的！"

我听见她跑上沙滩，收拾好自己的衣服，直接套在了湿漉漉的身上。

我仍然不敢动，却听她突然问道："你在这儿守了多久了？"

"什……什么？"我一时没有反应过来。

"我问你是不是一直在这儿盯着。你怎么站得这么僵硬，你不舒服吗？"

"我好着呢，我只是不想……"

"怎么？"

"我是说……我没想到……"

"你没见过没穿衣服的女孩子吗？"

"我有姐姐和妹妹呢。"我小声嘟囔道。

"那又怎样？"

"海水凉吗？"

"现在可是5月底了！要是3月的话，确实挺凉的。好了，你转过来吧。"

"什么？"

"我已经穿好衣服了。"

我小心翼翼地转过身。她正在擦头发，然后使劲甩了甩头，让头发散落到肩膀上。"你是我在葬礼上看到的那个人，对吧？"

"嗯，我也看到你了。"

"你不是应该在上学吗？"

"我第一学期的课程已经结束了。"

"你没及格吗？"

"才不是呢。"我笑着说。

"那你笑什么呢？你是个书呆子吗？"

"这算是在审问我吗？"

"你不回答也行。"

我向她伸出一只手，说道："抱歉，我还没自我介绍呢，我叫莫里斯。"

"我叫奥黛丽。你们城里人都是这么说话的吗？"

"什么意思？"

"你们总是抱歉抱歉的。对不起、我没想、对不起、我没打算这样的……究竟有什么可抱歉的呢？想了就想了，做了就做了，不就得了。"她有点儿不耐烦地说，不过她还是很有礼貌地握了握我的手，"欢迎来到多特梅尔。"

"谢谢。"

"这是谁的主意？"

"什么主意？"

"搬到这里来啊。"

"为什么你们都在问同样的问题？"

"大概因为我们都是毫无想象力的岛民？"

"我不是这个意思。"我赶紧说道。

"可是你已经说了。"

"我可没说你们是没有想象力的岛民。"

"啊，这句话是我说的。"

"是爸爸决定搬过来的，这是他的主意。"我还是回答了她的问题。

"我一猜就是这样。"

"为什么？"

"我不知道。猜也要有充分的理由吗？"

"不，我想不用。"

她坐在一块平坦的礁石上，轻轻拂去脚上的沙子，接着问我："你们是来参加那个葬礼的吗？"

"不是，只是碰巧赶上了。"

"但你们在那儿待了很久。"

"我们似乎有点儿唐突。"

"参加熟人的葬礼是得体的，否则确实有点儿唐突。"

"那你认识他吗？"我反问道。

"当然认识了，他是个好顾客。"

"他买什么呢？"

"鱼饵……"

她给我指了指镇子外头离码头不远的一间小屋。

"妈妈和我开了家小渔具店，我们还有一条船，但那条船已经很破旧了，爸爸说总有一天我们会买一条新的。"

"真的吗？你会开船？"

她笑了起来，"这儿的每个人都会开船。"

"我好像问了个很愚蠢的问题。"

"伊芙小姐说，能提出问题就不会愚蠢。"

"伊芙小姐？"

"她是我的小学老师，我们学校在五十公里外。瞧，就是那个方向。"

"五十公里……"我小声嘀咕。

在马赛的时候，我的学校和我家只隔了两个街区。走五十公里去上学？太难以置信了。

我再看向奥黛丽，发现她又开始盯着我看了。我只能装作没有发觉，但一时间我又想不出什么新的话题，于是，我来回走了几步。

"你的腿怎么了？"奥黛丽突然问道。

"没怎么，就是一条腿比另一条长了一点点。"我回答道。

"怎么会这样呢？"

"我出生的时候，医生使用产钳不当弄的。你知道产钳是什么吧？"

"我不确定我是否想了解这东西。"

"就是把婴儿从母亲身体里拽出来的工具。我妈妈怀孕时本来是双胞胎，但……只有我出生了，两条腿还不一样长。"

"太不幸了。另一个是男孩还是女孩呢？"

每次被人误认为是女孩时，法布里斯都会在我心里冷笑。

"是个男孩。"

"你会想他吗?"奥黛丽又问道。

我没法儿告诉她,我和法布里斯是一体的。

"偶尔会吧。"

"那你想他时会干什么呢?"

"和他说话啊。"

"胡说。"

我知道越解释就会越麻烦,"我不想让你以为我是个疯子。"

"我就喜欢疯子。"

"但我没疯。"

"那我是疯子。"

"你是开玩笑的吗?"

"用我妈妈的话说,就跟圣丹尼斯教堂的钟声一样疯!"

"她真的这么说了吗?"

"我撒谎了。"奥黛丽坦白道。

"我们都会撒谎。"

"跟我做朋友可有点儿危险。"

"听起来有点儿意思。"

"你喜欢冒险吗?"

"谁会不喜欢呢?"

"莫里斯，你可真酷。"

她低下头，我感觉她身体里的能量仿佛在一瞬间消失得无影无踪了。她背对着我，直直地盯着镇子里的房子。

"你能保守秘密吗？"

"当然了。"

奥黛丽一字一句地说："这几天，镇子里没人去世。"

"普什巴赫去世了。"

"那只是镇上的人们给他办了个葬礼。"她转过身说道，"棺材是空的。"

我小臂上的寒毛一根根地耸立起来。我咬紧牙关，努力不让自己被这个消息吓得后退。

我装作轻描淡写地问："然后呢？"

"我也不知道，但就是没有人去世。"奥黛丽又看了看我，她有一双海蓝色的大眼睛，柔顺的长发在风中飞舞，"但如果没人去世的话，根本就没必要举办这个葬礼，你说对吧？"

我点点头："是这样，没错。"

她抹了一把耳垂上没擦干的水渍。我问道："我能帮上什么忙吗？"

"帮忙做什么？"

"不知道,也许是……把他找出来?"

她笑了起来,"我们才刚认识,你就要帮我去找一个所谓的已经死了的人?"

"或许他没死呢。"

"或许你要帮忙是因为是你杀了他?"

"嗯,对,我杀的,我把他藏在了拿破仑旅店的地下室里。"我感到有点儿热。

"不可能,"她说,"我检查过那里了。"

"你在开玩笑吧?你什么时候进去的?"

"就在前天。"

"你是怎么进去的?我们来之前旅店大门都是锁着的。"

她耸了耸肩,"那些锁可没你想象得那么牢固。"

我热得开始冒汗了,突然想起大厅地板上干枯的落叶、呼啸着穿过窗棂的风、塔尔迪说过的全都坏掉的门锁……我暗暗决定,回家后要把这些地方仔细检查一遍。

"所以呢?"

她看着我说道:"所以看起来你不是凶手,你只是想帮忙。那我们明天见?"

"在哪儿见?"

"五点钟？"

"下午五点？"

"莫里斯，你可真有趣。"她笑了起来，走到我的面前，摸了摸我的额头，"你身上都湿透了，为什么不洗个澡呢？"

"那就现在洗吧。"

她没再说什么，头也不回地沿着沙滩跑远了。

我慢慢地脱下衣服，在心里默念："法布里斯，她确实有点儿疯疯癫癫的，对吧？"

我穿着短裤站在水边，心如乱麻，汗珠一滴一滴地滑过我的肩膀、后背和大腿。

第一个成形的浪头打过来时，我想都没想，就迎着浪跳进了水里。

那一瞬间，我屏住了呼吸。我想起奥黛丽跟我坦白她很危险以及她撒谎了的时候，眼神是那样的真诚，因为她说的都是真的。

海水并不凉，而是冰冷得彻骨。

07

见面前夜

和预期相反，可能我父母也没想到——他们两个是完全务实的性格，当我告知全家明早五点要和镇上一个小姑娘见面时，爸爸只问了一句："你有能用的闹钟吗？"

米拉贝尔自告奋勇帮我定了闹钟。不知道为什么，她在摆弄机械这方面很有天赋。于是，我趁着这个工夫沿着二楼的走廊，来到拐角处的小卫生间。这个卫生间在布伦特的书房旁边，里面有一个洗手池、一面镜子和一个小马桶，周围堆满了晦涩难懂、泛黄发旧的德语书。我用一把印着动画片里宇宙巨人希曼的牙刷刷了牙，又在卫生间仅有的小吸顶灯昏暗且透着灰尘的灯光下，认真地照着镜子，想编一个第二天一早万一没起来的理由，但我想不出什么让人满意的答案。

不出所料，延斯卡又在外边哐哐地砸门了，"莫里斯？莫！里！斯！你关着门干什么呢？你自己的房间里没有卫生间吗？"

当然有，不过在我发现延斯卡因为自己的卫生间有蟑螂而总是用这个公共卫生间后，我就觉得和她抢这个卫生间特别有趣。我慢悠悠地漱了漱口，把牙膏沫吐到洗手池里，又打开水龙头冲洗干净。直到发现她的砸门有愈演愈烈的趋势后，我才决定开门。

"你是要进来找书吗？这里边可只有德语书！"我明知故问。

"我就是看书啊，看德语书啊，怎么了？"她气呼呼地一边说，一边把我推出了门。

我绕了一大圈回到自己的房间。爸爸妈妈的房间亮着阅读灯，暖色的灯光铺满了外边的走廊。爸爸还是在读那本他都快翻烂了的《开罗谍影》，妈妈则在读哈珀·李的《杀死一只知更鸟》。回到房间后，我发现米拉贝尔已经躺在她的小床上睡着了，肚子上盖着一本打开的《哈迪男孩》。我知道她不是真的喜欢读《哈迪男孩》，只是因为我喜欢这套书，她才打算试着读一读。我都不记得给她讲过多少次哈迪兄弟打败敌人、找到苹果门宝藏的故事了。我蹑手蹑脚地打开衣橱，准备着明天和奥黛丽见面要穿的衣服：牛仔裤，T恤，外加一件防风夹克。我把它们在地板上摆

~40~

好后，便快速地钻进了被窝。

"闹钟我已经定好了，长官哥哥！"米拉贝尔突然拍了我一下，大喊道。

"啊，米拉贝尔军士，我还以为你睡着了呢！"

"我可是时刻准备着呢！"

"晚安，米拉贝尔军士！"

"晚安，长官哥哥！"

我们扯了扯被单，准备继续睡觉。突然，她问道："莫里斯，你明早是去见那个黑头发的女孩吗？"

作为一名合格的特工，米拉贝尔没放过任何信息。我回答道："她叫奥黛丽。"

"奥黛丽，真好听。"

我爬起身，倚着枕头，呆呆地盯着黑暗的房间里的某个角落。

"你们为什么要早上五点钟见面呢？"

"军士，这可是机密！"她没有继续追问，我能感觉到她有点儿不高兴。"我们要去抓一个坏蛋！"我想了想补充道，米拉贝尔的被窝动了动。

"是个什么样的坏蛋？"

"一个很坏的坏蛋。"

"像《哈迪男孩》里的那种吗？"

"是的，就是像《哈迪男孩》里的那种。"

"那不是很危险吗？"

"你没做过什么危险的事吗？"我反问道。

米拉贝尔没有马上接话，认真地回想了起来，"我今天干了一次。"

"你干什么了？"

"你知道吗？花园里有两个十字架。"

"嗯，是有两个。"我应付着，并没有认真听她在说什么，脑子里乱纷纷的。米拉贝尔还在继续跟我分享她的新发现，但跟平常一样，话刚说到一半就睡着了。我一直盯着房间里空洞的黑暗，脑子里总会想起奥黛丽出水的画面，即使闭上眼睛也无济于事。

隔着枕头，我能听见自己的心跳声，扑通扑通的，那么有力、快速、规律。

就在我终于有了朦胧睡意的那一刻，闹钟响了。

08
出　发！

天还没亮,至少在我穿衣服时,还是这样的。整个拿破仑旅店仿佛随着窗外的阵阵海浪声和电线的咝咝电阻声轻轻地摇晃着。

我光着脚,蹑手蹑脚地走下楼梯,穿上鞋子,穿过旅店大堂光亮的大理石中庭。餐厅的一角堆满了报纸和第二天准备刷漆用的各种颜色的油漆罐。我小心翼翼地打开大门,以免吵醒其他人。清晨微咸的海风拂过我的脸颊和脚踝。我朝海边望了望,她还没有来,于是,我就倚着大门等她。对了,爸爸已经把门上挂着的兔子皮清理干净了。

不一会儿,我看见奥黛丽骑着一辆红色的自行车出现了。她穿着帽衫和短裤,帽衫的兜帽外露着几根乌黑丝滑的头发。

"我们有两个选择，"她权当打过招呼了，"可以沿着这些沙丘慢慢找，一直找到幸福角，或者去港口后边的那些悬崖搜一搜，你选哪个？"

"要不就选悬崖那边？"

"我也是这么想的。幸福角方向可没什么好找的，水流太急了。普什巴赫怎么会去那边呢？"

我点点头，同意她的看法。

她又问："你有自行车吗？"

"没有。"

"我的车子有后座，你介意载着我吗？"

虽然不是很安全，但我下意识认为我应该答应她，于是我回答道："不介意。"

奥黛丽掉了个头，把车头朝向她来的方向，然后坐到后座上，双手扶住我的肩膀。

"莫里斯，我比你高也比你有力气，所以我来负责蹬车，你负责把住方向和控制刹车，明白了吗？"

我感觉到她的头发轻抚过了我的面颊，"非常清楚。"

"那就出发吧！"

09

普什巴赫

整个镇子还沉浸在睡梦中，家家户户的窗户都黑漆漆的，马路上投着各种建筑物的影子。我们穿过圣丹尼斯教堂和福考特家的鱼饵店，来到了拐向码头的上坡路口。奥黛丽放慢了蹬车的频率，但我还是能听到她用力蹬车时呼哧呼哧地喘着粗气的声音。她就这么咬着牙，一下也没停地蹬了十分钟，抓着我肩膀的手指几乎掐进了我的肉里。终于，坡度变缓了，路面也平整起来。我们经过了几个石头墙围住的农场，农场的房子都是矮顶小窗，这样才能在吹折大树的狂风中安然无恙。周围异常寂静，仿佛世界上只剩下我们两个人。奥黛丽让我左转，于是我们来到一条通往海边的下坡小道上。我尽力控制着自行车在路上的石头间歪歪扭扭地前进，奥黛丽则紧紧揪住我的衣服以免失去平衡。蜿蜒曲折的小道沿着一片刺叶栎丛延伸出去，一直来到悬崖边上铺满小花的一望无际的草地上。

"停！"奥黛丽命令道。

我全力捏住车闸，刹车片立刻紧紧地抱住车轮。车子停下后，我抬头望去，清晨阳光下波光粼粼的大海让我感到一阵目眩。在犬牙交错的崖边，长着一片生机勃勃的青草。

"哟——哈！"奥黛丽在后座上倚着我大喊，"这可真是个停车的好地方。"

此刻，我的胳膊还在因为长时间握着车把颤抖，她则兴致勃勃地笑着。看着她的样子，我觉得这一切都是值得的。我们从车上下来，望着眼前被人踏出来的土路。它沿着礁石向四面延伸出去，我们来时的小路也是其中的一条分支。礁石间还有许多踩踏的痕迹。

奥黛丽推着车子走到小路的岔路口，把车子放倒在草地上，伸长脖子眺望着大海。海浪就在我们脚下十余米处的礁石间翻滚着。

"我们应该从这里开始查起，这么多的岔路，普什巴赫可能会走任何一条。"

我顺着她的目光也抬眼望去，发现小路的尽头并不是悬崖峭壁。小路在山壁和鹅卵石间蜿蜒而下，在开满鲜花的台阶和反光的岩石间若隐若现，藏在呼啸的风和风化的石头碎片中。我们在崖边坐下，双脚悬空。奥黛丽指着崖边的小海湾告诉我："这些隐蔽的小海湾，只有走近了才能发现，它们都是渔夫们下钩捕鱼的秘密基地。"

歇了一会儿，我们便向崖底出发了。

石片在我们脚下碎成更小的石子，不知道滚到哪里去了。奥黛丽手脚并用，顺着凸起的石块攀上礁石，动作优雅自然，仿佛一只矫健的山羊。我想效仿她抓住某些东西爬上去，却一把抓住了一丛长满小刺的灌木，为了面子只能强忍着不喊出来。

"你还好吗？"她发现了我的窘况，关心地问道。

我嘴硬地说道："嗯，好着呢。"

她向我演示如何攀着岩石挪动身子，转到礁石的另一侧去。而我只能听到海浪打在那一侧细碎的鹅卵石滩上轰轰作响。

奥黛丽双手叉腰，有点儿气恼白忙活一场，显然这里看不到普什巴赫的影子。

我却松了一口气，问："你能告诉我一些关于普什巴赫的事情吗？"

"他是个老好人，又安静又热心。他确实年纪挺大的，但看上去好像更老……脸上都是皱纹。他那双眼睛……我不知道该怎么形容……好像总是很疲惫？"

一个大浪涌来，狠狠地砸在礁石上。巨大的冲击声掩盖了我们的沉默。

我接着问道："你认为他去哪里了呢？"

"他可能打算离开镇子，然后从这儿摔进海里了，又或者被人杀害了。"

"为什么有人要杀他？"

"这不就是我们需要查清楚的地方吗？"

我们又往前走了几步，把整个崖底的沙滩检查了个遍。

奥黛丽说："就在他失踪的前一天，他还来过我家的小卖部。"

我问："那你就是最后一个看到他的人喽？"

"我也不确定，他出海打渔前经常会来店里逛一圈。"

礁石的阴影里，朝露弥漫的空气让我们感到愈发寒冷。

奥黛丽接着说道："他经常来买鱼饵、鱼钩和浮标，都是些常用的小东西。有时鱼竿坏了，他也会来买新的，没什么特别的事情。镇里所有人都知道他喜欢钓鱼，他甚至会为了钓鱼沿着附近的海岸线一直走很远，但没有人知道他的固定钓点，因为没人会去跟着他——你应该知道，钓鱼的人都很迷信，每个人都有自己的秘密钓点。保护好自己的秘密钓点也是钓鱼的乐趣之一,而不打听别人的钓点是钓鱼的人之间心照不宣的规则。"

"那他钓到什么鱼了吗?"

"通常是金鲷鱼,偶尔也有海鲈鱼,甚至还有琥珀鱼。他曾经还钓过一条特别大的金枪鱼。我至今都记得他那时候的表情,他说这鱼就跟早些年钓到的一样大。"

"早些年是什么意思?"

"大概是指他年轻那会儿吧。十一年前,我出生的时候,普什巴赫就已经是镇里的老渔夫了,这么多年都没变。"

原来,奥黛丽和我同岁。我忍住了没问她出生的月份,也没提星座这类愚蠢的话题,而是点点头说道:"这和布伦特有点儿像啊。"

奥黛丽问道:"这和布伦特有什么关系?"

"我也不知道。昨天吃饭的时候,塔尔迪请的帮手说起过,镇里的两个德国人都去世了。不过,其中一个也可能是奥地利人。话说回来,你知道基尔在哪儿吗?"

奥黛丽的表情告诉我,她没有听说过这个地方。她又问道:"你知道布伦特是怎么去世的,对吧?"

我盯着她,心里奇怪她为什么这么问,"不知道。他是怎去世的？"

又一个巨浪拍在了礁石上。等浪头散去，奥黛丽问："他们没有告诉你吗？"

"告诉我什么？"

"他在旅店的吊灯上自缢了，这还是布兰迪太太发现的。"

我瞬间感到后背发凉，我对此一无所知。

奥黛丽咬了咬嘴唇，有点儿不自在，"对不起，也许我不该说的……"

"没……没什么。"我磕磕绊绊地答道。

"是不是吓到你了？"她接着问道。

"有一点儿，毕竟我们现在住在那里。"

"没什么大不了的，我爷爷就是在我睡的床上去世的，我照样每天呼呼大睡。"

"也许因为他是安详离世的吧……"

奥黛丽没有再回答，她又仔细巡视了一圈崖底被海浪掏出的岩洞，接着抬头看了看我们下来时走的那条小路。

我们该从那里回去了。

为避免尴尬，我重新找了个话题，"布伦特和普什巴赫关系好吗？"

"他们彼此认识,但话说回来,在这么小的镇子里,谁又会不认识谁呢?"

"你觉得他们有可能在来这里之前就认识吗?"

奥黛丽耸耸肩,说自己只知道布伦特夫妇是在1975年买下拿破仑旅店的,因为她就是在那一年出生的。但当我问她是否认识布伦特那位没多久就因"不想摔断脊梁"而独自回到马略卡的太太时,她只说道:"她长得很漂亮。"

想了想,她又补充道:"她叫康苏埃洛。"

她把随手捡起的一块鹅卵石扔进海里,说道:"说回普什巴赫那天在我们店里的事……他跟其他人一样,会顺路进来看看挑挑,中意就先拿走,把钱记在账上,每隔一段时间一次性结清。镇里的顾客都会赊账,这很正常。"

"所以呢?"

"那天他什么都没买,是专程来清账的。他问我,'奥黛丽,你可要核对仔细了,这就是我所有的账单了吗?'一共是三十八法郎五十三生丁。他从钱包里一个一个地数出硬币,费了好大一会儿工夫。我也没催他,因为这看上去对他来说很重要。"

我脑子里灵光一闪,随即问道:"就好像他知道自己不会再来了吗?"

"后来我也是这么想的。他花了好长时间数清了硬币,因为不想欠账,可能他当时就预感到了会发生不好的事情吧。"

"会不会是他自己想不开了?就像布伦特一样?于是直接从礁石上跳了下去。"

"所以我们才要出来找他,说不定潮水又把他从某个落水的地方送回了岩洞这边。但我不太相信他会自杀。布伦特不是个好相处的人,他脾气暴躁,而且十分顽固。"

"我听说了。"

"普什巴赫不一样,他很内向、很和蔼,路过小卖部也总会和我打个招呼。在我看来,他可不像个会去跳海的人。"

"他有钱吗?"

"没钱。"

"那他赌钱吗?"

"你是说普什巴赫吗?赌呢。"

"那我们的确应该找到他。"

毕竟,如果一个人跳海三天了,无论是死是活,总会有消息的。

然而事实是,站在这个悬崖边上,我们只能闻到咸涩的海水味,以及附着在岩石上的被晒干的贝壳和海藻的味道。

10

秘密基地

　　那个早晨已经过去三十多年了，但我仍然能想起我们在崖边爬上爬下时的对谈，我们甚至都做好了找到普什巴赫尸体的准备。我们的搜寻过程明明既恐怖又紧张，我却感到一种莫名的亢奋和激动。我们像山羊一样，一边在礁石上爬上爬下，一边聊天。我们聊了马赛、我的姐姐和妹妹、奥黛丽的父母、这个小镇、拿破仑旅店、坏脾气的布伦特，还有塔尔迪和他的帮手们。最后还说到大广场酒馆的主人雷米，他每天都在调酒，给客人们供应加冰的茴香酒，自己却滴酒不沾。就在那个早晨，奥黛丽住进了我的脑海里、我的心里，再也挥之不去了。太阳渐渐从我们身后的地平线上升起，高高地悬在了天空的中央，不管从哪边看，它都紧紧地盯着你。十点钟的时候，我们坐在一棵大桑树的树荫下，休憩了一番。后来，这棵大树成为我们的秘密基地。这棵桑树高大、朴实，暗银色的小叶子在被吹弯的粗壮树枝上摇曳。我们俩都出了一身的汗，手指和膝盖也因为攀爬礁石而磨破了，狼狈不堪，但所幸都没受伤。奥黛丽跟我分享了她带的水和香肠三明治，那个三明治很辣，味道也很冲。我们听到了远处圣丹尼斯教堂报时的钟声。

报时的钟声让我想起了学校的铃声。我问奥黛丽："你不去上学吗？"

"不常去。"

这时，我才注意到她背包里有几本笔记本，也明白了为什么我们要约在早上五点见面。

"你逃学了？"

"都快放假了，而且我有更重要的事情要做。"

"你父母知道吗？"

"你觉得呢？"

奥黛丽吞下一大口三明治，拍打着胸口，费力地咽了下去。

我笑了起来。

"平时妈妈都在店里，爸爸在镇上写公文，离这儿十公里远呢，根本不用担心撞见他们。"

"严格来说，我现在是你的同谋了。"

"你可是自愿的。"

"谁能想得到呢？"

"能想到什么？"

"没什么，你是我认识的第一个逃学的女孩。"

"你也不认识多少女孩吧。"

她紧紧地盯着我，我不得不躲开她戏谑的眼神。

我赶紧换了个话题，"他们要求你几点回家？"

她指着我们来的方向，说："学校很远，从悬崖这边过去大概要九公里，也就是说，我每天要花一小时上学，一小时回家。"

"每天？"

"你开始理解我了。"

"你是说……你每天都要骑行两个小时吗？"

"欢迎来到乡下，莫里斯。"她笑着向我摊开双手。

我往身后的草地上一躺，双手垫在脑后，"真是太不可思议了，这简直是噩梦啊！在马赛，我上下学只有五分钟的路程。"

"但你可看不到这个。"奥黛丽盯着眼前的大海，惬意地回答道。

"不,马赛也有海!"我抗议道。

"这不一样。"

的确,马赛的海和多特勒梅尔的海不一样。

尽管当时我还不太明白原因。

11
一通电话

到了吃晚餐的时间,我累得几乎连眼睛都睁不开了。酸痛顺着双腿一阵阵地涌上来,仿佛我把腿塞到了满是刺的灌木丛里一样。

餐厅里弥漫着一股浓烈的油漆味,爸爸的头发上甚至都沾上了一片绿油油的油漆。落日的余晖映进半个餐厅,也被染上了祖母绿的色调。我跟爸爸说,这个颜色美极了。

爸爸回答道:"明早不要出门了,好吗?明天我们得给餐厅刷第二遍油漆,然后就要开始刷走廊了,有一大堆活儿要干呢。"

我默不作声地把蒜香面包放进汤里蘸了蘸。

"明天光明先生就要来了……"妈妈说道。

"妈妈,那是电工。"延斯卡毫不留情地纠正道。

"他还是管道工呢。"妈妈终于忙完了,在餐桌旁坐下来,转向我问,"你和你的朋友相处得怎么样?"

"嗯,对,好极了,真的是……"我该怎么描述呢?激动人心还是令人震惊?"非常有趣。我还发现了好多关于旅店和前主人君特·布伦特的事情。"

我是故意这么说的。我发现爸爸的背绷直了,他似乎很紧张。看来我的推论是对的——爸爸知道布伦特的事情。

"我听说布伦特养了两条狗呢。"我话锋一转,爸爸这下可以放心了。

"我也想养两条狗!"米拉贝尔大叫道。从四岁开始,她每年圣诞节都会提出这个愿望,"他养的什么品种啊?"

"我也不知道。"

"一定是两只德国牧羊犬吧。"延斯卡低声讽刺道。

我们一家非常喜欢在餐桌上聊天,这是我们家的传统,也确实让我们有了很多机会分享彼此的生活,为此我将永远感激我的父母。但是那天晚上,就在我们边喝汤边聊天时,电话突然响了。我们面面相觑,困惑不解。我们不但没想到会有电话打来,甚至不知道旅店里有一部电话。那个年代还没有手机,我们也没有需要打电话联系的亲戚——或许爸爸那位远在格拉斯做香水生意的姐姐能算一个吧，但她和我们家的关系并不融洽。电话铃声还在不依不饶地响着，丝毫没有停下的意思，我们不得不起身，循着铃声去寻找电话。最终，延斯卡找到了。电话藏在前台柜台后的一个角落里，被一大摞谜语杂志盖住了——布伦特做完了这些杂志上的所有谜语。

"接电话啊！"妈妈催促延斯卡道。

"我该怎么说？"

我揶揄道："就直接说'喂？'"

延斯卡拿起电话，"喂？晚上好，这里是拿破仑旅店……"接着她便沉默了，头歪在左肩上，视线落在右边，眉毛一挑一挑地动着。

"不不不，真是抱歉，我们还没正式营业……您也许听说了，旅店换了新主人……"延斯卡用德语向听筒那边解释道，我们在一旁听着，不明所以。

延斯卡犹豫了一下，随即又用德语继续说道："是的……我明白……当然，预订者是布伦特先生的朋友们。是的，当然，我会通知我父母……我是说……通知新主人。好的，好的，再见。"

电话挂断了。

延斯卡把电话放回原位，从前台绕出来，回到餐桌边。

爸爸问道:"谁打来的?"

"我也不知道,那个人问我们现在营业吗……"

妈妈紧接着问道:"那你是怎么说的?"

"我说我们暂停营业了,可对方好像不信。"

"为什么不信?"

延斯卡一边拉开椅子坐下,一边说:"我说的话你们都听到了,对吧?我跟她说了,旅店刚换了新主人,还在停业整修,可她……"

"她?"

"嗯,不知道叫什么,反正是位女士。"延斯卡低头小口啜着勺子里的汤,含糊不清地说道,"她说,他们是布伦特的好朋友,嗯……不对,她说的那个德语词意思是'常客',他们应该是布伦特旅店的常客。"

"常客……"我也坐回自己的位置,忍不住跟着念了一遍。

妈妈又问道:"她还说什么了?"

延斯卡把勺子放到盘子旁,看了看妈妈,又看了看爸爸,一字一句地说道:"他们明天就入住。"

"什么?!"爸爸惊讶地问。

"他们今晚在利沃诺,明天出发来旅店,说是之前已经跟布伦特订好了房间。"

妈妈看了爸爸一眼，惊叫道："可是，布伦特已经去世一年多了！"

"可能他们还不知道？她说她去年就订好房间了，她每两年都会来一次。"

"乔治·多米尼克？你怎么看？"妈妈叫起了爸爸的大名，严肃地低声问道。

爸爸没有说话，坐在桌旁认真地思考起来。

"乔治，拜托了，说句话，我觉着我们应该做点儿什么。"妈妈催促道。

爸爸还是一言不发地皱着眉头沉思。妈妈从桌旁站起身。延斯卡则不紧不慢地小口喝着汤，似乎很享受这一系列由她引起的恐慌。

"太棒了！"米拉贝尔突然兴奋得蹦得老高，"我们有第一批客人了！看哪！我们还没开业，竟然就有第一批客人了！"

妈妈转身去了厨房，紧接着厨房里传出丁零当啷的声音，仿佛她不是在收拾那些锅碗瓢盆，而是在制造军火。

爸爸在桌旁继续坐了一会儿，然后拿起餐巾迅速地擦了擦嘴角，随手把它扔在桌上，也进了厨房。

12

布伦特的笔记本

布兰迪是一位牙齿稀疏、身材臃肿的老太太，花白稀疏的头发在脑后挽成一个发髻。她穿着一件印着小鹿斑比图案的肥大T恤和一双木屐，仿佛是从《糖果屋》故事中的森林里跑出来的一样[①]。爸爸请她帮我们紧急清理出几个房间，好用来招待那几位不速之客。爸爸说拿破仑旅店的保洁工作一直是由她负责的，第一个发现布伦特出事的人也是她。但那天早上，我没有问她这件事。

尽管有了帮手，妈妈仍然一肚子气。爸爸则去拜访镇长——

---

① 《糖果屋》出自格林童话，讲述了汉赛尔和格莱特兄妹俩被继母扔在大森林中，随后他们来到了巫婆的糖果屋，结果差点儿被吃掉，但凭借机智与勇气，两人最终脱离魔掌。

奥黛丽的爸爸埃泽希尔·福考特。他去确认除了我们已经拿到的文件外，是否还有其他交接文件，同时也问问是否还有客人预订过房间。

我们问布兰迪太太，她是否认识电话里会讲德语的女士。她说自己大概能猜到我们说的是谁。

"他们是一对兄妹，对，他们去年也来过。"

布兰迪太太一边说，一边抓起一张床垫，迅速翻了个面，顺手把床架推到墙角。她的动作十分熟练——她确实对这些房间了如指掌——但也透着不耐烦。

"请问，为什么当你提到他们时，要用那样的语气呢？"妈妈试着和布兰迪太太搭话，以便多获得一些客人的信息。

布兰迪太太没有接话，她径直走出房间，来到走廊上的一个大衣柜前，打开衣柜，咕哝着取出四条熨烫好的床单。

她随手把床单递给了我——我因为好奇，便尾随她出来了。她打开一条床单，闻了闻，确认没有霉味，于是回到了房间里。

我们给客人准备了两间位于三楼的客房，那里的视野会更好一些。

布兰迪太太抖开一条床单，一直到把第一个角塞到床垫下后，她才回答妈妈之前的问题。她并不是有意把妈妈晾在一边，而是单纯因为她不能一心二用。在她看来，铺床比回答问题重要多了。

"我始终想不明白，为什么他们每隔一年就会来，尤其是那个男人。他皮肤白皙，甚至能看清皮下的血管，眼睛很亮，冬天时，瞳孔颜色会淡一些。他们叫他扎尔、瓦尔还是查尔？反正就那么个意思吧。你说他们是船长的朋友吗？我听过他们相互说脏话，可能他们在德国时就是这么相处的吧。"她不解地说道。

妈妈问："他们每隔一年都来岛上吗？"

"我没记错的话，每两年来一次。对，没错，每隔一年就来一次，直到船长……嗯，你们都知道的。"布兰迪太太指了指房间的吊灯，希望只有妈妈一个人明白她的意思。

妈妈叹了口气，"但怎么就没人告诉我们呢，没有预订登记簿，没有记事簿，甚至连客人名单都没有。"

布兰迪太太说道："布伦特船长有一个登记簿啊，他总是登记得很仔细。"

"为什么要叫他船长呢？"我问道。

布兰迪太太看了我一眼，说道："因为他当过船长。他以前是一艘帆船的船长，结果被风帆的缆绳弄伤了手。"布兰迪太太用左手紧抓住了右手，眼睛瞪得大大的。

~64~

我立刻来了兴趣，问道："那他手上是不是少了几根手指？"

妈妈斥责道："莫里斯！拜托，不要问那么多奇怪的问题！"

布兰迪太太冲我笑了笑，看起来很满意的样子。显然，她喜欢聊有关布伦特的话题。说话间，她已经整理好了第一个房间的床铺，我们又来到了第二间。

"正是因为手受了伤，他才搬到这里的。"布兰迪太太以这句话结束了关于布伦特受伤的讲述，"显然，只用一只手是没办法驾驶帆船的，对吧？啊，咱们的运气真不错，这些屋子里都没有霉味。"她打开可以俯瞰花园的窗户，皱着眉头看向楼下，仿佛有什么事没做完一样，"无论如何，像我之前建议的一样，最好给他们留出来两个房间，他们跟我们不一样。在我姐姐成家前，我们一直住在一个房间里，后来我姐姐去世了，真是可怜啊。当然，你们不知道他们要来，这事确实挺奇怪的。"

妈妈问道："本来应该由谁告诉我们吗？"

"不不不，船长从不跟其他人说客人的事情。不过，他都事无巨细地记在了笔记本上。"

我迫不及待地问道："什么样的？"

"小伙子，你想问的是哪方面呢？"

"我的意思是那本笔记本，是什么样的？黑的？红的？大的？小的？"

"是一个大概这么大的黑皮笔记本，"布兰迪太太不耐烦地比画了一下，"他总是随身装在外套的口袋里。"

妈妈说："现在可能还在他的衣服口袋里，只是我们没去找而已……"

我立刻举起手，"交给我吧！"

妈妈接着说道："毕竟这里基本没人动过，对吧，布兰迪太太？"

"是的，夫人，应该没人动过。"布兰迪太太一边说，一边在胸前快速地画了个十字，"话又说回来，已经一年多了，这些小东西的确不好找。"

"我去他房间看看！"我喊道，没等他们回话，我就兴冲冲地跑向了布伦特的房间。

13

搜寻笔记本

布伦特船长的卧室里有一股奇怪的味道,这让我想起了马赛的罗沃隧道。罗沃隧道可能是最长的运河隧道之一,却已经被废弃二十多年了。我在布伦特的房间里也闻到了这种味道——被遗弃的味道。另外,还有一丝古龙水的味道。电灯开关在门的左边,我打开灯,百叶窗密不透风,连一缕阳光都透不进来。这个房间和其他房间基本一样,但衣柜要宽敞很多。床头柜上放着一张裱进相框里的小照片,照片上的男人头发很短,有些秃顶,胡子刮得很干净,搂着一个留着黑色长发的女人。

"法布里斯,这就是他们俩了。"我在心里和弟弟轻声说道。布伦特船长和康苏埃洛真是奇怪的一对儿。照片上的布伦特长着一张方脸,脖子粗壮,眼睛深邃,嘴唇抿得紧紧的,看起来几乎只剩下一条线了。康苏埃洛则开怀大笑。

我注意到照片上的布伦特把右手搭在了康苏埃洛的肩膀上，那只手看起来很完整，于是在心里默念道："看，法布里斯，他受伤的应该是左手。"

我打开衣柜，从左边的衣服开始找起。衣柜里留着许多布伦特的衣服：十几条裤子，五六件粗布夹克，按照颜色从浅到深的顺序，一件挨着一件，挂成一排。隔板上叠着几件毛衣，衬衣则放在最下层的抽屉里。按照布兰迪太太的建议，我一个口袋一个口袋地掏，但一无所获。保险起见，我甚至连裤子的口袋都摸了一遍，但连笔记本的碎片都没有找到。我从没想过，我会为了寻找一张可能被落下的纸片，而翻找这么多的口袋。

我走出布伦特的卧室，来到他的书房。书房是一个狭长的房间，在旅店的背阴面，有两扇窗户，可以俯瞰来时路过的沙丘。窗前正中间放着一张旧桌子和一把背对着房门的扶手椅，这样，他一抬头就能看到窗外的风景。显然，比起大海，他更喜欢沙丘。天花板上吊着一台缺了叶片的电风扇，墙上则挂着几幅用金线框裱起来的本地风景画。书房里还立着一个放满了书的书架和一个铁皮文件柜，上边摆着一些装饰品。我从书桌的抽屉找起，接着又检查了书架上的书，所有书都是德语版的。书架上还有一套四册成盒的书,但缺了一册。我把书盒拿出来时,从里面掉出来一张有几个士兵的照片,写着"埃尔温·隆美尔"的名字。我看了看,又把它放了回去,因为这不是我要找的东西。文件柜里也没有什么收获,除了在打开抽屉时,有一支黑色铅笔慢慢地滚了出来。不知为何,这个场景让我不寒而栗。我看着这支很普通的辉柏嘉牌2B铅笔,却没有胆量拿起它。我轻轻关上抽屉,以免它又滚动起来。

我正准备走出书房,告诉大家什么都没找到时,突然听到走廊里有响动,而且就在书房的门外。

"延斯卡?"我试着叫了一声,因为这个书房就在她习惯去的卫生间对面。

我非常紧张,好像被法布里斯捏住了脖子一样喘不上气。

"延斯卡,是你吗?"我又重复了一遍,走到书房门口。

我打开门,正迎上布兰迪太太站在我面前。她张开粗壮的双臂,露着歪歪扭扭的牙齿,顶着快要掉光的头发,仿佛填满了整个走廊。

"我不是故意吓唬你的,孩子。"她说。

可是,她看起来确实像是故意的。

"很不可思议,对吧?"她边说边探头往我身后的书房里张望,"真的太不可思议了,人生无常啊,先是船长,现在是普什巴赫……"

她在说什么?

她仍在探头往书房里看,好像在找什么东西。

布兰迪太太继续念叨着:"他以前总是在这儿一坐就是几个小时,看窗外的沙丘,坐在椅子里读书,天知道他怎么有那么多书要读。要我说,书上总是那几句话,有什么可看的。可他就爱待在书房里,有意思吧。他的妻子不喜欢这个书房,基本不会到这间房子来,我也一样。只有普什巴赫偶尔会进来一会儿。"

"普什巴赫?"我惊叫起来。这么说来,我之前的想法是对的?他和船长以前就是朋友?

布兰迪太太的表情似乎凝固了,先是眉毛皱起来,然后嘴角下垂,最后,整个脸都露出了痛苦的表情,"哦,可怜的普什巴赫先生……可怜的普什巴赫先生……就这样一声不吭地离开了……"

"您真的是在卧室里发现了布伦特船长吗?"

布兰迪太太的眼睛一下子亮了起来。"嗯,是的。"她平静地看向我,那种目光像是要看进我的心里一般,"当时他还在动,你知道吗?"

我紧张得口干，吞了口唾沫。

"但那只是风吹的。我进来时，所有窗户都开着。我猜他是想保持空气流通，不想让房间里有味道吧。"

我想舔舔自己干裂的嘴唇，却不敢把舌头从齿缝间伸出来。

"那天，他打扮得光鲜亮丽，像一个真正的船长。他修剪了胡子跟指甲，穿了一双擦得锃亮的皮鞋。但是……"布兰迪太太比画了一下，"唉……"

"那么普什巴赫先生呢？"我急忙问道，想赶快换个话题。

"噢，可怜的普什巴赫先生。我每天下午都会再整理一遍他留在我家的那些东西。"

等等，好像有什么奇怪的地方。

"你们住在一起吗？"我不禁问道。

"你说什么呢？想哪儿去了！"布兰迪太太咯咯地笑了起来，"我把我的房子，或者说是我姐姐留给我的房子，租给了普什巴赫，那时他刚来镇上。怎么说呢，有时候，我也觉得那栋房子不太吉利，不到二十年，就有两个住户过世了。但我也经常对自己说，布兰迪，这就是生活，除去外出旅行的时间，其他的生老病死都跟家息息相关，不管你喜不喜欢，事实就是这样。你说对吧，孩子？"

我也不知道自己喜不喜欢，我只是用力地抠着门框，简直要把它抓断了。当我意识到这一点时，我开始琢磨自己究竟在害怕什么。是布兰迪太太，还是这所旅店？或者说是这里的一切？

　　"你今天会去收拾普什巴赫的东西吗？"我问道。

14

空荡荡的房子

多特雷梅尔是一个很小的镇子,镇上的房子各具特色,但这里的巷子总给我一种奇怪的感觉:巷子里总是空无一人,让我觉得既像被人监视着,又像被遗弃在世界上最遥远的角落里。这场景就像有些电影的男主角,当他感到自己被跟踪的时候——观众能看到他确实被人跟踪了——回头却看不到任何人。巷子里各家的窗户都虚掩着,门也都没上闩,但根本不会有人进到别人的房子里去做坏事。

正是这种陌生感、疏远感和距离感,迫使我对自己正在做的事情和该怎么做进行了超出必要的思考——还让我摔了一跤。

我想,在5月的最后一周,我在多特雷梅尔跌倒的次数,比我之前一年加起来都多。

在福考特小卖部门口,我差点儿又摔一跤,幸好这次抓住了门把手。店门外堆着两筐鱼竿和鱼线,门口的招牌下挂着一张渔网。我咣当一声推开门,一抬头,发现自己跟一个用锚链吊在横梁上的木制雕像四目相对。

"莫里斯?你来这里干什么?"奥黛丽坐在一个巨大的木制柜台后面,膝盖上放着一本杂志。

"布兰迪太太去普什巴赫的房子收拾东西了,她在那儿等着我们呢。"我说道,"我的意思是……说不定会发现什么对我们调查有帮助的东西。"

她的眼睛一下子亮了起来。她从凳子上跳下来,神秘兮兮地说:"我也有发现,你在外边等我,我很快就来。"

说罢,她拉上小卖部门上的帘子,把门上挂的牌子翻了个面,让写着"离开一会儿"的那一面朝外。

紧接着,我们就朝着普什巴赫住了二十来年的房子走去。

在路上,奥黛丽说:"一周前,普什巴赫在店里订购了五公斤樟脑丸。"

我不解地问:"这很多吗?"

"当然多啊,除非你有成千上万个需要防虫的衣柜。又或者,樟脑丸还有别的用处。"

我也不知道答案，不过，我们已经到了。

普什巴赫家位于大广场酒馆另一侧最左边的一栋二层小楼上。小楼有着方形的窗户和倾斜的屋顶，外墙上盖着一层厚厚的藤蔓。

奥黛丽问道："布兰迪太太知道我也要来吗？"

"当然了。"

"你是怎么说服她同意我们进去的？"

"哦，这也不难啊。"

我敲了敲门，和奥黛丽一起走了进去。

"好孩子，你们都是好孩子……"布兰迪太太立刻迎了出来，顺手把抹布和水桶递给我们，"只有你们这些好孩子才愿意来帮我处理这种倒霉事，从没有人帮过我。我不想在这间房子里待太久，因为哪怕只是环顾一下，我都会难过！那张桌子是我姐姐留下的，那些盘子也是。来吧，快点儿，乖孩子们，帮我快点儿收拾完，我们就去雷米家喝柠檬水。"

很快，我们就打扫到了楼上的房间。

这里很整洁，到处都擦得锃亮。进门的客厅里放着一张桌子和四把椅子，搁板正中央有两沓纸，上面压着用来坠渔网的那种铅块。一沓是水电费之类的账单，另一沓看起来则像是一些个人文件。

"看这个……"我低声对奥黛丽说,"蒂洛·普什巴赫……1903年11月17日生于基尔……"

我跳过最上面的文件,去看下面那一份。

"写的什么?"

"这是德语,"我回答,"我姐姐倒是懂德语,但是……"

这时,布兰迪太太喊了我们几声。

"我觉得这应该是某种学校证书。"我指了指文件印章上方凶猛的老鹰徽记和一串黑色手写哥特体字母说。

"这个印章看起来像一艘船。"奥黛丽说。

"可能吧。比如海军学院什么的。"

"孩子们,你们能过来整理一下这个房间吗?"布兰迪太太站在楼梯口喊道。

我匆匆瞟了一眼第三张纸,这是一封手写的信,字体歪歪扭扭,仿佛作者强行逆着风写出来的一样。然后我便和奥黛丽上了楼。

但其实楼上的房间没什么可打扫的,两间卧室干干净净,床铺得整整齐齐,卫生间里也很整洁,厨房更是挑不出毛病,餐具和玻璃杯都摆放整齐。水槽旁摆着一套洗净晾干的餐具——一个深盘、一把餐刀、一个玻璃杯。冰箱电源已经断开了，里边空无一物，甚至连奶酪渣都没有。

"可怜的普什巴赫啊，真是可怜。"布兰迪太太泣不成声，"但为什么要这样离开呢？"

"最重要的是，他现在人在哪里？"奥黛丽趴在我耳边悄悄地说道。

熨斗放在熨衣板的下面，旁边叠着两件熨得笔挺的衬衫，就连衣柜里的几件衣服也像是刚洗过的。

布兰迪太太说："他把自己所有的衣服都熨了一遍，连内衣都熨了！"

"还把所有文件都整理好，放在桌子上了。"我自言自语。

与其说这栋房子整洁，倒不如说是空荡，丝毫没有家的感觉。除了门口的那筐鱼竿，这里几乎没有任何一件私人物品、纪念品或照片，就好像这二十多年来，普什巴赫没有添置任何属于自己的东西，也从未改变过房间的布置，就好像他是在住旅店，而不是自己家里。想想在我们马赛的家里，仅我一个人就攒了那么多"鸡零狗碎"，何况还有我的爸爸妈妈、延斯卡和米拉贝尔，整个屋子都被我们塞得满满的。从这栋房子里留下的东西来看，普什巴赫从没读过书、翻过杂志，也没听过唱片或者买过装饰品,似乎这里只是个睡觉的地方。他的生活就这样不留痕迹地一闪而过,可能这就是海上人的宿命吧。他们习惯了不积攒东西,因为他们知道,只要一个大浪就能让人一无所有。

我们在这栋房子里待了将近两个小时,却什么也没找到。直到听到敲门声,我们才得以从打扫卫生中解脱出来。

布兰迪太太吆喝着:"可能是雷米!我请他过来的,以防有什么家具需要他帮忙搬挪。"

我跑下楼去开门,发现面前站着一个皮肤黝黑、头发编成数百条小辫子的巨人。

"嘿!"大广场酒馆的老板雷米向我打了个招呼,"你应该是刚搬来的吧?"

我退到一旁,留出足够的空间让他进来。客厅的天花板比较低矮,进门时,他不得不低了低头。

"哦,雷米!你来得正好!"布兰迪太太向他招呼道,"看这地方乱七八糟的!"

"嗨,奥黛丽。"雷米向奥黛丽问好,奥黛丽回以微笑。他接着又转向了布兰迪太太,"乱吗?对我来说,这已经一尘不染了,布兰迪太太。"

"是啊，是啊，真是干净啊，跟我刚接手这房子时一模一样。可怜的普什巴赫，二十年了，就像从没来过一样……"

话还未说完，她已经泪流满面了。

15

客　人

　　一辆苹果绿色的奥迪80轿车停在了旅店车库前的雪松下。车挂的是德国克洛彭堡的牌照，车窗上拉着密不透风的防晒帘，后备厢隔板上则摆着一只不停摇头的塑料玩具狗。直到很多年后，我才知道这种狗叫作摇摆的腊肠犬（Wackeldackel）[①]。

　　"看来是客人到了。"我走到阳台上，对法布里斯咕哝道。

　　我在阳台上听到他们——妈妈、爸爸，还有另外两个人在激烈地争吵。

　　"我们也很为难啊。"妈妈说道，"我们压根儿不知道你们预订了房间。"

[①] 由两个德语单词wackeln（摇摇晃晃）和dackel（腊肠犬）组成，在当时是一种很时髦的车载饰品，当时的人们很喜欢腊肠犬，所以设计了会摇头的玩偶放在车上。

"我们也不知道君特去世了！没有任何人通知我们啊。"妈妈对面的女人咄咄逼人，她身材高挑，黑色的短发犹如一顶扣在脑袋上的头盔，"连个电话都没接到过，谁能想到他就这么去世了呢！"

"他也不是那种会按时送上节日祝福的人。"接过话茬的人，应该是她的哥哥，他比妹妹更高大，淡金色的头发短到仿佛直接贴在头皮上，穿着的紧身黑色毛衣勾勒出了一具运动员的体格。

"真是不凑巧，这些事都赶到一起了，但……"爸爸冲他们挥了挥手，把注意力吸引到自己身上来，"你们看，旅店现在就这个样子，都停业几个月了，我们也刚刚搬过来，还在收拾呢。"

"那昨天晚上在电话里怎么不告诉我们呢？至少那时候我们还没上船。"那个男人气呼呼地质问道。他的口音很重，尤其是辅音，咬字很重。

"实在是不好意思，是我女儿接的电话，我已经要求她向你们道歉了。"爸爸回答道，"坦白来说，很难想象会发生这种事。在你们打来电话之前，我们甚至都不知道旅店里还有电话。"

女人扭头问男人："沃尔特，现在怎么办？就这么白跑一趟回德国吗？"

爸爸迅速把双手交叉放在身前，微微躬身说道："如果你们愿意的话，可以先在旅店里住几天，等找到更好的住处再走也不迟。当然，这只是我们的一片心意，不是为了赚你们的钱。"

那对兄妹彼此眼神交流了好一会儿。

"真是麻烦您了，雷纳德先生。"

"乐意效劳。"

"沃尔特，你怎么想？"女人问道。

男人看起来有些犹豫，"雷纳德先生，本来不想麻烦你们，但从这里去另一个镇子太远了，而且我不确定能不能再找到一家店……"

"那就这么定了。"

"那么打扰了，就今晚一晚，最多加上明晚。"

爸爸接着问道："需要我帮你们拿行李吗？"

沃尔特回答道："谢谢，不用了，暂住就没必要把行李都搬下来了，一个手提箱就够了。"

这时，他们注意到了站在奥迪车旁边的我。

"看看这是谁，来，莫里斯，来跟我们这两位不走运的客人打个招呼。"

女人——她的名字叫作卡琳·查尔——用力地握了握我的手，说道："你就是那个出了名的排行老二的小伙子吧？"

"出名？"

"你爸爸说你是个狂热的录音发烧友。"

"啊，是有这么回事。"我轻描淡写地说，"我就是喜欢把各种各样的声音记录下来。"

"你会用电脑吗？"

"嗯，会一点儿。"

他哥哥的手更有力，我感觉我的手仿佛被钢钳夹了一下。

沃尔特·查尔继续说："还是算了吧。最多十年，这种东西就要被淘汰了。"

我往爸爸沾满油漆点子的衬衫后躲了躲。从那兄妹俩拎着行李箱的样子看，他们的箱子里仿佛装满了大石头。

一阵轻风吹弯了花园里的树，一个松果从雪松上掉了下来，咚的一声，落在了地上厚厚的松针上。在我听来，这仿佛是某种警报，抑或一场比赛的发令枪声。但我既不知道参赛者是谁，也不知道那虚无缥缈的终点线在哪里。

我带着这种阴郁的预感，一瘸一拐地走进拿破仑旅店。

16

共进晚餐

我们一起美美地享受了一顿丰盛的晚餐，这要归功于妈妈煲的一道美味的马赛鱼汤：汤里放了藏红花和各种海鲜，有鲉鱼、瞻星鱼、蝉虾、皮皮虾，甚至还有一条足有一公斤重的海鲂，配上现切的佐餐面包和大蒜胡椒酱简直完美。查尔兄妹着实大快朵颐了一番。卡琳换了一身优雅的绿色无袖连衣裙，双臂上的肌肉线条一看就是经常锻炼的结果。沃尔特还穿着下午那身黑色毛衣和长裤，戴了一只表盘上装饰着蝴蝶图案的钻石手表。晚餐时间很愉快，客人们对爸爸给餐厅新刷的绿色墙面赞不绝口，又耐心地听我们讲述了其他改造计划。爸爸表现得格外热情，仿佛在弥补没能按客人原计划接待他们的遗憾，并许诺明年一定会好好招待他们。晚餐后，延斯卡和我收拾了餐桌，端上餐后奶酪，妈妈介绍这是塔尔迪农场产的山羊奶酪，兄妹两人说他们前年来的时候见过塔尔迪。我们问他们为什么会来这里度假，他们说是因为布伦特，准确地说，是因为他们的父亲在多年前介绍他们认识了布伦特。

"我们出生在希腊的克里特岛。"卡琳一边说，一边喝下第三杯萨卡雷洛葡萄酒，"我哥哥是1952年10月出生的，典型的天蝎座。"

"跟我妈妈一样。"

"我是3月出生的，比他小几岁。"说到这里，卡琳用指节咚咚地敲着桌面，回想着自己刚才想说的话。

妈妈问："在克里特岛生活是什么感觉？"

"啊，我也说不清楚，我们很小的时候就被父亲送到法国斯特拉斯堡的国际学校去了，他有一个执念，那就是让我们接受更好的教育。"

"还让我们学法语。"

"啊，我能理解，"爸爸点点头，"我们家延斯卡也不太喜欢她在马赛读的那个好学校。"

"我才没有！"延斯卡抗议道，但声音太小了，没人听得到。

沃尔特举起酒杯说："为了法国在世界杯复仇而干杯！"

他们讨论了一会儿几百年间德法两国对彼此顽固的傲慢态

度，然后话题又回到了他们如何认识布伦特上来。

沃尔特紧紧攥着酒杯，用力地点头说道："啊，这是个奇怪的故事，真的很奇怪。我刚刚提议为法国在世界杯上向德国复仇而干杯，但我们的父亲，于尔根，来自斯特拉斯堡……你们去过斯特拉斯堡吗？"

我们一家从来没去过那里。

"斯特拉斯堡特别美，"沃尔特接着说，"就在德法边境上，所以既带点儿德国味，又有一些法国味。"

爸爸赞同道："毕竟是德法经营了上百年的城市了，应该的。"

"尽管我父亲在克里特岛度过了人生中最后的四十年，但他还是对斯特拉斯堡有着很深的感情。我们的祖父是一个很有影响力的政治家，甚至在阿尔萨斯以外的省也很有威信，但那已经是19世纪的事了，现在一切都不同了……"

沃尔特说着点了点头，我父母也迎合地点点头。

"我父亲以前常说，不要和意大利人谈诚信，不要和法国人谈革命，不要和德国人谈世界大战。"爸爸简短地总结道。

沃尔特赞同道："很有道理。"

"这是比利时人的智慧。"

"事实上，我父亲亏欠祖父的太多，尤其是在祖父给他找了一份好工作这件事上。"

"你父亲是做什么工作的？"

"我父亲吗？"沃尔特回答道，"他没有工作。"

爸爸和妈妈都笑了，沃尔特则一脸严肃。

"我没开玩笑，他这辈子一事无成。大战前，他开了一所旅游学校；大战后，他就搬到了克里特岛，躲在船上晒太阳，连我们的学费都是祖父支付的。"

卡琳把一只手搭到沃尔特的手腕上拍了拍，既是安慰，也是提醒他不要再说什么不得体的话。"父亲在克里特岛北岸有几处小房产，还有一条带客人出海潜水用的小船。这是他最大的爱好了，他也把这种热爱传给了我。他一直都喜欢平静的生活，最大的壮举也不过是在地中海往返了几趟。他就是在马略卡岛认识布伦特的。"

沃尔特给自己又添了些酒。

"当时他们面前放了一瓶1949年的麝香葡萄酒，不知道为什么，这个画面在我脑海里挥之不去。"沃尔特微笑着说。

"父亲和布伦特已经很多年没有见过面了。"卡琳接过话茬，说道，"直到一些朋友的朋友让我们重新联系上。这才是寻宝之旅，因为布伦特不再做船长了，也没告诉任何人他在这儿买了个旅店当老板。不管怎么样,我们还是联系上了布伦特,在父亲最后过得还不错的那几年……至少,还算不错……"

沃尔特不以为然地苦笑了一下。"父亲患上了阿尔茨海默病。"他从牙缝里蹦出这句话。

"这可真是太不幸了。"妈妈叹了口气。

"没必要当着孩子们的面说这个。"卡琳说道。

"我们知道阿尔茨海默病是什么。"延斯卡插嘴道,"当人的大脑功能开始衰退时,他就会不知道自己在说什么,也认不出身边的人。我那时候跟奶奶解释过好多次我是谁……"

"延斯卡,不要再说了。"妈妈拍了拍延斯卡胳膊说道。

"在搬到这片空气清新的新土地之前,我们也经历了一些艰难的日子。"爸爸尴尬地解释着,举起了酒杯,"现在一切都过去了,让我们敬那些逝去的亲人吧!"

餐桌上又响起一阵碰杯声。这一次,一滴胭脂色的红酒从沃尔特的杯子飞洒出来,恰巧落在了我面前的桌布上。

洒落的红酒迅速在桌布上扩散,印染出一片黑黑的酒渍,逐渐形成了一个漩涡的形状。

这次碰杯后,有好几分钟,大家都没有再说一句话。

17

争 论

我发现自己躺在床上,却想不起来是如何躺下的,一时间甚至分不清我是刚躺下准备睡觉,还是半夜醒来了。寂静平和的夜里,我的心跳声和树丛间的风声都清晰地传入了我的耳朵。米拉贝尔睡得很熟,窗外漆黑的夜空中繁星点点,海浪听起来缓慢而规律。

我看了一眼闹钟,现在是午夜。

我惊呆了,就像刚从噩梦中醒来,脑子里一片混乱。我下了床,去洗了一把脸,试图让自己清醒清醒。关上水龙头的时候,我突然听到从老旧的水管里隐隐约约传来了说话声。那声音很小,似乎是从楼上卫生间里传下来的。

是查尔兄妹!我一下子就清醒了,他们好像在争论着什么。

我蹑手蹑脚地迈进浴缸，脚踩着浴缸沿保持平衡，耳朵紧贴在从上方穿过墙壁的管子上。

正如我想的那样，我听到沃尔特·查尔用法语清楚地喊道："我才不在乎！"

"小点儿声，白痴！"

"我想多大声就多大声，反正他已经死了！"

"你为什么要戴着爸爸的手表，尤其是在这里？"

"我是为了他才戴的。不需要你来指挥我该做什么、不该做什么。"

"如果我偏要管呢？"

接着，卡琳说了几句我听不懂的德语。

"布伦特是个老混蛋，父亲也是个老白痴！"沃尔特接着说，这次说的是斯特拉斯堡口音的法语，这应该是他们俩平时交流的语言。

"不许你这么说父亲！"卡琳生气地说。

"天知道我们这么些年是怎么熬过来的，他能从悬崖上跳下去真是太好了！"

我差点儿从浴缸沿上摔下来。我听到了什么？查尔兄妹的父亲是从悬崖上跳下去的？就像我们以为的普什巴赫一样？这可能吗？"

他们兄妹中的一人打开水龙头，然后又关上了。我听到卡琳说："这是最后一次提到蝴蝶特工，行吗？"

我没听懂沃尔特的回答。

沃尔特顿了一下，接着说道："我们去找他吧，如果他还在那里，或者他真的跳下去了的话。"

"父亲知道那个人是谁，他认识那个人。他听到他们三个人在鲍曼的公寓里说话。他都说过无数次了。"

"确实，我也记着这回事。但现在三个人都已经死了。父亲找了近四十年，又找到什么了呢？我们俩也找了八九年了吧，还得找多久？你打算把这个破旅店一块块掀开找吗？"

米拉贝尔在床上翻了个身，我把耳朵贴得更紧了，生怕漏掉任何一个字。

"父亲有美国中央情报局发的退休金，我们呢？我们可什么都没有。"

沉默。

美国中央情报局。

接着，头顶传来一阵紧张的来回踱步声。

"我们是为了家人啊……"

"我才不在乎这些！我们在说的可是马丁·鲍曼的私人宝藏！"沃尔特咄咄逼人地说道，不禁让我后脖颈一紧，"那么多金条，难道不值得我们花十年工夫来找吗？"

又一波热水沿着管道，从楼下的锅炉进入他们房间的浴缸里，我不得不把耳朵从水管上移开，以免被烫伤。

最后，我听到了一句："布伦特船长，你说值不值呢？"

18

怀 疑

"你确定吗？"奥黛丽问道。

我们坐在悬崖顶上，这比我们上次搜查的地方还要远两个岔路口。灰色的天空下充斥着嘈杂的蝉鸣，平静的海面仿佛被低矮的云层压碎了一样，溅起一片片浪花。

"我很确定。"

法布里斯也很确定。我从查尔兄妹抵达旅店、吃晚餐开始讲起。奥黛丽让我描述一下沃尔特戴的蝴蝶手表的样子。我不明白她为什么会对那块表感兴趣，那不过是一块普通的手表而已。

"看起来很贵，你明白吧？就是表圈闪亮闪亮的，表盘中间有个蝴蝶。"

"只是闪亮还是镶着钻石？"

"有区别吗？"

"区别大了。"

"那是他们父亲留下的，卡琳说她不会戴。"

"他们的父亲，于尔根·查尔？"

"他们叫他蝴蝶特工，他们还说今晚就搬走了。"

"蝴蝶特工的手表。"

"沃尔特是这么说的，他还说这个混蛋终于死了。"

"布伦特？"

"还有别人吗？在餐桌上时，他说他们是朋友，还总是直呼他的名字君特，好像很熟，但到了晚上，兄妹俩在卫生间说话的时候就全变了。他们说打算把我们旅店拆了，因为他们的父亲找马丁·鲍曼的宝藏找了快四十年，他们俩也找了好多年了，据说宝藏是一堆金条。他们还说他们的父亲从美国人那里领退休金。"

"美国人？"

"好像说是美国中央情报局。"

奥黛丽叼着一根草秆认真思考起来，看起来像是在模仿美国人抽雪茄的样子。

"起码我们能确定，查尔和布伦特不是朋友。"奥黛丽说道。

"我也觉得不是，但他们应该认识。沃尔特说过，他父亲知道布伦特是谁,而且听见'他们三个人'在那个鲍曼家里说话。他们俩来这里也是为了找宝藏……"

"也许他们根本没有预订房间。"

"我也是这么想的。"

"而且他们知道布伦特已经去世了。"

"他们只是在等旅店重新开张。"

我们沉默了一会儿,满耳净是蝉鸣声。

"但他们为什么要等呢?"我又说道,"如果想找东西,大可以在停业的那几个月里自己进去找。"

"可能是不想引起怀疑,也可能是当时没法儿直接找。"奥黛丽想了想,笑道,"鲍曼的宝藏,都是金条啊。"

"你在笑什么?"

"一想到你们旅店里堆满了金条,我就想笑。"

我用手指头在地上划拉着,"我怎么没觉得好笑。"

"想想看,如果真有金条的话,我怀疑布伦特的事情没那么简单。"

"他应该知道。"

"你怎么能确定?"

"沃尔特提了一嘴,'布伦特船长,你说值不值呢?'说明他应该也是在找这个。"

奥黛丽似乎觉得这不算证据，耸耸肩说道："布伦特已经去世了。"

"普什巴赫也是。"

"怎么又提到了普什巴赫？"

"奥黛丽，你听我分析分析：现在有两个陌生人准备拆了拿破仑旅店，寻找所谓的金条之类的宝藏。在这之前，他们的父亲，还有布伦特船长也都寻找过。这两个陌生人之前也来过，上次来的时候布兰迪太太还听见过他们和布伦特大吵大闹。现在，旅店的登记簿不见了，布伦特也出事了……你不觉得这一切之间存在着某些联系吗？"

奥黛丽盯着我看了一会儿，然后认真地说："莫里斯·雷纳德，我告诉你，现在我们要进行真正的调查了！你赶快再把那两个人的事给我讲一遍。"

"你说什么？"

"快点儿吧，抓紧时间。"

于是，我又从头讲了一遍。我突然意识到，我在复述卡琳的话的时候，总是有一种埋怨——或者更确切地说——一种挫败的情绪。而沃尔特的话则总是带着威严却阴郁的使命感。

讲完后，我们发现手上最清晰的线索只有一个名字——鲍曼，以及在他家举行过一次三个人的聚会。

"你听过这个名字吗？"

"没有。"奥黛丽回答得很干脆。

然而，对我来说，这个名字听起来不太吉利。我试着去想是不是在哪里听过，却什么也想不起来。

奥黛丽站起身，拍了拍短裤上的土，走向她的自行车，"你骑还是我骑？"

我反问道："咱们接下来去哪儿？"

"去哈马杜克小姐家里，也许她知道一些关于鲍曼的事。"

19

初见马蒂斯

哈马杜克小姐的房子紧挨着一棵百年老树，繁茂的树枝垂在屋顶上，仿佛拥抱着整栋房子，把房子藏在了树洞里一样。

"多特雷梅尔太小了，没有一座正规的图书馆。"奥黛丽一边说，一边推开了哈马杜克小姐新刷的天蓝色的花园门，"好在我们还有哈马杜克小姐。记住，要称她为小姐，听到了吗？"

阳光透过头顶的银杏枝丫照下来，被分割成了一片光栅。

奥黛丽敲了敲门，从门里传来一个细小的声音，让我们直接进去。一进门，迎面是一间宽敞的客厅，形状不一的架子严严实实地占满了客厅的每一面墙。房间中央有两把扶手椅和一张铺着毯子的沙发，沙发上坐着一位穿着蓝色衣服的女士。她满头银发，戴着一副大眼镜，身边趴着一只像玩偶一样的猫，只有呼吸时一鼓一鼓的肚子，表明这是只真猫。

"奥黛丽，见到你真高兴！"哈马杜克小姐欢迎道。她把正在做的刺绣小垫子放在膝盖上——看起来很像妈妈让我从拿破仑旅店的房间里清理出来的那些，"什么风把你吹到我这个老太太这里了？"

她们亲热地拥抱了一下，开始了一连串的寒暄，就好像我不存在一样，其间还夹杂着一些小趣闻和俏皮话。最后，他们终于发现了我的存在。

奥黛丽把我往前一拽，介绍道："这是莫里斯。"

"很高兴认识您，哈马杜克小姐，"我毫不犹豫地向她致意，又补充道，"您的藏书可真是丰富。"

"真会胡说八道！"虽然没有肯定我的恭维，但能看出来她很高兴，"只是一些微不足道的收藏罢了，不光是爱好，也很有成就感。"

这时我才注意到，那个刺绣小垫子上绣着"女性的力量"的字样。

接着，我们聊了起来。她问我在镇上过得怎么样，我父母是谁，我母亲以前是做什么工作的，以及搬到镇上是否是我母亲的主意，看上去她对我的回答都很满意。直到这时，她才开始询问我们的来意。

"哈马杜克小姐,您听过鲍曼这个名字吗?"奥黛丽开门见山地问道。

哈马杜克小姐半躺在沙发里的身子一下子绷紧了,脸色也呼地变白了,仿佛听到奥黛丽念了一句咒语,或者奥黛丽当众宣布自己要成为公主。显然,她知道一些什么,但她看起来并不想听到这个名字。

"鲍曼!鲍曼!你为什么想知道他的事?"

哈马杜克小姐不停地抚摸着那只猫,好像这样就能舒缓她的情绪。

"有些名字还是忘了好,不是吗,小猫咪?"她低声说道,"虽然心理学家认为记忆应该被好好保存和不断研究,但我对此抱有不同意见。你们为什么想知道他的事?"

我坦率地答道:"我们只是想知道他是什么人。"

"小伙子,我可以告诉你,马丁·鲍曼是希特勒的私人秘书。"哈马杜克小姐紧盯着我的双眼说,然后又转向了奥黛丽,"你们知道希特勒吗?那个阿道夫·希特勒。"

我们点了点头。我为自己的无知感到震惊,奥黛丽看上去心烦意乱,好像被蚊子叮了一样。我感到法布里斯在我脑海里翻出了无数画面：穿黑军装的士兵、坦克、旗帜，还有克林特·伊斯特伍德在电影《血染雪山堡》①中在冰缆车的车顶上打斗的场面。

"鲍曼最后怎么样了？"奥黛丽问道。

"没人知道，他跑掉了。有人说他跑到了南美，躲在玻利维亚，也有人说他在柏林被攻破的时候，被手榴弹炸死了。你们听说过纽伦堡审判吗？"

很遗憾，我们并不知道，只能呆呆地望着她。好在哈马杜克小姐当过老师，对我们的反应早已见怪不怪了。

"你们对世界大战、第三帝国……这些概念都了解吗？"她问道。

"我只知道科西嘉岛直到1943年9月8日都有意大利人。"奥黛丽说。

"那是他们的投降日。"哈马杜克小姐点点头，然后转向我问道："那你知道些什么呢？"

我知道阿道夫·希特勒是纳粹分子，纳粹——或者说希特勒一个人——建立了第三帝国并发动了第二次世界大战；他们先入侵了波兰，然后是法国，后来法国又被意大利人入侵；意大利侵

---

① 讲述了一个二战期间英国军官去解救被德军俘虏的美国将军的故事。

略者也是法西斯主义者，首领是贝尼托·墨索里尼。记得我们去尼斯的时候，爸爸说过，最好别跟任何人结盟。我还知道在第二次世界大战中有数百万人死亡；有些法国人选择与纳粹合作，有些则组建了抵抗组织……这些都是我在电影《三个逃亡的男人》①中学到的，虽然这是一部喜剧电影，但我知道，集中营里绝对没有什么好笑的，我对集中营的有限的印象都十分模糊而可怕。

另外，我还听说，希特勒和他的效忠者为了不被活捉，在柏林的地堡里自杀了，他的一些部长还强迫自己的妻子和孩子自杀，那可是跟我差不多一样大的孩子啊。

一想到这里，我就感到很不自在。

"你们听说过党卫军吗？"哈马杜克小姐站起身，踱步到了墙边的书架旁。

"听说过一点儿。"我说道，"他们好像是……希特勒精挑细选的卫队。"

她的目光从镜片后斜射过来，仿佛在期待更多的答案。

"他们很卑鄙，"我补充道，"卑鄙不堪。"

她似乎很满意我的补充回答。她从书架上挑出一本书，快

---

① 一部法国电影，以1942年被纳粹占领的巴黎为背景，讲述了一架英国飞机在法国首都上空被击落，其中三名乘客惊险逃亡的故事。

速地翻到某一页，抬起头对我们说道："你们可以从这一页开始看起。"

这本书叫《一袋弹珠》[1]，作者是约瑟夫·乔夫。

"这本书并没有提到鲍曼，但它会帮助你们了解他的恶行……然后……如果你们真的还想继续……你们可以再看看这本书……"

说着她又递给我一本崭新的大部头——马丁·布罗斯扎特[2]的《第三帝国》。

"我……我们全得看完吗？"奥黛丽结结巴巴地问道，语气中满是沮丧和抗拒。

哈马杜克小姐笑着说："从书里找你们感兴趣的那几个名字也行。"

对我来说，怀里抱着的两本书就像会随时爆炸的炸弹一样。与此同时，我又一次回忆起沃尔特在旅店卫生间里的对话。

这时，门铃响了，我一下子被从回忆里拉回来，心都快跳出来了。

---

[1] 以二战为背景，以一个小男孩的视角揭示了犹太人在大屠杀背景下的恐怖生活。
[2] 马丁·布罗斯扎特（Martin Broszat，1926—1989）是一位德国历史学家，主要研究德国现代历史。

哈马杜克小姐伸手拉开大门。只见一根白色的长手杖先伸了进来，紧接着，一个瘦小的男人进了房间，一对招风耳从他乱糟糟的头发里伸出来，格外引人注意。

"马蒂斯，是你啊！真是一如既往的准时！"哈马杜克小姐欢迎道，"来，坐吧，我一直在等你！"

哈马杜克小姐的猫也蹦下来跑到来客的脚边，熟稔地蹭起了后背。我的目光跟着小猫，发现来客穿了两只不同颜色的袜子。他意识到我和奥黛丽也在这里，似乎犹豫了一下。

"我来得不是时候吗？"他笑了笑，但好像没有看任何人。

这时，我才意识到他是个盲人。

"没事的，这两个小朋友正准备走呢，"哈马杜克小姐说道，"是奥黛丽还有小雷纳德，就是刚接手拿破仑旅店的那家人的小伙子。"

"你好，奥黛丽。很高兴认识你，小伙子。"马蒂斯说道。他用手杖敲了几下地面，熟练地找到了扶手椅，优雅地坐了下来，猫也顺势跳到了他的膝盖上。马蒂斯从衣袋里掏出来一本杰克·伦敦的《野性的呼唤》，书上还露出夹着的半截书签。

"这是本好书。"我脱口而出。

"你读过吗？"马蒂斯瞬间燃起了热情，他甚至兴奋地抬起

~104~

了一只眼皮，露出了全白的眼球，眼睛周围的皮肤像是被烧焦了一样的红黑色，"可别告诉我大结局啊，哈马杜克小姐刚给我念到那个穿红毛衣的人那里。"

"这书可是值得……"

"没错！"马蒂斯喊道，"我就喜欢看这类书，虽然他们都说这是给小孩看的冒险故事。我都快六十岁了，一直都爱看这类书，书里会告诉你，美好的事物总会到来！"说着，他在封面上敲了几下。

哈马杜克小姐趴到他耳边低声说道："我借给他们的是《一袋弹珠》。"

马蒂斯做了个鬼脸，"这可不是什么好故事。"

"他们对二战感兴趣。"

"啊，那可是很糟糕的故事了，虽然我小时候也会对这类故事感兴趣。你们想看些什么？战争故事吗？"

"马丁·鲍曼。"我平静地说道。

"该死！"马蒂斯坐在椅子上激动地喊道，"他简直是一头猪，这是我的好朋友说的。我觉得他连猪都不如，毕竟猪死后还能做很多贡献，不是吗？"

他自说自话了一阵，朝我们摆了摆手道歉道："你们得原谅老人家的幽默，这样我就能把一些坏情绪给排解掉了。你们为什么想要了解有关鲍曼这头猪的事情？"

"你为什么不告诉他们，你的好朋友是谁，马蒂斯？"哈马杜克小姐鼓励道。

"我那个好朋友？提他干吗？他们对他也感兴趣吗？因为他也参战了？他可是跟纳粹打仗的盟军啊，开着飞机跟他们打仗。啊，我也很喜欢飞机。他是一名法国的飞行员。那是1943年8月1日，墨索里尼下令，十名士兵控制一个镇，所以到处都是意大利人，多特雷梅尔也有两个意大利兵，他们是两个虔诚的基督徒，就住在镇长家里。

"在那之前，我的父母刚刚去世，我被一个不喜欢我的叔叔送到了岛那边的波尔戈。在波尔戈的时候，我天天数头顶的飞机——附近有一条跑道，所以飞机比较多。那一天，我的好朋友安托万驾驶着洛克希德公司生产的P-38战斗机准备迫降。我眼看着飞机俯冲下来，发出嘭的一声巨响，落在了小山后边的草地上。我以为飞机坠毁了，就跑过去看了一眼，本以为就剩下燃烧的机舱零件了，结果啊……"

马蒂斯缓了好一阵才继续说下去，"结果飞机几乎完好无损。我是第一个赶到现场的，他看到我时特别高兴，我到现在还记得当时的情景。两台发动机中的一台冒出了浓烟，我以为它很快就会起火爆炸，结果什么事也没有。安托万又高又壮，像个巨人一样从飞机的浓烟里大步迈出来，笑呵呵地拿了一把扳手维修机翼和机腹。我问他有没有受伤，他依旧笑呵呵地告诉我他只是腿疼而已，因为他个子太高，一坐进机舱就觉得憋屈。他还开玩笑说，像我这种瘦小的身材，倒很适合做P-38战斗机的飞行员。结果呢，看看我们俩后来遭遇了什么——我因为矿场事故瞎了；我们认识的第二年，他在海上失事了。可怜的安托万。"

马蒂斯笑了笑，露出了洁白的牙齿，他牙齿的状态显然比眼睛好得多。

"就是之后的第二年，1944年7月31日，他从马赛飞来科西嘉岛，但这次，他却没能安全着陆。没人知道到底发生了什么，是机械故障，还是在空战中被击落了？或是迫降没成功？我想无论是什么原因，我都不会惊讶，因为安托万说飞机起飞很容易，着陆才最考验驾驶员，而在空中的时候，更是轻松得不得了。与其说他是天上的过客，不如说是归客。用他的话说，从起飞到着陆是一个完整的巡航过程，尤其是晚上的时候，飞机在星云间穿梭，他就坐在机舱里，在滴滴答答的仪表声中写作。我猜你们肯定读过他最出名的那本《小王子》。"

我仿佛被闪电击中了,"您的朋友是安托万·德·圣埃克苏佩里?"

"当然是他啦,小朋友。你看过《小王子》吗?你还记得故事的开端吗?主角迫降了,对吧?"

"我记不清了……"我小声嘟囔道。

要是我读过我肯定能记得。我家至少收到过五本《小王子》,但我不大喜欢这本书。不过我大概记得开头是这么回事,一名飞行员在沙漠里迫降了。

"你知道他以前是怎么跟我说这本书的吗?"马蒂斯说道,"他总是跟我说,'马蒂斯,你一定要记住,这可是我写的最重要的东西了。我说的重要是指真正的重要,虽然我把数字都写错了。'"

"数字?"我试探地问道,因为我确实记不清书里有数字了。我只记得书里有一个飞行员,还有一个来自小行星的奇怪小孩。

"好像还有一只狐狸……"我又嘟囔道,这次我的声音大了一点儿。

"对,对,有那么只狐狸来着!但多特雷梅尔镇上的人更喜欢狼。"马蒂斯整个人窝在扶手椅里说道。

说罢,他把手里的那本《野性的呼唤》递给哈马杜克小姐,后者接过书，翻到了夹着书签的那一页，清了清嗓子念道："那年冬天在道森，巴克还有一项壮举，也许不够悲壮，但足以让它的名声在阿拉斯加的图腾柱又上升好几个档次……"

哈马杜克小姐开始念书的时候，我们就带着书离开了。

我刚刚又发现了一些非同寻常的事，不过，这与普什巴赫的失踪和查尔兄妹的秘密谈话无关。我们悄悄地出了门，就在关门前的瞬间，我突然感觉到一股来自北方的寒意，一股仿佛被狼注视的寒意，沿着我的脖颈向后背蔓延开来。

这种感觉就好像屋里的那两个人对我们说谎了一样，那种只有大人们害怕或者不想正面回答时，才会对小孩子撒的谎。

20

推 理

　　当天晚上，查尔兄妹告诉我们，他们已经在镇上找好了住处，就是普什巴赫之前住的那栋房子。他们已经跟布兰迪太太商量好了。这样一来，他们在镇上的住处有了着落，我们也不用急着重新开业了。吃晚餐的时候，我留神听着他们说的每一句话，生怕漏了任何一个词。

　　是因为害怕吗？

　　当然不是，更多的是好奇。

　　和前一晚相比，他们穿戴得朴素多了，没有戴手表，也没有穿长裙。听说他们房间的水管坏了，沃尔特和爸爸忙活了一下午。但妈妈说他们俩一直在讨论足球，所以才迟迟没有修完。法国队凭借帕潘的进球击败了加拿大队，第二天将会有爸爸支持的主队——比利时队和东道主墨西哥队的比赛。毫无疑问，沃尔特是德国队的球迷。

我对晚餐时的社交活动感到厌倦——或者说疲惫。很快，我便回到自己的房间，试图画一张目前已知线索的关系图，把这些在镇上活动过的德国人的蛛丝马迹连起来。

"帮帮我吧，法布里斯……"我拿出纸和笔，在心底默念道。

我列出三栏，一栏写上查尔一家，一栏写上希罗·普什巴赫，一栏写上君特·布伦特，随后便将我掌握的信息逐一分类。我先从他们的死因开始：查尔的父亲和普什巴赫都是坠崖而死，不过我在普什巴赫的死因后打了一个问号，布伦特船长是自缢身亡的。至于时间，老查尔是五年前，布伦特是去年，普什巴赫则是上周。现在有三名死者，可能都是自杀。

在死者信息后我又补充了出生信息：沃尔特和卡琳出生在希腊的克里特岛，他们的父亲来自德法交界的斯特拉斯堡；普什巴赫来自基尔（我查了一下，这是一个德国北部城市）；布伦特则来自德国汉堡。我在普什巴赫的条目下写上"1903年11月17日"，在查尔兄妹的条目下写上"10月"和"3月"，如果想知道他们具体的出生年份，我还得再去问一问。他们俩我还能当面询问，至于布伦特，我只能去政府机构或者公墓的墓碑上查找他的信息了吧。他们埋葬他了吗？墓地在哪里呢？

我在布伦特的条目下写上"查找布伦特。"

下一个问题是，基尔、斯特拉斯堡、汉堡，这几座城市之间有什么共同点呢？贸易？季节性气候？我也许该找份地图来看看。不过，这三个人之间倒是有一个很容易发现的共同点：他们都从事过和海洋有关的工作。普什巴赫是个渔夫，布伦特被称为"船长"，老查尔则会带游客潜水。

但这些又可以得出什么结论呢？我毫无头绪。

他们三个人之间的另一个共同点就是多特雷梅尔了。按照布兰迪太太的说法，普什巴赫是三个人中最早来到镇上的，大约是在20世纪50年代；布伦特船长于1975年买下拿破仑旅店，也就是我跟奥黛丽出生的那年；而据我所知，于尔根·查尔从没来过这里，但他的儿女却在几年前找到了此地，已经多次拜访布伦特船长了——准确地说是九年前。

他们聚集到这个小镇上的动机是什么呢？

我写下"鲍曼的私人宝藏"，然后在下边重重地画了几条线以示强调。

假设这个宝藏真的存在，那么他们一定一直在寻找它：先是普什巴赫，然后是布伦特，最后是查尔兄妹。

"哇哦！"线索都对上了！就在我为自己的推理结论兴奋不已时，米拉贝尔突然出现在房门口，我立刻把写满信息的纸对折起来。

米拉贝尔正闲得发慌，我便和她打闹起来。我们在床上跳上跳下，用手指相互比量着，装作向对方射击的样子。我们一边掰着指头"射击"，一边发出嘣嘣嘣的声音，模拟炸弹引信被点燃时则发出嘶嘶声。那天晚上，我们常玩的战争游戏变得不像以往那样天真无邪了，至少我变了，而一无所知的米拉贝尔还是笑得没心没肺。也许像她那样才是对的，或者也许我当时就应该对这些聚集在我们旅店的魑魅魍魉有所警觉，并采取行动——就像爸爸重新粉刷了餐厅，跟过去的旅店告别那样，让他们彻底远离我们。

玩了好一会儿，我才喘着粗气从被子里钻出来，米拉贝尔也从被子里爬出来，和我一起关上了百叶窗。

游戏结束了。

窗外漆黑的海面上，依然映着闪烁的星光。

21

消失的第三本日记

"**你**在看什么书啊？"米拉贝尔歪着头去看书的封面。

"一本战争故事。"

"好看吗？"

"应该不错。"

"比《长袜子皮皮》[①]还好看？"

我正读到约瑟夫和他的弟弟从纳粹手中逃出来，往法国逃亡的部分。我放下书认真地对米拉贝尔说："《长袜子皮皮》是最好看的书了。"

"好看"这个词并不适合形容我手里这本书。书中透露出来

[①] 瑞典经典儿童文学作品。主要讲述了一个叫皮皮的小姑娘的故事，她喜欢冒险，创造了一个又一个的奇迹。

的都是主人翁的痛苦和忧郁,而且故事的结局也不尽如人意。书里讲的是两个犹太兄弟从巴黎逃亡到马赛的故事,主人公喜爱并偷偷藏下的弹珠在他们前路迷茫、无所适从的时候,屡次给予了他们勇气与力量。

"藏匿的小东西。"我读到这里开始思索,这就是问题的关键。

查尔兄妹到底在找什么?地图?日记?这个东西藏在哪儿呢?在旅店吗?还是在普什巴赫的家里?普什巴赫为什么要买那么多樟脑丸?为什么要用空棺材为他举行葬礼?

我想了很久,还是毫无头绪。

我蹑手蹑脚地关上房间的灯,对已经熟睡过去的米拉贝尔轻轻道了声"晚安"。

我用力在枕头中间按下去一个小坑,把头枕进去,也慢慢睡着了。事实证明,人如果带着一脑子疑问入睡,就会做一连串噩梦。

我梦到我们在多特雷梅尔镇外的悬崖边排着队,镇上的房子都不见了,取而代之的是一座大城市,我在梦里叫它马赛,但它跟现实中的马赛完全不同。这是一座漆黑、阴暗的城市,海上还有入侵者的舰队在朝着城市航行。天空阴沉,浓雾密布,云层下充斥着震耳欲聋的机器轰鸣声。我们在悬崖边上立正站好,但瘸腿的我始终无法站直，我很难过。除了我、奥黛丽、米拉贝尔、法布里斯都站在悬崖上，延斯卡却不在。

除了法布里斯，我们都没出声。

"一、二、四……"他像在唱诗班唱歌一样地反复念叨着。

一架飞机从海面上空俯冲下来，当它掠过我们的头顶时，宣传单和明信片如雨点一般落下。

米拉贝尔向那架飞机挥手致意。当她放下手时，一名穿着军装的德国士兵站在了我们面前（我不知道德国军装是什么样子，但我知道他一定是德国士兵）。

他的枪管上有一个倒写的字母"V"。

尽管用枪指着我们，但他看上去并不坏，只是很悲伤。他低沉地问："下一个是谁？"

"一、二、四……"法布里斯还在念叨着。

"少了三。"那个士兵说完，就朝我开了枪。

我猛地惊醒过来，发现自己挨着床沿摇摇欲坠，被子像茧蛹一样紧紧地兜着我的身体。

万籁俱静，除了遥远的大海还在有节奏地低吟。

我大口大口地呼吸，试图让自己平静下来，然而刚刚的噩梦一直萦绕在我的脑海里。我设法从噩梦中挣脱出来，把脚放到地上，双手抱头缓了一会儿，直到我确认自己能保持平衡，便起身去了卫生间。那天夜里，整栋房子都很安静，我试图打开水龙头洗把脸，然而无论是热水还是凉水，都毫无反应。水流始终没有涌出来，一阵无助的恐惧却涌了上来。

我突然想起晚餐时爸爸说过水管的事情，但我没弄明白是什么意思。水，我现在就需要水！

我走出房门，走向隔壁的小卫生间。走廊的地板咯吱作响，仿佛在低语什么秘密。

一、二、四。少了三……少了什么的三呢？

一、二、四。是一百二十四吗？

你到底想告诉我什么，法布里斯？

沉睡着的延斯卡也发出了一阵咕哝，我停在她的房门前，探头看了一眼，她还在梦里挣扎着。我回想起刚才的噩梦，一阵冷气从脚底涌上来，仿佛把我的血液都给冻住了。

恐惧、噩梦、地板的咯吱声，让我从房间到卫生间这短短的三十八步路，变得艰难又漫长。幸运的是，这个卫生间的水龙头有水。我掬起一捧水凑到嘴边，像一个刚刚穿过沙漠的旅人那样，咕嘟咕嘟地喝了下去。

沙漠？我联想到了沙丘。

我把额头抵在镜子上，脑海里又开始循环：一、二、四……

我突然发现，从布伦特书房的门缝中透出一丝微弱的光亮。就好像有人在里面，又好像是他回来了。

我看了看堆在地上的书，借着卫生间的灯光，鼓起勇气，打开了书房的门。

百叶窗开着，房间里的光亮是由沙丘反射进来的月光。银色的月光拂过整个房间，仿佛在喃喃地说着什么我听不懂的话语。布伦特船长的扶手椅在轻轻地摇晃，我不断祈求着椅子千万不要突然转过来。万幸，什么都没有发生。走廊里除了一片漆黑，什么都没有，而书房里只有满地被沙丘反射的月光。

书房里静悄悄的，一个人都没有。

法布里斯的声音又开始在我脑海里回荡："一、二、四……"

我紧贴着房门，悄悄进入书房，随后轻轻关上了门。我想象着自己坐在书桌旁的样子，抬头看着书柜里的东西和架子上的书。然后，我走过去，踮起脚，伸手去拿之前见过的那个写着埃尔温·隆美尔名字的文件盒。

我认出了梦里的那件军装。我把文件盒打开，放在桌上。一、二、四，原来法布里斯是这个意思——第三本日记不见了！

22

新发现

奥黛丽的头发在风中狂舞,裤子也被吹得紧贴着裸露的脚踝。我们各自把鞋子系在一起,挂在脖子上,一步一个脚印地往沙丘顶上爬去。眼前的沙丘向岛内延伸了两百多米,在太阳下显得干燥、炎热。满目的黄沙中点缀着仿佛有些年头的低矮灌木,灌木下的阴凉里还缀着一层薄薄的鬃毛一样顽强的草皮。环视四周之后,我看向了拿破仑旅店的方向。旅店为我们展示了它更加昏暗的背阴面,还有布伦特船长书房的两扇窗户以及那些看不见海景的客房窗户。

奥黛丽发现我停下了脚步,便催促道:"走吧。"我赶忙追上她,继续往沙丘顶上爬。

从沙丘顶向另一侧看去,我看到一座低矮、偏僻的石头屋子，矗立在沙丘坡下的灌木边缘。

我们继续前进，一路上也没怎么交谈。我也不知道这次是来做什么的，也许奥黛丽只是想找个没人清静的地方。

我们沿着沙丘寻觅了一路，仍然没有发现有关普什巴赫的蛛丝马迹。我们能找到的不外乎被海浪冲到陆地上的树根、一个老露营地的篝火圈、一个废弃的塑料瓶，还有缠绕在灌木丛上的羊毛线。

"我问过爸爸一些关于普什巴赫葬礼的事情。"奥黛丽突然说道。

我在沙地上滑了一下，顺势停下来，转头等她说下去。

"爸爸说是佩里高德同意后才这么做的。"

"佩里高德是谁？"

"镇上的牧师。爸爸说这好像是渔夫的传统。"

"渔夫有跳悬崖的传统？"

"用空棺材举办葬礼的传统。很多渔夫会遭遇海难，落水后就再也找不到了……"

听起来她似乎是在寻求我的认同，但我并不认同。

"你肯定也不信这个说辞。"我说。

奥黛丽叹了口气，说道："对，普什巴赫连船都没有，怎么可能在海上失事呢？"

"就是说嘛。"

我们又沉默了一会儿，深一脚浅一脚地在沙子中站稳。

我问道："你觉得是谁拿走了第三本日记？"

"你认为是查尔兄妹拿的？"

"不，我觉得那本日记从一开始就不在书房里，我注意到了，却没把它当回事。"

"然后，你就梦到它了。"

"是啊。"

"梦也代表不了什么。"奥黛丽说道。

确实，通常是这样。

"但说不定这个梦很重要。"

"会吗？"

"我觉得很有可能。梦里的明信片、折叠的信，这些纸片可能在传达一些我还没想明白的线索。"

奥黛丽不以为然地笑了笑。她在沙丘脊上坐下，从口袋里掏出一张折叠的地图，就是我们第一次约会时，她给我看的那张。

她指了指地图上的一个名字"格林考特"，"你知道这个人是谁吗？"

"很有名吗？"

"他是塔尔迪的朋友，在镇上开了个加油站，那可是镇上唯一的一家。"

我从没注意过那个加油站，但我还是点点头。这个名字确实不陌生，应该是那天塔尔迪叫来帮忙搬家的朋友中的一个。

"格林考特告诉我，普什巴赫每个月至少去买一桶汽油，他总是走着去，把汽油桶灌满，付钱，然后走回家。"

"但他没有船。"

"他也没有摩托艇和车。"

"小踏板摩托呢？"

"什么都没有。"

"这么说来，普什巴赫买的东西就更神秘了——一大批樟脑丸，还有一桶一桶的汽油。"

"还有呢，"奥黛丽又说道，"杂货店的卡拉波特太太跟我说，普什巴赫不光去她店里买樟脑丸，还经常买清洁用的抹布和漂白剂。"

"我觉得这没什么异常的，他的确很爱干净吧。"

奥黛丽接着说："失踪前两天，他还在店里买了十二升漂白剂、两把扫帚和一捆抹布，而且远远不止这些。"

"如果没逃课的话，一个早晨就能在镇上打听到这么多消息也真是太厉害了。"

"莫里斯·雷纳德！你是想说教我好女孩应该做什么、不应该做什么，还是更愿意听我从费迪南德那里打听到了什么？"

"费迪南德，肯定是听费迪南德的消息。"我赶紧回答，然后努力回忆这个名字——啊，是那个问爸爸我们究竟为什么要搬到镇上来的小胡子先生。

"他是个狩猎迷，有一个自己的小农场，养着山羊和奶牛，还养了鹅、鸡，甚至还有两只孔雀。他还偷偷开了个茴香酒厂，酿的酒很好喝，所以尽管大家都知道这事违法，但也没人说什么。他的儿子是一名海军，他的妻子患有关节炎，他有时会去部队那边打零工，有时候去加油站帮帮忙。朋友们也经常接济他。"

我点点头，意识到他们是一伙的——塔尔迪和他的朋友们。这时我才明白过来，为什么是塔尔迪的几个朋友来帮我们搬家。

"有时候我不想骑车去上学，也会躲到他那里。"

"真棒。"

"你就讽刺我吧。不过你很快就会发现，你也会想躲到他那里去，前提是你胆子够大。"

"好的。"我在心里默念。

"据费迪南德说，普什巴赫在发动机方面是个行家，镇上不管谁的车坏了，都会找他帮忙。有一次，他甚至修好了一台连雷诺公司的技术人员都没辙的拖拉机；还有一次，他把塔尔迪家一台特别老的发电机给修好了。"

"什么样的发电机？"

"应该是那种因为暴风雨而停电的时候，临时使用的大功率发电机，我们小卖部后边也有一台，如果你想看的话我可以领你去看。"

"那么这些东西都会用到……"

奥黛丽点点头，"用到汽油。"

"啊，对！所以他总是去买汽油！"我惊呼道，"那现在那台老发电机在哪儿？"

"估计没人知道吧。"奥黛丽摇摇头，又指了指她名单上的下一个名字。

"大广场的老板雷米？他跟这件事又有什么关系？"

"男人有男人的事，女人有女人的事，在这里，两者的界限更是清楚。显然，发电机是男人会感兴趣的事情，所以，他们很可能会在雷米的店里谈论。不过，即使他们知道些什么，估计也不会告诉我。"奥黛丽叹了口气，"他们永远不会告诉我。"

"为什么呢？"

奥黛丽站起来，抚平衬衫，低头看着我说："你要搞清楚，莫里斯·雷纳德，我是个女孩，而且还是镇长的女儿。"

"你的意思是让我去那里打听？"

"没用的，你甚至不是本地人。"

"那又怎么了？"

"那……算了，我也不知道。"

她又坐了下来，我们一起望着远处波光粼粼的大海。

"你为什么要强调你是镇长的女儿？"

她看了我一眼。

"我的意思是，"我补充道，"这会有什么问题吗？我们只是想知道有没有人看见过那台发电机而已。"

"这件事很复杂……"奥黛丽欲言又止。

我还是不想放弃，接着问道："那我能直接去问塔尔迪吗？毕竟那个发电机是他的。"

奥黛丽有些犹豫，不耐烦地说："算了吧，你不懂。"

"我不懂什么？"

"你跟我过来。"

我们这次朝着大海的方向走去。到了某个地方，她趴在沙地上，向前匍匐，让我也这样做。我们就这样爬到了另一座小沙丘上，探出身去看那边低矮的石头房子。狭小的窗户和百叶窗都紧紧关着，房顶上竖着一丛指向各个方向的天线。

"你看到那个了吗？那就是奥斯卡·塔尔迪的家。"

"他们家的电视信号应该不错。"

"没人知道他接收的是什么信号，他也不想让人知道。"奥黛丽神秘兮兮地说道，"看看那边，还有那边，看到他围着院子的篱笆网了吗？"

我看到了，绿色的金属篱笆网足足有一米高。

"他说这是为了防止野兽进去。"

我一时没心思去琢磨这个理由是否合理。奥黛丽蹲在我身边，下巴埋在沙子里的样子很漂亮。

"附近只有兔子和狐狸，你猜，他是要防什么？"奥黛丽接着说，"他就是不想让外人进去。听爸爸说，他还在房子周围布置了陷阱。"

我不禁惊讶地呼出声来。太离谱了，有人会为了防野兔骚扰而专门布置陷阱吗？

这让我想起了我们在马赛时公寓楼里的邻居科莫斯先生，他在家里装了一个防盗警报。我给奥黛丽复述了妈妈对科莫斯先生的评价:"这不是此地无银三百两吗?一旦别人注意到了,就一定知道你家里有值钱东西。"

"是这个道理,但镇上大多数人都是他的朋友。"

正如她所说,我想起那天在餐桌上,一旦聊到塔尔迪不喜欢的话题,他的一个眼神就能让帕斯卡尔、费迪南德和格林考特沉默下来,好像他们已经习惯了服从他的指挥。

我站在沙丘上,目不转睛地盯着那圈篱笆网,突然想到了一个问题,"他围起来的土地面积很大吗?"

"没错。"

"他总是在地里刨来刨去的吗?"

我盯着奥黛丽的眼睛。我的脸离她的脸只有几厘米远,我甚至能看到她睫毛上的沙粒。

她快速眨了眨眼睛,"你是说……"

"我是说,他会不会是在挖什么东西,所以才要围起来,不让别人接近呢?"

23

不要碰那个锅炉

一小时后,当我们回到拿破仑旅店时,查尔兄妹的奥迪车已经开走了,塔尔迪的小货车停在了车位上。

一推开门,我就听到了塔尔迪的说话声。先是从地下室里传来的惊呼声,然后是金属的撞击声,最后是一连串咒骂声。

爸爸先顺着梯子爬了上来,吼道:"这该死的锅炉!"

他像挥舞长矛一样地挥舞着一根管子,衬衫上沾满了黑色的油状液体。

一个陌生的声音在地下室里喊道:"检查一下总阀门!"

"关上了!关上了!"爸爸恼火地回答。

接着,塔尔迪也从地下室里上来了,他看起来比爸爸还要脏。他愤怒地搓着手说道:"我提醒过你!别说我没有提醒你锅炉坏了！"

"你确实提醒过我。"爸爸一边回答，一边用衬衫擦手，"我们把普钦先生也叫上来吧！普钦先生，您怎么样了？"

地下室里传来第二声咒骂，比第一声更加愤怒，然后是第二声非常猛烈的锤击，伴随着那人的一声咆哮。

"还是得关上总阀门！"普钦的声音再次传了上来。

这时，爸爸看见了我，意识到我也听到了这些粗话，便哈哈大笑起来，塔尔迪也笑得大胡子一抖一抖的。这时，普钦才从地下室的小门走上来。他身穿工作服，眨着一双蓝眼睛，浑身淌着污水。

"天哪，我感觉自己刚趟过了一片海。"他走到阳台上，像狗一样抖着身上的水，"非常感谢您打电话给我，像您这样的顾客真是我梦寐以求的。"

"还是得感谢您，塔尔迪先生！"爸爸说道，"我给你们煮一杯正宗的咖啡吧。"

爸爸转头看了看我，示意我去煮咖啡。

"从哪儿来的水？"普钦还在阳台上甩着身上的水。

"我早存着水了，有备无患。"爸爸回答道。

"真是典型的马赛人！"普钦喊道。

"您确定不需要一条干毛巾吗?"

这时,我把咖啡端上了桌,爸爸递给他们每人一条毛巾。

"我告诉过你,雷纳德先生,不要碰那个锅炉……"塔尔迪还在絮絮叨叨,"那个锅炉已经在那面墙上好好地待了三十多年,它就应该待在那儿!"

"不,它一开始没在那面墙上,不知道布伦特那家伙怎么折腾的。"普钦纠正道。

他们用脏兮兮的手指捏着杯柄,小口地啜饮着咖啡,像三个孩子一样满足。

24

第三本日记！

多亏普钦的帮忙，到吃晚餐时，厨房、布伦特船长的卫生间和两个阁楼的卫生间都恢复了供水。爸爸洗完澡，穿着浴袍坐在餐桌旁，为自己不听劝告、乱动水阀的行为公开道了歉，妈妈对他的态度很满意，高兴地和他互敬了一杯。

"我承认我做了一件非常愚蠢的事，"爸爸说，"但这都是因为布伦特在改造供水系统时，没有考虑最基本的安全规则。"

"但结果是你惹了麻烦。"延斯卡难得参与到晚餐谈话中来。

"还是个大麻烦啊，爸爸。"米拉贝尔笑着说。

我回想了一下今天得到的信息，问道："普钦先生有没有告诉你，布伦特是自己改造的还是请镇上的什么人帮忙了？"

"这么粗糙的活儿，想必是他自己琢磨的吧。"妈妈说道。

我却觉得普什巴赫一定也参与了。

但爸爸对此一无所知。不过，且把水管和宝藏这些乱七八糟的问题放下，塔尔迪给我们捎来的奶酪还是一如既往的美味，就连外壳也入口即化。

"塔尔迪有孩子吗？"晚餐吃到一半时，我问道。

"我记得好像有两个。"爸爸看了一眼妈妈，希望她能确认这个答案。

"一个儿子，一个女儿，都已经成年，去外面工作了。不过，塔尔迪好像不太满意他们的工作。"

"所以他结婚喽？"

他们俩异口同声地说："丧偶。"

我想起他的石屋、篱笆和陷阱，不小心被奶酪呛了一下。

我们没有电视，所以爸爸打开收音机收听世界杯的赛况，我们其他人开始收拾餐桌，筹划接下来几天整饬旅店的工作。我想把每天下午都定为我的休息时间，但延斯卡强烈抗议，好在家里人对此见怪不怪，没有人去附和她。我们商定轮流使用二楼唯一能用的卫生间，我选择排在最后一个。接着，我去楼上查尔兄妹住过的那两个房间巡视了一遍。他们在这里住了两晚，但我仍然没发现什么有用的线索。我回到自己的房间后，打开行李，取出了心爱的录音设备。

我本以为自己一到旅店就会开始调试我的录音设备。没想到，我们已经搬来一周了，我的麦克风和磁带仍然整整齐齐地摆在盒子里。这都得怪奥黛丽把我拖进了调查里——当然这并非我真实的想法。

我从玻璃纸里取出一台磁带式微型录音机，它只有爸爸的香烟盒那么大，是一台配有挂绳和定向麦克风的专业设备。我总共有三个定向麦克风：一个带铰接杆的和两个有降噪涂层的。虽然这些设备都是二手的，但对我来说可都是心肝宝贝。在马赛时，我每天都会用到它们。我会爬到房顶上，记录散步的鸽子的咕咕声，或者记录街道上疾驰而过的救护车的警笛声，然后在我的小收藏室里把它们分类整理好。然而，自从到了拿破仑旅店，我还什么都没录。

这时，米拉贝尔回到了房间里。

"米拉贝尔军士！一公斤羽毛和一公斤铅哪个重？"

"报告莫里斯将军，都是一公斤，一样重！"

"你可以去睡觉了，军士！"我笑着指了指她的床。

我换上了睡衣，此时，米拉贝尔正沉浸在《长袜子皮皮》的故事里。我把《第三帝国》在膝盖上摊开，开始审视马丁·鲍曼在二战中的身影。他是普鲁士人——这个背景可以先放在一边——出生在一个邮政工人家庭，热衷下棋，1924年因一桩凶杀案被判服刑十一个月。出狱后，他身无分文又暴躁易怒，后来加入了纳粹党，也进入了"事业的上升期"。他先是成为纳粹党里青年运动员联盟SA的管理者，接着又在一场政治清洗行动中发挥了重要作用。后来，SA演变成了希特勒的贴身卫队——党卫军，鲍曼也就顺理成章地当上了党卫军的最高指挥官。他就这样逐步接近希特勒，成了他的私人秘书，甚至在一定程度上影响希特勒的重要决策。他是希特勒的左膀右臂，甚至可以让希特勒盲目信任他的建议。希特勒臭名昭著的度假别墅鹰巢也是出自他之手。

鲍曼这种几乎可以说是登峰造极的影响力，恐怕只有电影里的大英雄们才能战胜了。

我花了整整一小时才读完书里和他相关的每一个章节，之后又把书仔仔细细地翻了一遍，以免有遗漏的地方。鲍曼的故事既繁多又恐怖，有着一种神秘的吸引力，我仿佛被历史的阴暗面笼罩了。那种无意识的、可怕的魅力，神秘又强大，要是说我一丁点儿也不为之着迷，那肯定是在撒谎。

听着米拉贝尔睡梦中平稳、悠长的呼吸声，我悄悄地合上了书。但紧接着,我又翻开书,开始找寻埃尔温·隆美尔的线索。他因在北非战场的出色指挥而被人称作"沙漠之狐"。在第一次世界大战期间,他的表现尤为出色,被看作德国的英雄,也被希特勒视为天生的将军。读到这里,我感到一阵疲倦涌了上来,我把书放到床边的地板上,推到米拉贝尔看不到的床底下,随后关上了台灯。

我又睡了一个不安稳的觉,掉入了前几天零碎的梦境里。我毫无预兆地从黑暗中醒了过来,心有余悸地呆坐着,好像刚刚经历了什么可怕的事情一样。对,我刚刚又做了一个噩梦,我不是我,是《一袋弹珠》里的莫里斯,正在躲避德国士兵的追捕。不知道过了多久,我才慢慢平静下来,不断地暗示自己:米拉贝尔睡得那么香,说明一切都好着呢,我只是被噩梦吓醒了而已。

"法布里斯,现在几点了?到早上了吗?"我嘟囔着看了看桌上的闹钟,已经快五点了。我感到浑身乏力,脑子里乱哄哄的,好像这一夜从未合过眼,大脑一直在重复着一些徒劳且疲惫的工作一样。

我从床上爬起来,深深地呼吸了一口新鲜空气,梦游一般走向卫生间。我整个人都浑浑噩噩的,既不清醒,也没有昏睡过去。我记得我当时一边走一边想着布伦特船长改造水管的事。我在大脑的指引下,跌跌撞撞地跑到这层楼唯一能用的那个卫生间,用一只手在墙面摸索着灯绳开关,打开灯后,我把自己关在了卫生间。

我站在卫生间唯一的镜子前,开始小便,同时打开水龙头,用哗哗的流水声掩盖住小便的声音。水流顺着出水口,涌进了这座旅店那迷宫般的管道里。我直勾勾地看着水流,仿佛看了一小时那么久。正当我站在那里时,头顶的吊灯轻轻地晃了一下,随意堆在墙角的书突然哗啦啦地倒了下来。我赶紧提上裤子,去看发生了什么。

我听到咕噜咕噜的声音。我关上水龙头,声音随即消失了。于是我重新打开水龙头,那声音果然又响了起来。细听之后,我发现声音来自书堆后的墙角。我弯下腰把书都搬到了马桶盖上,马桶后边露出一个铺着深色地砖的小台阶,管道就藏在它后面。

我关上了水龙头,然后再次打开,去听那水流声,发现声音大得足以震下一块瓷砖。我把手贴在地砖上,发现它有些晃动,而且表面凹凸不平,似乎背面抹的水泥或者其他用来固定的东西松动了——或者是有人特意撬开过它并做了修补。

我突然心跳加速。"法布里斯,你觉得呢?"我看着镜子里的自己问道。

我试图挪动地砖,但它并没有像科幻电影里那样直接向一旁滑开。地砖只是活动了一下,我不得不把一本有硬皮壳封面的书塞进地砖缝,使劲撬了一下。

地砖被撬开了。我往旁边挪了挪,好让卫生间的灯光能照到地砖下的长方形阴影里去。

但里边空空如也。除了潺潺的流水声,什么都没有。

我关上了水龙头,跪到台阶边上,把一只手伸了进去。我摸到了那些管道,还有一个软软的东西,或者说只是没有管道那么坚硬吧。我用手指摩挲着这个东西,试着去想象它是什么。我又捏了捏这个东西。它很小,像是一本小册子,就像那本失踪的登记簿那么大。于是,我把它拿了出来。

竟是埃尔温·隆美尔那本失踪的日记!第三本日记!

可是它为什么会被藏在这里呢?

我好奇地打开日记本,里面没有夹带明信片、信件或者散页之类的东西。或许是不知在管道下塞了多久的缘故,这本日记比其他三本要破损得厉害,封皮都已经被浸软了,布满受潮的斑点,内页也都因为潮湿而变得皱巴巴的。显然,之前有人读过这本日记,因为页面上零星地画着批注和星号,空白处记着一些单词,有的长句下用蓝色水笔画着下划线。对我而言,这本德语日记本上的德语批注无异于用矛头刻下的炼金术字母——我完全不知其意。

我正端详着日记本，突然听到有人敲了敲卫生间的门。我呼的一下站起来，一只手无意识地撞到了灯泡上，灯泡又撞在墙上，啪的一声撞得粉碎。

我惊叫了一声。

门外，我的姐姐也惊叫起来。

25

合 作

"嘘！延斯卡！"我从卫生间里出来，低声说道，"小点儿声，不要把大家都吵醒了。"

她仍然没缓过神来，两只拳头紧紧地握着，问道："你在里面干什么？"

"没什么，不小心把灯泡打碎了。"

我不想让她进来，不想让她看见卫生间里挪动的书堆和被撬开的地砖，虽然开门前我已经把隆美尔的日记本偷偷地塞到了我的裤腰里。

"现在才早上五点！"延斯卡抗议道。

"我知道。"

我伸出一只胳膊，拦在卫生间门上，阻止她进去。她站在原地盯着我,并没有转身离开的意思。

我看着她说道:"我们现在需要一个新的灯泡,还需要扫帚和簸箕来收拾碎玻璃。"

"碎玻璃?"

"延斯卡,我打碎了一个灯泡,当然会有碎玻璃,刚才你可真是吓了我一跳。"

她蜷起手指,蹭了蹭鼻子,慢慢平静下来。

"延斯卡,你能去拿个灯泡吗?"

"灯泡在哪儿?"

我告诉了她。

一听到她下楼的声音,我就赶紧转身回到卫生间里,摸黑把地砖和书放回原位。我一直提醒自己要小心玻璃碴,但脚底突然传来触电般的感觉——倒霉,我还是把脚划破了。

我一瘸一拐地蹦到放被褥的储藏间,找到扫帚和抹布后,又蹦回卫生间,用卫生纸擦拭脚底的伤口,伤口还在火辣辣地疼着,但我不在乎。我又摸黑打扫起来,把玻璃碴都扫到簸箕里。

"你这是怎么了?"延斯卡拿着灯泡回来,看着蜷着一条腿的我问道。

"猜猜看。"

我换上灯泡,打开试了试,又迅速扫了一眼那摞书——看不出什么异常。我把受伤的脚抬起来放到洗手池里冲洗,血比我想象中要多得多,混着水流入了下水道。延斯卡在旁边制止道:"不能这样,把水龙头关上!"

我准备把腿放下来的时候,日记本掉在了地上。延斯卡先我一步捡起了日记本,当然也是因为我还没从水池里把脚拿出来。

"这是什么?"

"一个二战将军的日记。"

"写的都是德语啊。"

"他是德国人。"

"你看这个干什么?"

我试着让受伤的脚着地,我想我需要创可贴或者纱布之类的东西。

"我没看,是布伦特在看。"我回答。

延斯卡盯着我,满腹狐疑。

"就是旅店的上一任老板。"

延斯卡略带嘲讽地看着我,好像在说:"傻瓜,我已经识破你了。"

"也许你能帮我翻译一下里边的文字。"我说。

"莫里斯，我只是想来上个卫生间。"

我的脚趾疼得抽动起来，我把脚从地上抬起来，补充道："我可以给你报酬。"

很少有人知道，延斯卡既爱财又吝啬。她把全家的零钱都搜集起来，藏在一个鞋盒里，还以为我没有发觉。不过，她并没有花钱的计划，跟我们的吝啬鬼叔叔一样，只热衷于存钱、数钱。也许，近几年她在策划着离家出走。但我从不打听，也不感兴趣。我现在唯一感兴趣的是，延斯卡并没有直接把日记本扔到我脸上，然后去上卫生间，而是认真地审视起日记本的内容，仿佛在评估她的预期收入。

"每页十法郎。"延斯卡说。

这可一点儿都不便宜，我还不如去大学里找一个专业的翻译。可惜多特雷梅尔没有大学，更别说找专业翻译了。除非我去找查尔兄妹帮忙，但找他们无异于自投罗网。在那段日子里，我脑海中总会浮现出一个画面：一个男人的背影——有时是塔尔迪，有时是格林考特、帕斯卡尔或老普什巴赫悄悄走到镇外边的一个偏僻的电话亭，拿出一张皱巴巴的纸，一个接一个地往电话机里投硬币，他拨通一个国际长途号码，提醒查尔兄妹旅店重新开张了。他们究竟在找什么呢？我手上的这本日记吗？假如在布伦特船长、查尔的父亲和隆美尔的日记之间真的有什么联系，那么这联系会是什么呢？为什么布伦特船长要把日记本藏起来，然后自缢？

这一系列问题在我脑海里翻涌不息。如果知晓这些答案的代价是每页十法郎，那就每页十法郎吧。

"你能行吗？"我问道。

"要不你自己来？"

我郑重其事地和延斯卡握了握手，"下午两点，我们去悬崖边谈。"

26

翻译日记

"你们俩来这里做什么？"下午两点，延斯卡如约而至。

今天天气很热，远处的沙丘上飘荡着的白雾越来越浓，海面由远及近被分割成了两种深浅不一、界限分明的蓝色。远处能看到三条渔船的白帆，那三条渔船通常会在下午六点返港。

我给延斯卡和奥黛丽相互做了介绍，然后，我们在沙地上坐下来。我拿出了日记本。

"我们两个人听的话，价格会变吗？"奥黛丽问道。

"你是被我弟弟骗来的吗？"延斯卡咕哝道。

"莫里斯付钱，我只是旁听。"奥黛丽笑着说道。

我把日记本递给延斯卡，从口袋里掏出一卷钞票，数出十法郎，用小贝壳压在沙地上。

显然，延斯卡已经准备好了，"你想让我全念，还是只念有批注的部分？"

"先念有批注的部分吧。"我估计有批注的部分大约占了日记的一半。

"1943年3月9日，我在回德国见元首的路上，拜会了公爵……"她顿了一下，"回国途中，我在罗马游玩了一圈，权当给自己放了一个假。我必须尽快恢复健康，从利比亚撤退实在是太艰难了……"

是的，利比亚，我在《第三帝国》中读到过，隆美尔就是在那里获得了"沙漠之狐"的美誉。

延斯卡继续读道："从利比亚撤退让我感到疲惫、虚弱，到达罗马时，我和墨索里尼公爵聊到了意大利的战争局势。墨索里尼一如既往地承诺让元首放心，但他在无意间说漏了一个大秘密，一个我还完全不知情的'小忙'……"

延斯卡抬头看看我，我示意她继续念下去。

"公爵说这是他和元首之间的事，但我会尽快查清此事，我不会做有损德国利益的事……"

整个句子下都是反复加粗的下划线，并批注了一个德语单词"Verrat"，意思是背叛。

延斯卡往后翻了几页,我抬头看了看奥黛丽,试图猜测她在想什么。奥黛丽什么都没说,但在我看来,她好像什么都说了。利比亚战争,公爵——或者说意大利总司令墨索里尼,纳粹德国元首希特勒;一次礼节性的短暂拜访,一次意外帮助,一次秘密行动……这些词和之前查尔提到的内容如出一辙,我不禁战栗起来。

延斯卡翻到下一个有批注的地方。

"4月……"她念道,然后又停了下来,向前翻了翻,说道,"应该还是1943年,但上边没写。"

"1943年。"我重复道,好像要把它印到脑子里一样。对我来说,这和二战中的所有时间一样,遥远又陌生。英、法、意、德这些国家间的混战距离我和我的时代太遥远了,以至于我有一种在听科幻电视剧《星际迷航》主题曲的感觉:"太空,最后的边疆。这是企业号探索新世界的五年任务中的旅程。"这是我的祖辈时代的战争,甚至连我爸爸都是在1946年才出生的,比日记的时间晚了三年。不过三年,倒是没有一千年那么久。

"确有其事。"延斯卡念道,"这是在晚餐时决定的,我不知道当时都有谁在场,我只能想象这个场景。毫无疑问,这是高层决定的,但不管是谁,他一定很富有。我不确定金额到底有多少，也不清楚他们打算如何悄悄运走。小心，一定要小心……"

一个大浪冲上礁石，砸到我们脚上，也打断了延斯卡的朗读。

我的心跳又骤然加快了，手指也不自觉地颤抖起来。我想我之前听到的都是对的，这个事件极有可能指的是运输金条。一共有多少金条？又是从哪儿运到哪儿？这些和我们的旅店有什么关系呢？

延斯卡迅速地往后翻，继续翻译新的批注。

"1943年5月，法国圣纳泽尔……"她停顿下来，思考了一会儿，"又到法国了，你的朋友动作很快……"她评价道。

奥黛丽轻轻地咳了两声。

"几天前，我在海边散完步，在书店看到了一位法国作家的新书，便买了下来。这是一本刚刚出了英文版的童话故事书，故事很奇怪，讲了一个在沙漠中遭遇飞机失事的飞行员和一只待驯服的小狐狸的故事。如果这是巧合，也有点儿太巧了。这个故事完全站不住脚，也没有个像样的结局。也许，作者想讲一些深邃的哲理，但又没有做到。我总觉得书里有古怪，但也可能是我想多了。"

延斯卡又翻了一页。

"这一页还是在5月。我找人打听了书的作者。有趣的是，他不光是个作家，还是个飞行员。他效忠于谁呢？如果美国人是他背后的支持者呢？这本书是在纽约出版的，可能是美国战略服务处？也许我应该见见他，看看他到底知道些什么。如果真的有人要叛国……"

我激动地喊道："我明白了，这说的是圣埃克苏佩里！"

延斯卡看着我，好像我刚刚说了什么很荒谬的话。"哪里提到圣埃克苏佩里了？"她问道。

"隆美尔说的那本书，失事的飞行员，待驯服的小狐狸什么的。"我回答道。

"啊，对对对，确实是《小王子》。"延斯卡这才反应过来，朝我做了个不服气的鬼脸。

"还有其他有批注的地方吗？"奥黛丽问道。

后边的几页都没有下划线，但在日记的最后，有一行用蓝色钢笔写的字。

"这一行我就不收费了，权当免费的吧。"

"写的什么？"

"6月5日。"

又一个大浪拍了上来，然后退了回去。

"今天我见到小王子了,他个子非常高。"

我不禁喊出了声:"他们见面了!有没有说在哪里?"

"在多特雷梅尔吗?"奥黛丽也问道。

日记上并没有写。下一页则写这么一段话:"1943年6月15日,沙漠之狐见到了海狼,希望同为野兽的我们可以达成共识。"海狼这个词下面画了两道横线。

"他甚至不再相信自己的日记本了。"我抱怨道。

奥黛丽问:"为什么这样说?"

"显然,之前的叙述很清晰,但这里他好像选择用代号掩盖什么,就好像怕被人读到一样。沙漠之狐啊,小王子啊。"

"沙漠之狐和小王子这两个代号是指他自己和圣埃克苏佩里。"奥黛丽恍然大悟。

"那海狼又是指谁呢?"

风里夹杂着妈妈的吆喝声,她问爸爸家里是否有做柠檬水的材料。旅店一侧的外墙上架着一个金属折叠梯,爸爸和塔尔迪正顺着梯子爬到房顶上,去找一个叫"储水箱"的东西。普钦说房顶上一定有这么个设备,用以平衡旅店内供水设备的送水能力。我们在悬崖边能看到镇里的小房子、孤零零的电话亭和码头,但没看到什么人。

我觉得喉咙发紧,延斯卡最后一次打开日记本,奥黛丽的手伸过来,压在了我的手掌上。

"1943年6月28日,"延斯卡继续读道,"但其中有多少环节可能出错呢!海、陆、空,一切都必须像最完美的时钟一样分毫不差地运转!我真的能相信我的伙伴吗?"

延斯卡盯着我们问道:"你们觉得他是什么意思?"

奥黛丽嘟囔道:"谁知道呢。"

"1943年9月8日……"延斯卡继续读道。

9月8日……9月8日……我在脑海中不断地重复着这个日期,为什么我会有印象呢?这一天到底发生过什么重要的事呢?

"意大利抛弃了我们,"延斯卡念道,"俄罗斯的战场就是一台绞肉机。美国人开始意识到自己的重要性了。我担心他们很快就要在法国登陆。在所有这些坏消息里,唯一的好消息是:我的计划终于实现了。"

27

潜　水

"看！是查尔兄妹！"奥黛丽突然把手从我手上移开，指着对岸喊道。

我还没弄清楚发生了什么事，她便起身离开了岬角。我也赶忙站起来，却不小心撞到了延斯卡，日记本掉在了地上。

延斯卡顺势从贝壳底下摸出那张十法郎揣到了口袋里，我弯下腰去捡日记本，回头时正看到查尔兄妹走过镇上那些小房子。

他们沿着海滩慢慢地走着，沃尔特背着一个黑色的书包，卡琳拎着自己的鞋子。我和延斯卡跟着奥黛丽，蹑手蹑脚地从礁石边走开，躲在了隔开海滩与公路的灌木丛里，希望他们没看到我们。当我们觉得已经离海滩足够远的时候，我们便一屁股坐在悬崖边坚实的沙地上。

"谁能告诉我,我们为什么要像小偷一样溜走?"延斯卡问。

"卡琳身上的香水味太浓了,"我随口答道,"我们俩都受不了,但又没法儿直接说。"

我又数出四十法郎的钞票递给延斯卡,希望她能忘掉这个话题。果然,她毫不犹豫地接下钱,小心翼翼地塞到口袋里,下结论说:"你们俩都很奇怪。"

我看着她,郑重地说:"今天的事,你一个字也不能跟别人说,爸爸妈妈也不能说。"

延斯卡一时间没有搞清楚状况。

奥黛丽盯着她问:"我们能相信你吗?"

延斯卡看了看她,又扭头看了看我,说:"我对你们的事一点儿都不感兴趣,一丁点儿兴趣也没有,行了吧?"

我跟她握了握手,看着她猫腰从灌木丛中跑出去,一路小跑,经过沙滩走向通往我们旅店花园的木栈道。

"奥黛丽,你觉得她会保密吗?"

"她走之前还环顾了一下四周,应该会为我们保密吧。"奥黛丽说。

我们蹑手蹑脚地朝着与延斯卡相反的方向钻出灌木丛,来到另一边的沙滩上。我们紧紧地靠在一起,这让我感觉没那么紧张了。

此时，查尔兄妹离我们大约二十米远，只见沃尔特从包里拿出两个黑色大塑料袋。他们俩在说着什么，但风很大，我们听不清，只能老老实实地趴在沙地上看着。

查尔兄妹在礁石前停了下来，卡琳三两下就脱掉了衣服，肢体语言看起来在说："但愿这是最后一次。"

沃尔特没有说话，只是从手中的黑塑料袋里掏出一套黑色潜水服递给她，卡琳熟练地穿上了。她腰身纤细，胳膊上和腿上的肌肉发达，线条很美。卡琳又从另一个塑料袋里掏出两根金属柱背在肩上，戴上面罩，看起来这应该是一套氧气面具。最后，她穿上了脚蹼，沃尔特帮她调了调潜水服后腰带上的东西。

调好后，沃尔特递给她一个水下照明用的手电筒，她检查了一番，比了个"没问题"的手势后转过身，一步一步地迈进了海水里。等她潜下水后，沃尔特将折好的塑料袋放回书包里，背起包朝我们旅店的方向走去。

28

四个问题

我们趴了整整半小时,等卡琳浮上来,也等沃尔特从旅店那边回来。在等待的间隙,我问了奥黛丽很多问题:海水有多深、她会不会潜水、海水为什么分成两种深浅不一的蓝色……然后,我翻过身仰卧着,把双手垫在后脑勺下,闭上双眼思索起来。我们讨论着延斯卡翻译的日记内容,讨论着日记上为什么有那么多批注,却又被藏了起来。日记仅仅表明隆美尔知道宝藏的存在,却没有一丁点儿有用的实际线索。隆美尔甚至怀疑还有其他人知道宝藏的存在,比如那些美国人,比如美国战略服务处,或者圣埃克苏佩里。但美国战略服务处和圣埃克苏佩里之间有什么联系呢?

"我觉得日记里写的不是真的。我的意思是,从我在《一袋弹珠》里读到的内容来看,当时法国被侵略了,人们连吃的都没有,遍地都是检查站和搜查的士兵,日记里却说书店还在正常营业,你不觉得很奇怪吗?"

奥黛丽既没有反驳,也没有附和,因为我们对二战的历史了解得并不多,对于当时发生战争的欧洲国家、城市和人民也没有更深入的了解。也许有的地方战火纷飞,有的地方却一切如常?也可能在被德国人征服的领土上,人们假装一切正常,甚至过得更好?

"不管怎样,他们是彼此的敌人,对吧?"我接着说,"隆美尔是德国军人,圣埃克苏佩里是法国人。德国人入侵了巴黎,法国人投降了。"

"法国人没有投降,他们还有反抗军。"奥黛丽纠正道,"每座城市里都有法国的反抗军。"

是的,我也记得。我记得曾在某个地方看到过一长串的名字和首字母列表,但我想不起是在哪里看到的了。

奥黛丽在沙地上画了一个符号:先画一条竖线,然后从上往下依次画了一短一长两条横线与之交错。画完后,她抬起头问我:"你认识这个符号吗?"

我摇摇头。

"这是洛林十字架,是法国抵抗运动的符号。在此之前它被称为'贞德十字架'。"

"你画这个干什么?"

她打开日记本,指着其中画着蓝色十字架的那一页。这是关于1943年5月的日记的批注,5月就是隆美尔第一次听说圣埃克苏佩里的那个月。他可能推测出了什么,也可能没有,但他肯定有自己的论据。然而,我们现在没法儿知晓他推理的基础是什么。

我闭上眼睛,一边思考一边低声说:"我们现在得先找出几个问题的答案。"

"几个?"

我睁开眼,盯看沙地上的符号,"至少四个。"

一是普什巴赫到底去哪儿了。

二是1943年究竟发生了什么,至少得知道那一年在科西嘉岛发生了什么,甚至还得去查阅欧洲和非洲的历史。

"那我们去问哈马杜克小姐?"奥黛丽仿佛想到了办法,自言自语。或许真的得去找她。

三是试着获得更多关于圣埃克苏佩里的信息。毕竟,镇上有人自称和他是朋友。

"去找马蒂斯。"奥黛丽又琢磨起来,"那第四个问题是什么?"

我又翻了翻隆美尔的日记,"如果没有这本日记作为线索,查尔兄妹肯定没法儿把隆美尔和《小王子》联系起来。"

"但《小王子》是一本公开出版的书。"奥黛丽反对道。

"所以呢?"

"所以任何人只要读了《小王子》,都有可能找到里面隐藏的信息。"

"可能他们兄妹俩没读过这本书,也可能只有在某个特定的版次里才能找到隐藏信息,再或者布伦特给编辑写过信请他们删掉了那些信息……"我皱着眉头分析道。

奥黛丽笑了笑,说道:"你的想象力真丰富。布伦特为什么要这么做?"

我转头继续盯着那个符号,"我也不知道为什么。"可能真的是我想太多了吧。

"莫里斯,你还没说第四个问题呢……"

第四个问题?不就是和她一起藏在灌木丛里,思考着金条宝藏的故事,这多浪漫啊!

"第四个问题……你觉得有多少人知道宝藏的事?"我掰着

指头数起来,"布伦特、查尔兄妹……"数到第三个时,我犹豫了一下,"塔尔迪会知道吗?"

"塔尔迪?"奥黛丽仿佛对我的推理有点儿意外。

我索性不数了,大着胆子说:"说不定你爸爸或者雷米也知道呢。这可能是镇上最大的公开的秘密,也是他们为什么总要追问我们搬来的原因。"

奥黛丽静静地思考了一会儿,看着我问:"你们刚搬来的时候,有没有看到旅店篱笆上挂着的兔子皮?"

我没有吭声,转身侧卧在沙地上,脑袋靠在胳膊肘上。我当然看见了,但后来也没再纠结过这个问题。

奥黛丽又问道:"你知道一共多少张吗?"

"不知道。"

"十三张。"

"你怎么知道?"我反问道。

"是格林考特一张一张挂上的,我挨个儿数过。"

"天哪,他为什么要这么做?"

奥黛丽耸了耸肩说道:"旅店关门后,他好像每个月都会去挂一张新的兔子皮。"

我干笑了几声,不禁打了个寒战,"他为什么要这么做?"

"这是一种阻止别人进入的警示。"

"但你在旅店关门的时候进去过,对吧?"

她点点头。我看得出来,她在回忆时,眼神中带着一丝不知所措。

"你在旅店里看到了什么?"我问。

奥黛丽猛地抬起头,看上去仿佛刚刚被我羞辱了一样。虽然只是一瞬间,但我仍然从她眼中读出了太多一闪而过的情绪:犹豫不决,羞耻,恐惧。

"我什么也没看到。"她迟疑地说道,"但我听到了。"

法布里斯又在我的后脖颈上刺了一下,每次他这么做都是在提醒我保持清醒,好注意到一些关键问题。

"你听到了什么?"

"某种声音吧。"

"谁的声音?"

"不知道,我还没听清楚,就吓得跑了出来。"

一股寒意从我的小腿向上蔓延,直到整个背部都悚然发冷。

"所以,后来我就在想……"

"想什么?"

"也许格林考特在篱笆上挂兔子皮不是为了防止其他人进去,

而是想防止什么……出来……"

"真是胡说八道!"我从沙地上猛地跳了起来,甩了甩腿,希望能把那一阵阵的战栗甩出去。

"真是对不起,我也不知道为什么要跟你说这个,你就当我从没说过,赶紧忘了吧。"奥黛丽也站起身,小声辩解道。

"我肯定得忘了这件事,要不还怎么继续住下去。"我捏了捏仍然没有恢复正常的腿,没好气地回答道。

"我真是蠢得没救了才会跟你说这个。"

我没作声,轻轻地敲了敲仍然刺痛的腿。

"我真不是故意吓唬你的。"奥黛丽继续解释道。

"别担心,我没被吓着。"我回答道,但我撒谎了。

29

花园里的十字架

木栈道尽头的院门吱嘎作响,听起来比平时更加阴森。对于刚从沙滩回来的我来说,雪松环绕的拿破仑旅店更显得险恶。我不断地默念着我们接下来该做的事情,尽可能不去想篱笆上的兔子皮以及奥黛丽讲的故事。我们约好了第二天去拜访马蒂斯,然后,奥黛丽再把《一袋弹珠》拿去还给哈马杜克小姐,她觉得听我讲过整个故事后,就没必要自己再读一遍了。我穿过花园,在旅店前的砾石地上停了下来。阳光透过雪松的枝丫,投下斑驳的光亮,塔尔迪的货车停在旅店的藤架下。突然,我听到沃尔特喊道:"小心!"

我还没找到声音来自何方,就听到爸爸喊道:"我抓住了!"

然后只听哐的一声,似乎那架金属梯子撞到了墙上。我跑到旅店的背阴面，看到沃尔特顺着梯子爬到了屋檐下方的位置，爸爸和塔尔迪正弯着腰紧紧扶着梯子底部。

"你还好吗？"爸爸问道。

"一点儿都不好！"查尔怒气冲冲地从梯子上爬下来，一步迈到塔尔迪面前，几乎把脸贴到了他脸上，大吼道，"你究竟在干什么？脑子里在想什么？"

塔尔迪的表情高深莫测，像木雕一样僵硬。他直勾勾地看着查尔的眼睛，鼻孔呼哧呼哧地一张一合，好像在蓄力随时准备揍对方一拳。

爸爸一如既往地准备做和事佬。他们似乎都不服气，但因为爸爸的介入，他们只能用目光和肢体动作相互挑衅。但这毕竟是在我们家，于是，查尔先低头了，或者说让步了。他转过身，面朝我的方向，不过好像没有看到我。他向爸爸挥挥手以示道别，便一言不发地离开了。

塔尔迪则站在原地，直到听见花园门吱嘎一声，确认沃尔特离开后，他才问爸爸是否需要帮忙把梯子折叠起来。

"不用了，塔尔迪先生，今天辛苦你了，梯子就先放在这儿吧，明天我们再商量怎么办。"

"如您所愿。"塔尔迪回答道，他把手伸进口袋里，掏出货车钥匙,"但您知道,我真不是……"

"应该说刚才只是个意外,"爸爸打断了他的话,"并不是谁的责任。不过,幸好我在梯子旁边,我想查尔先生也是因为被吓坏了才发的脾气。"

"但……"

"对,我同意,他确实有点儿过于激动了。"

塔尔迪一边往货车那边走,一边发着牢骚。"嗨!"爸爸跟我打招呼道。

"嗨!爸爸!"我也朝他摆了摆手。

"今天过得怎么样?"

"挺好的。"

"那就好。"

我觉得我还应该跟爸爸再说点儿什么,但又不知道说什么。塔尔迪沿着海岸公路疾驰而去,发动机的轰鸣声断断续续地传入我们的耳中,我不禁想起了他在沙丘脚下的石头房子、房顶的天线、铁篱笆,还有用来捉狐狸和兔子的陷阱,而兔子又让我联想起我们旅店篱笆上的十三张兔皮。这时,我看到了我们的小花园里竖着的两个小十字架。就在几天前,米拉贝尔也告诉过我。这两个小小的黑色十字架是铁制的,每个都由一根竖杆和一短一长两根横杆组成——两个洛林十字架。

我指着它们问道:"爸爸,你之前见过这两个十字架吗?"

看他的表情,爸爸似乎也是头一回见。他挠了挠头,仔细地想了一下,"没有。"

我走近十字架,看到上面各写了一个名字:布里格尔,利特巴斯基。

"这是两个足球运动员的名字。"爸爸说。

我一脸疑惑地看着他。

"下面可能埋着布伦特的两条狗吧。"

对,确实有可能。用足球运动员的名字给狗命名,像是他的作风。

爸爸摸了摸我的头说:"有东西给你。"

"真的吗?"

"当然了,过来吧,是塔尔迪先生带来的,我想他是要送给你的。但是,你也看到了,刚才出了点儿小插曲。"

我们一起绕过花园,来到车库旁,那里停着一辆六十年代造型的浅黄色自行车。

"这是塔尔迪今天送来的。"爸爸说道。

"送给我的?"我还是不敢相信。

爸爸找了块抹布擦了擦手,"他说这以前是他儿子的自行车,那时候他儿子就像你现在这么大。意大利货,车况看起来还不错。"

爸爸的眼睛闪闪发光,如数家珍般向我介绍着自行车部件。我知道他特别喜欢自行车,所以我怀疑这并不是塔尔迪一个人的主意。

"明天记得谢谢他。"

"我会的。爸爸,也谢谢你。"我高兴地点点头,开始认真打量起这辆自行车。车架被擦得锃亮,黑色的车座,弯曲的公路车把,前轮上方的车架上还贴着一张写着"英雄"字样的贴纸,这不禁让我想起了每次出征前,都会给战斗机机舱上画的那些图案。塔尔迪给车胎打足了气,还给链条上过油,整辆车的状态看起来好极了。

我转过身摇了摇头,爸爸忍不住问道:"怎么了?你不喜欢吗?"

我特别喜欢这辆车,而且我也没想到会收到这样的礼物。我只是很苦恼——我刚对塔尔迪有所怀疑,他就送了我一辆我恰好需要的自行车。那么问题来了,我能收下他的礼物吗?万一他真的如我所料是我们的敌人怎么办?

我用一只手提起车座,让后轮悬在空中,然后用另一只手轻轻转着脚踏板,链条在牙盘上转动起来,发出瑞士手表的齿轮转动时那种顺滑的咔嗒声,辐条带着轻快的嘶嘶声划过空气。

我……我被征服了……我应该可以收下这个礼物。

法布里斯不同意又能怎样,我真的可以收下这个礼物。

30

疑 问

那天晚上，我在《第三帝国》中读到，埃尔温·隆美尔将军于1944年10月14日服下氯化物胶囊自杀了。他被指控参与1944年7月20日炸死希特勒未遂事件的密谋，为了保持名誉，他被迫选择服毒自杀。他给妻子和儿子留下的最后一句话是："十分钟后，我就死了。"

"但他并没有否认自己参与了密谋。"我自言自语。我把书里这些大事件的日期与我已知的日记里记录的日期做了比对，然后将隆美尔也列入了我的自杀者名单中——名单里已经有布伦持、老查尔、普什巴赫。

我始终想不通的一点是：隆美尔是希特勒最器重的将军，是无敌的沙漠之狐，怎么会被指控参与密谋刺杀，并被迫服毒呢？

从他的日记中我能感受到，从1943年起，这位将军的信念开始动摇。但正是他怀疑有人叛国，而那个人并没有受到指控。我想可能是他在日记里写的调查行动引起了叛徒的愤怒，这人可能是马丁·鲍曼——希特勒的另一个忠实拥护者。

总而言之，纳粹之中肯定有人叛变了，只是不知道这个人是谁。

日记里还有很多我没弄明白的地方。比如他在到访罗马时，与墨索里尼有过谈话，之后他就开始怀疑有人背叛德国，为什么呢？可能是他发现了墨索里尼指望的援助里还有不清不楚的地方。

再比如，所有这些故事都是围绕鲍曼展开的。沃尔特信誓旦旦地说有三个人聚会讨论了宝藏的事，而且现在三个人都已经死了。可以确定的是，其中一个是鲍曼本人，另外两个又是谁呢？

1943年的二战战况如何？德国人那时候还占优势吗？

我缩在被子里，翻了个身。我对战争总是抱有童话般的幻想，觉得战争是男人的事，或者是我想成为的那种男子汉做的事。我总是为两条腿一长一短的事实自怨自艾，因为这注定了我将来无法通过法国外籍军团的入伍体检。我幻想的战争里没有血腥与死亡，更像是朦胧、梦幻的海市蜃楼，充斥着异国情调、荣誉和命运等使人热血沸腾的东西。

我知道希特勒是个疯子，就连他最器重的隆美尔将军最终也承认了这一点，只是为时已晚——或许正是因为将军长期在北非作战，远离柏林。我读到在1944年6月28日，也就是密谋袭击之前不久，隆美尔曾与希特勒长谈过一次，向他认真阐述了德军在法国前线的溃败，要求他尽快接受停战协议。隆美尔说："元首，如果不先解决德国的问题，我就不离开这里。"结果他还是一无所获地离开了。

他就是在那时决定要背叛希特勒的吗？到底谁才是那个选择背叛的阴谋家呢？

《第三帝国》里还收录了这次袭击事件的主要策划者冯·施陶芬贝格的故事，但那就是另一个更大的阴谋了，一位德国将军和一位法军参谋长也参与其中。

"又是法国，隆美尔作战的战场，所以他知道了那个阴谋。"我自言自语。

他一定知道，于是他和其他人一样，为了维护名誉而选择了自杀。

但也可能不是这样。

"法布里斯，你知道圣埃克苏佩里是什么时候去世的吗？"这是睡着前我脑海里的最后一个念头，然后我便睡了过去。

31

无所事事

"**谁**知道《小王子》的作者是哪一年去世的?"第二天早餐时,我在餐桌上问道。延斯卡盯着我,欲言又止,摇了摇头接着吃饭了。

爸爸回答道:"应该是在战争结束之前。"

妈妈补充道:"他是坠机掉进海里了,对吧?"

爸爸说:"我也不是很清楚,有说他是被敌机击落的,也有说他是在海上迫降失败的。"

"具体是什么时候呢?"我不死心,继续问道,毕竟他坠海这件事我已经听马蒂斯说过了。

爸爸和妈妈对视了一眼,不确定地说:"1944年?"

那就是和隆美尔同年去世的。但是哪天呢?在10月14日之前还是之后？

看来爸爸妈妈也不知道，我便没有继续追问下去。米拉贝尔向我展示了她刚刚发现的秘密基地——楼梯下一个只有她那样个头儿大小的人才能进去的地方，这完完全全就是独属于她的空间了。

我祝贺她发现了这个地方，然后去洗刷牛奶杯，并把它们倒扣在沥水架上。我看了一眼钟表，离我跟奥黛丽约定的见面时间还有十五分钟。我现在有了新自行车，时间完全来得及。

我在旅店里转了一圈，不知道做些什么。奥黛丽在旅店听到恐怖声音的故事在我脑海里萦绕不去，我决定去地下室看看，但地下室因为供水设备故障被淹没了一半。我只能爬到阁楼，呆呆地看着收拾好的各种医疗床还有氧气面罩，直到听到圣丹尼斯教堂的整点钟声。

我从阁楼上下来，顺手关上了阁楼的活板门，冲下楼梯，跳上塔尔迪送的黄色自行车。

32

分开行动

"你迟到了。"我们一见面,奥黛丽就直接说道。

她对我的新自行车只字未提,这说明她很生气。她正在研究我的笔记上关于普什巴赫下落的调查进度——显然我们没有任何新的进展。

"我想到了一件事。"我告诉她。

"我也是。我刚从布兰迪太太那里过来,她告诉我一些关于二战的事,正好能回答你昨天提的第二个问题。"

"什么?"

"她告诉了我法西斯入侵和投降的时间。他们是9月8日投降的,其中一个驻扎在多特雷梅尔的士兵叫路易吉,他还活着,住在巴斯蒂亚。"

"真有意思。"

"不光这个，9月8日当天，有一架德国飞机，疯了似的轰炸了多特雷梅尔！"

"真的假的？"

"但它没得手，它在距离镇子十公里远的地方失事了，连礁石都被它撞飞了一大块。我知道在哪儿，正打算去看看。"

"我觉得我们应该先去马蒂斯家。"我说道。

"改天再去他家吧，反正普什巴赫已经失踪十来天了，估计海鸥现在都只能啄他的骨头架子了。"

"奥黛丽……"

"行了，我知道你不感兴趣，但我必须去一趟。"

"我也想去，但……"

"但你更想找到那些宝藏！"

确实，我没法儿再否定了。

奥黛丽叹了口气，说道："你现在也有自行车了。"

"所以呢？"

"所以你自己去找你的马蒂斯吧，我去看看那个被飞机撞过的悬崖。"

"嗯？"

"我得骑十公里呢,你去镇上找马蒂斯不会走错吧?"

我无奈地摊了摊手,我该怎么跟她解释我不知道怎么跟马蒂斯开口呢?我要怎么提问才能让他对我和盘托出呢?总不能直接问他认不认识隆美尔将军,或者听没听说过希特勒的秘书的宝藏吧?

我只好说:"但我不知道他住在哪儿……"

这显然不是什么问题。奥黛丽和我一起骑车回到镇上,把我带到教堂左边一栋天蓝色的房子门前。这里面朝大海,视野极佳。房子的百叶窗打开着,或许马蒂斯正好在家,但也有可能他的窗户一直保持敞着,毕竟他是盲人,不受光线的影响。

我站在门口对奥黛丽说道:"你确定不跟我一起进去?"

"我确定,你进去问你的问题,回来告诉我答案就行。"

我深吸了一口气,把自行车靠在墙边停好,目送奥黛丽向镇子外边骑去。然后,我走向了房子的大门。

周围一片寂静,我在门口踌躇不前,不知该如何自报家门,也没想好该怎么表达来意。我能跟他说实话吗——在拿破仑旅店的地板下面,我找到了一本布伦特做过批注的日记,上边提到了《小王子》?

也许不能。

马蒂斯的出现,打断了我的心理斗争。

眼前的大门突然打开了,马蒂斯说道:"你站在外面干什么呢?门没锁。"

33

拜访马蒂斯

马蒂斯的房子是一个打通了内墙的大开间，房间里没有其他家具，只有一张沙发摆在房间中央，正对着打开的百叶窗，恰好能看到外面的大海。房间的一角摆着一只炉子，在炉子的对角则是上下楼的木制楼梯。楼梯下的空间摆着两个书架。房间墙壁是白色的，墙皮因常年直射的阳光和海边潮湿的水汽剥落了许多。墙上挂着一幅钉在软木板上的海图，这就是整个房间唯一的装饰了，桌子、椅子、抽屉柜、壁橱、地毯之类的陈设通通都没有。

"坐吧，"马蒂斯在沙发正中间坐下，对我说道，"你来找我有什么事吗？"

我有点儿惶恐，结结巴巴地说不出话。

马蒂斯不禁笑了起来,说:"看来我猜出你是谁了。我能为你做些什么吗,小伙子?"

我绕着沙发转了一圈,不知道该坐到哪里。地板很旧,被时间打磨得锃亮,很多地方都因潮湿翘了起来。马蒂斯的光脚随意地搭在一起,伸在地板上。也许我也应该脱掉鞋子?

"坐吧,坐,你找找,屋里应该有个凳子。"

屋里确实有个凳子。我之前没注意,它就摆在书架旁边,上面放着那本《野性的呼唤》。

"那些狼怎么样了?"我顺势问道。

"哦,你说《野性的呼唤》!狼很不错,还有巴克也不错,真是一只了不起的动物。"

"需要我给您读一段吗?"

"小伙子,我当然愿意啦,但是你的声音告诉我,你好像很着急。"

我也不知道自己是不是很着急。奥黛丽在十公里外的悬崖边等我,被马蒂斯这么一说,我感觉有些尴尬。我一时间不知道从哪儿问起,于是,便做了个大胆的决定:从最危险的问题开始。

"您认识查尔兄妹吗?"我问道。

马蒂斯的眼皮轻轻抖动了一下,好像在认真地捕捉我说的每一个字,"我只听镇上的人提起过,但不认识。怎么了?"

也没怎么,或者说这正是我最想听到的答案。他不认识他们,他们也就不认识他,这给了我冷静下来梳理思路的时间,也让我有时间提醒马蒂斯提防他们。

"他们是一对兄妹,哥哥沃尔特和妹妹卡琳,他们自称是布伦特船长的老相识了。"

我把凳子搬到马蒂斯对面,坐了下来,准备认真和他聊一会儿。

"那就没什么好奇怪的了。我跟布伦特也不熟,这么些年我们仅仅打过几次照面而已,不过我还是对他的去世表示遗憾。"

"那普什巴赫呢?"

"对他的遗憾可能要多一点儿吧。我记得他以前从窗外路过的时候,总是用口哨吹着贝多芬的曲子,我记得是……《欢乐颂》?要不就是吹瓦格纳的曲子。可怜的普什巴赫啊,他的音乐品味可真不错。他就是个普普通通的渔夫,每三天去打一次渔,每周出去徒步旅行一次。他从我窗前路过的时间简直能精确到秒了。"

"徒步旅行?"

马蒂斯咯咯笑着,露出一口破烂不堪的牙齿,"他自己是这么说的。他总是周五下午快傍晚才出发，每个周五，雷打不动。"

"他没提过去哪儿吗？"

"好像就是悬崖那边吧，我没法儿告诉你更准确的地址了，向盲人问路可不是什么好主意，对吧？"

我为自己的鲁莽和急切道了歉，但马蒂斯似乎只是随口说说，并没放在心上，他接着说道："顺便一提，他失踪那天就是去徒步旅行了。"

所以，事实跟奥黛丽想的一样，他真的去了悬崖那边，却再也没有回来。

马蒂斯竖起一根手指，认真地说："但他那天没有吹口哨。"

"您能肯定？"

"我能肯定。"他指了指自己的眼睛，"我的这个虽然不管用了，"又捏了捏自己的耳垂，"但我的耳朵好使得很。我之前也跟别人提过，那天他既没吹贝多芬，也没吹瓦格纳，脚步听起来也很沉重。"

"您跟谁提过呢？"我脱口而出，但又觉得有点儿莽撞，讪讪地笑了笑。

马蒂斯笑道："你的好奇心很重啊。你觉得我会告诉谁呢？谁乐意跟我这么个老头子聊天呢？"

我小声辩解道:"您可不老。"

"你要喝点儿什么吗?"

"不了,谢谢您,我去给您倒杯水吧。"

他喘了口粗气,说道:"别总是您啊您的,太正式了,小朋友,这样吧,咱们说好了,你可以称呼其他人为'您',但不需要这么称呼我,要不我感觉自己更老了,行吗?"

"好。"

他往身后的沙发靠背倚了倚,说道:"我先是跟埃泽希尔提过,你认识他吗?"

我点点头,那是奥黛丽的爸爸。

"然后是哈马杜克、奥斯卡……再者就是那些大波拿巴党人了。"

那些"大波拿巴党人"我可没听说过。

"他们是奥斯卡的朋友,一些独立党分子。他们想拥护拿破仑·波拿巴的子孙,把科西嘉从法国独立出去。你知道拿破仑·波拿巴吗?"

"他是法国皇帝。"

"他就出生在离多特雷梅尔不远的阿雅克肖,"马蒂斯说,"后来,他去了法国。"说完,他自己笑出了声,"嗯,就这么多了。"

看来这个问题到此为止了。

然后,他仿佛无意识地抬起了满是皱纹的眼皮,用他那白色的眼珠盯了我好一会儿,说道:"上次,我们在哈马杜克小姐家里见面的时候,我们还聊过安托万,对吧?"

"是的,你说你们是朋友。"

"确实如此。"

"什么程度的朋友呢?"

"一个飞行员和一个小男孩还能是什么程度的朋友?他和他的飞行中队驻扎在波尔戈的时候,我去给他们送过咖啡。不过,他来过这里一次,就在这个房间里。"

"真的吗?"

"当然是真的。他还送了我一张军用地图。"马蒂斯指了指墙上挂着的图,说道,"你看看下面写的什么。"

我站起身到墙边认真看了看,这是一张南欧和北非的军用地图,上边有利比亚、突尼斯、埃及、克里特岛、马耳他岛、意大利,还有一些别的小岛,却没有我想看见的法国大陆和科西嘉岛上的地名。上边的地名也是用英语而非法语批注的。地图上还画着一只张开翅膀的雄鹰,双腿间夹着一条缎带,缎带上写着:战略服务处(OSS)。

战略服务处！这就是他们提过的那个名字！

马蒂斯又说道："你去书架上找一下，我没有多少书，你应该能找到一本《小王子》。"

"这本《小王子》吗？"显然，这也是本英文版。

"打开它，看扉页，上面写着给我的献词。这是第一版，他专门送给我的。"

"致马蒂斯，我的守护天使。在哪里摔倒，就从哪里重新开始。——圣埃克苏佩里"我小声念道。

"他对这句话肯定有着很深刻的理解，毕竟他摔过那么多次。"马蒂斯笑着说道。

我满心疑惑，于是把整本书翻看了一遍。用非母语语言阅读《小王子》，给我留下了深刻的印象。有一页的空白处用钢笔写了一条批注，我盯着它看了一会儿才明白，这是作者自己给故事做的注解——关于住在325号小行星上的孤独国王的部分。

在这颗行星的编号旁边，有一个小小的补充：Ⅲ-指南针。

"你也发现了吧？编号不对，是吧？"马蒂斯说道。

我又往后翻了几页，爱慕虚荣者住的326号小行星旁批注的是"Ⅰ-西"。

我问："这是什么意思？"

马蒂斯回答道:"说明我这本《小王子》很值钱。"

书里还有两处做了批注的地方:酒鬼住的327号小行星（Ⅱ-西），以及老地理学家住的330号小行星（Ⅳ-×2.7）。

我轻轻地吹了个口哨,说:"这个谜语很有趣。"

"他也是这么说的,他跟我说,一定要保存好这本书,这个礼物比我想象得还要好得多。"

"什么好得多？"

"谁知道呢,我收下了这本书,然后就在采石场事故中失明了,我也没问他太多问题。安托万是个非常特别的人,我记得我们一起飞行时……"

我把书放回原处,随着马蒂斯的描述,想象和圣埃克苏佩里一起飞行会是什么感觉。那可是法国著名的飞行员啊!

"他本来不该带我一起飞的,你明白吗？P-38这种飞机本来就是单座设计,空间很狭小,他又是个大块头,但他还是带上了我。我当时兴奋得不得了,我们俩紧紧挤在一起,挤得我都喘不过气了,可我一点儿都不后悔。都能飞上天了,喘不过气就憋着呗。"

"你当时什么感觉？"

马蒂斯摇了摇头,没有说话。他好像已经随着遐想回到了云端，身子蜷在白色的沙发中显得那么渺小，头发好像也被云层中呼啸的狂风吹得蓬乱起来。

"我能问一个比较冒昧的问题吗？"

我说话时一定紧张得声音都在颤抖，因为马蒂斯仿佛被我从云端拉了回来，迅速转向了我的方向。

"你和圣埃克苏佩里聊天的时候，他有没有跟你提起过隆美尔将军？"

听到这个问题，他刚才还充满童真的表情一下子发生了变化：眼睛睁得大大的，然后忽地又闭上了；牙关紧咬着，用力地吞咽着唾液；额头正中间凹进去两条竖直的皱纹，仿佛在被迫集中注意力思考——或者陷入了巨大的痛苦。

"当时我们就在这个房间里，那时候，屋里还摆满了我妈妈的家具，当然你对这些是不会感兴趣的。"

倒也不是完全不感兴趣，不过我没有打断他，听他继续说道："我的朋友告诉我，那个人会穿着便装，在年底前来到镇上，告诉我关于这本书的事情。"

"谁会来？"我问。

"隆美尔。他是这么跟我说的：'年底前，隆美尔会来多特雷梅尔找你，问你关于这本《小王子》的事，你把书给他就可以了。'"

我结结巴巴地说:"我不明白……"

"我也不明白。"马蒂斯说,"我甚至不知道为什么要告诉你这些。"

"可能因为我只是个十一岁的孩子吧。"

"也可能因为你是这几十年来第一个问我这个问题的人。"

我接着问:"那你知道蝴蝶特工吗?"

此时,我已经意识到了,特工、间谍、向于尔根·查尔支付养老金的美国人、死去的将军、自缢的旅店老板、掉下悬崖的人、失明的孩子和大波拿巴党人,这些都是关联在一起的——在这个位于科西嘉岛的偏远的小镇上,几十年来一直都在进行着一场关于虚假的线索和隐匿的真相的博弈。参与者中既有鲍曼秘书长那样真正的纳粹分子,也有被誉为"沙漠之狐"的隆美尔将军;有在故事中迫降在沙漠里的飞机,也有现实中迫降在波尔戈镇外的P-38战斗机;有小王子,还有他的守护天使;有一位来自马略卡岛的帆船船长,也有摔下悬崖的、身患阿尔茨海默病的克里特岛的潜水员,还有一个德国老渔夫,人们为他举行了葬礼,棺材里却是空的;还有,沃尔特在拿破仑旅店的卫生间里提到过,有三个人知道宝藏的事,而且他们都死了。

这些线索在我的脑子里嗡嗡作响,乱作一团。我费力地小声问道:"你听说过鲍曼的宝藏吗?"

马蒂斯说:"听说过,但它是不存在的。"

我重复道:"不存在……"

他疲惫地瘫在沙发上,对我说道:"我累了,请你现在就离开吧。"

我也没有反驳和争论的力气了,于是打开门离开了。

"明天见。"这是我听到的最后一句话。

34

钥 匙

我脑子里塞满了这些天搜集来的信息和越来越多的疑问,甚至不记得自己是怎么回到拿破仑旅店的。我只记得我脱掉衣服,洗了个冷水澡,就把自己摔到了床上。楼下的大厅里人声鼎沸,有爸爸、妈妈、塔尔迪、费迪南德、帕斯卡尔、格林考特,还有普钦,仿佛整个镇子的人都聚集到旅店里来了。

我梦见卡琳·查尔打扮成了潜水员;我听到上楼的脚步声和墙外拖动铁梯子的声音;我梦见自己被锁在铁笼子里,其他的就记不得了。哦,我记得我一直在呼唤法布里斯,还跟他聊了几句。

一直到米拉贝尔进来,把我从噩梦中摇醒,叫我下楼吃饭,我才意识到已经是晚餐时间了。突然,我想到了奥黛丽,她应该还在飞机失事的那个悬崖等我。一想到她因为没等到我而生气的样子,我不禁打了个哆嗦。我真想去告诉她,她之前的推理都是对的,普什巴赫真的去过那里。

米拉贝尔突然大笑起来,我这才发现我竟然忘了穿衣服。

我大喊道:"米拉贝尔军士,快把我的裤子扔给我,然后向后转!"

米拉贝尔在一旁耐心地等我穿衣服。但从她狡黠的表情可以看出,她要么有事想告诉我,要么想知道我干什么去了。

我把去马蒂斯家的事情告诉了她,并且嘱咐她要保密。

"我也干了件要保密的事!"米拉贝尔说。

我坐在床边,把一只脚伸进鞋里,却把鞋帮踩塌了,费了好大劲才把它从鞋里抠出来。

米拉贝尔接着说:"我刚刚在地下室玩,妈妈在整理那些钥匙。他们把打扫旅店时找到的所有钥匙都平铺在桌面上,一把一把地试,好用的就分类放好,开不了锁的就扔到一边。"

"有一把红色的钥匙,"米拉贝尔凑过来,眼睛里透着狡黠的光,神神秘秘地说,"那把钥匙什么锁都打不开,妈妈让延斯卡拿去扔了,但延斯卡没扔……"

我摸了摸她的头发,说:"我猜你把那把钥匙留下了?"

"没有！"她抗议道，不小心撞到了我放在床边的录音机盒子，"它被查尔偷偷拿走了！"

"沃尔特·查尔？"

"就是他！"米拉贝尔说道，"他从桌子旁边走过去，看了看周围，然后偷偷把钥匙塞到了外套口袋里！"

我跪到地板上，双手搭在她的肩膀上，平视着比我矮不少的妹妹，认真地问道："你确定吗？"

米拉贝尔用力地点了点头，"我很确定。"

这时，他们又在楼下喊我们吃饭了。

"那把钥匙长什么样？"

米拉贝尔嘿嘿地笑了一下，把手伸进裤兜里掏出一个东西，冲着我摊开手说："就长这样！"

她把一小串钥匙塞到我手里，其中有一把涂了红漆的钥匙，看起来和其他的钥匙并没有什么不同。

"查尔的外套挂在楼梯那里，于是我就……"

"米拉贝尔！你要小心，怎么能干这种事呢？"

"我知道，莫里斯。但是这个东西应该很重要吧，我做错了吗？"

我不知道该怎么跟她解释，也不知道现在该怎么处理这把钥匙，以后再说吧。

"我们还是先下楼吧，要不他们还得催我们。"

我们从房间里走出来，关上门之前，我随手把钥匙往床上扔去。它在床上弹了一下，掉进了床边我还没整理好的一个存录音带的箱子里。

我心里一动，"法布里斯，我之前怎么没想到在他们家放一个录音机呢？"

35

偷放录音机

"**我**没生气。"

"我知道你生气了,你之前的猜测是对的。"

"我说过了,我没生气。"

"真对不起……"

这是一条被拖到沙滩上的小船,船底朝上倒扣着,只留了一条刚好能让人爬进去的缝隙。第二天我和奥黛丽会合后,一起趴在又闷又热的小船下面,盯着普什巴赫的旧房子——目前租住在里面的是查尔兄妹。

当时是下午三点。我带了一个装着录音机的小公文包,奥黛丽扎着马尾辫,但她扎得有点儿松,发绳一直顺着头发往下滑。我们在老时间、老地方见面。她在飞机失事的悬崖那边没找到普什巴赫的尸体，我则给她看了米拉贝尔从沃尔特·查尔口袋里偷来的红色钥匙。然后，我把我的新主意告诉了她。她耐心地听我讲完，点头赞同。

于是，我们在小船下趴着，等着卡琳出门。

趴在船下，时间仿佛静止了一般，我闻到一股油的味道，奥黛丽说那是用来填缝的柏油，然后又给我解释了什么是填缝剂。我小声念叨着："法布里斯，我们又学到了新知识，对吧？"

奥黛丽皱起眉头，问道："你总是这么念叨法布里斯，究竟是认真的，还是只是口头禅而已？"

"你是想问我是不是真的能看见他？"

"你要是不想回答就算了。"

"不，没什么。至于我能不能看见他，这可能不是一种通俗意义上的看见，不是说他像一个闪烁的幽灵，总是把头夹在胳膊下……"

"真是够了。"

"可能是因为我们一出生他就夭折了，所以我真的不记得他了。你也知道，我是被拖着一只脚的脚后跟出生的，所以两条腿不一样长，而他，甚至没机会知道这件事。"

奥黛丽小声说道："对不起。"

"没关系。"

奥黛丽盯着头顶的龙骨开始出神。

"但我能感觉到他在我身边,所以,有时我会跟他说说话。"我又接着说道。

"那他会回答你吗?"

"有时会,有时不会,有时是他先和我说话的。"

奥黛丽忽地转过来,盯着我问道:"他是怎么做到的呢?"

"他会戳一下我的后脖子,就是这里。"说着,我撩开她的头发,戳了一下她颈后发际线下的位置。她颤了一下,咯咯笑着闪到了一边。

"你这是挠痒痒。"她说道。

"他就是这么做的。"

她又咯咯笑了起来,肚子贴着沙滩趴下去,从缝隙里继续盯着查尔的家。

"法布里斯现在在吗?"

我躺在她的身边,静静地听着海浪的声音。"不,"我小声说道,"现在你在我身边。"

她长长的睫毛下的瞳孔轻轻颤动了一下,我知道她听懂了。

"他会不会嫉妒我?"

"有点儿吧。"

我翻了个身,用手垫着下巴趴着。我能感觉到,我的心不断地撞在沙滩上,扑通扑通的。我们就这样沉默着趴了好几分钟,我的耳朵里净是自己的心跳声。

幸运的是,卡琳终于出了门,她朝着卡拉波特太太的杂货店走去。

奥黛丽低声惊呼道:"她出来了!"

她没带挎包,也没背潜水设备。我们一直等她走到杂货店的门口,才赶紧从船底窜了出来。

"快!快点儿!"

我们沿着沙滩一路小跑,眼睛紧紧盯着杂货店。我们穿过几栋小房子,终于来到普什巴赫家的门口。

现在,最难的部分来了。

我们环顾四周,确保没有人看见我们。镇上的街道一如既往地安静,海浪孜孜不倦地冲刷着礁石,海鸥在海面上俯冲、尖叫。不远处,从一扇半开的窗户里传来一阵古典乐声,我听不出是什么。我掏出从查尔兜里偷来的钥匙串,找到一把像是大门的钥匙,插进锁眼儿里,咔嗒一声,门开了。

"你在这儿守着,我进去看看,马上回来。"我强装镇定地说道。

"如果我吹口哨……"

"那我就逃。"

我拎着小公文包,蹑手蹑脚地进了门。我不知道为什么之前没想过在他们家偷偷放一台录音机,但好在现在也不算晚。这里已经跟上周刚打扫完时大不一样了。屋子里一片狼藉,水槽里和架子上到处都是乱放的酒杯和碟子,罐子和杯子歪七扭八地倒在桌子上,衣服也乱糟糟地堆在椅子上,地上堆着一箱打开的啤酒,台阶上敞着一个旅行箱,桌子上铺着一张大白纸,上面写满了字。

但我没有时间去仔细看上面写的是什么了。我迫使自己无视屋里的杂乱,集中注意力寻觅一个能藏录音机的地方。我带了一台微型录音机、一卷能连续录六小时的录音带,还有一个外置的麦克风。我走向放盘子和酒杯的橱柜,柜子的四条腿是保龄球柱形的,离地至少有二十厘米高。我把一只手伸进去,检查了一下地面。下面的空间倒是足够藏一台录音机了,但要拿出来就必须用扫帚捅了。我反手摸了摸橱柜的底部,柜底稍微往下凸出大约五六厘米,运气好的话,录音机刚好能卡在里面,不会挨着地面。我打开公文包,用牙齿撕下两条胶带,缠在录音机上,把录音机紧紧贴在柜底。保险起见，我又撕了一条胶带把录音机固定好，然后把麦克风粘在橱柜后边的一条腿上，确保它从各个角度都不会被人发现。

做这些事的时候，我的心脏紧张得怦怦直跳，但我太过专注了，所以并未在意。我打开录音机，大声说："测试！测试！"

录音机仓盒里的录音带转了半圈，我沉默后录音带也停止了转动，听不到一丁点儿杂音。

我松了一口气，跪在地上合上了公文包，然后站起身准备离开。我真应该带一台相机过来的，只可惜提前没有想到。

我朝着门口走去。路过书桌时，我瞥了一眼，想看看上面到底写了什么。我只能看到一行用钢笔圈了好几圈的字：

两百吨黄金。

这时，门外响起了奥黛丽的口哨声。

36

黄金转移计划

关于寻宝者的故事总是有很多,但我们几乎很少听到关于藏宝者的故事。关于他们,我们最多只是知道几个名字,却从不清楚他们藏宝的真实意图。我们所能读到的,总是寻宝者的故事——他们如何在路上遇到种种陷阱、误入条条歧途、克服重重困难,但藏宝人的动机一直是个谜。

我认为,对于藏宝者来说,最难的就是能抵挡住宝藏的诱惑。但如果他不想被宝藏折磨疯掉,就必须把它藏起来。挖个洞,把宝藏塞进去,盖上土,然后一走了之——这远远不够,藏宝人必然会忍不住留下些线索。至于他什么时候产生了留线索的想法、决定留下什么样的线索,这些都无从知晓。他可能会选择用地图、传说、诗歌,甚至把写了密码的纸条塞到瓶子里,做一个漂流瓶——这听起来有些梦幻，但我知道一定是这样的，这是人类的本能。

也许，藏宝人的真正意图是希望自己为人所知，就像宝藏一样能被人发现。

那些著名的寻宝之旅还有另一个共同点：黄金。

掩埋在人迹罕见的孤岛上的箱子必须装满金币，法老的面具必须用黄金铸造，那座隐藏在雨林中的城市肯定是用黄金砌的城墙……故事里总是这样说的。

尽管如此，当我在查尔兄妹的桌子上读到那几个字时，我还是震惊得喘不过气来。

两百吨黄金！

当我逃出那栋房子时，脑海中依然在反复思索着这个数字。我跑得飞快，好像从来没有瘸过一样。我的肩膀撞到了石墙上，但我丝毫没有在意，继续向外跑。

那可是两百吨黄金！

奥黛丽已经走了，我瞥见她往巷子那头走的背影，听到她正在跟卡琳打招呼拖延时间。我就是靠这宝贵的几秒钟逃出生天的。

那可是两百吨黄金！

我也不知道自己是怎么锁上门的。我把钥匙放回口袋里，朝着教堂的方向跑去，想冷静下来认真思考一下这个数字代表的意义。这个数字单位太大了，尤其是它形容的还是黄金。我无法想象两百吨黄金摆在面前会是什么样——两百吨黄金！

我绕着镇子走了一大圈后，才回到下午和奥黛丽碰面的沙滩上。

奥黛丽走了过来，问道："搞定了？"

我点点头。

"你怎么了？脸色苍白得像鬼一样。"

"两百吨黄金！"我回答道，"他们在找的宝藏是两百吨黄金！"

我们走到墙边，面对着小船坐下。

"你在开玩笑吗？"

我把我在屋里看到的东西原原本本地告诉了她。

奥黛丽摇摇头，说道："可这也说明不了什么。"

"也许……但万一是真的呢。"

想着想着，我觉得眼前的大海摇晃起来，天上的云朵像是一块块被撕碎的布条。奥黛丽把手搭在我的胳膊上，试图让我平静下来。

"接下来干什么？"奥黛丽问道。

"我也不知道。"我深深地吸了口气，"也许我们应该找个人聊聊。"

她点点头，问道："应该找谁呢？"

我转头看了一眼镇上的小房子，五颜六色的外墙依然那么明艳、活泼。当我的目光移到一栋天蓝色、开着窗的房子上时，我想到了合适的人选。

"镇上只有他知道些什么，你知道我说的是谁。"

奥黛丽立马站起身。

几分钟后，我们就并肩站在了马蒂斯的门前。他好像知道我们会来似的，对于我们的到来丝毫不惊讶。

他朝着奥黛丽的方向问道："你爸爸还好吗？"

"他很好，谢谢您的关心。"

马蒂斯买了些面包，厨房里还放着一盘刚切好的辣香肠。我们坐在沙发前的地板上吃着点心。

我们把一切都告诉了他，从我们对普什巴赫失踪事件的怀疑，到我在旅店听到的查尔兄妹的对话，还有刚才在他们家桌子上看到的那些字——不过我们没提在查尔兄妹家放录音机的事情。

马蒂斯一直静静地听着,完全没有打断我们的意思,好像我们讲的不是什么新鲜事,甚至两百吨黄金都没有让他惊讶。听我们讲完这一切后,他只是让我去把牛奶罐和咖啡壶放到炉子上热一热。

"镇上有一个关于布伦特的传言……"他开始给我们讲他所知道的故事,"布伦特的一只手有残疾,几乎整只手掌都没了,镇上的男人开玩笑说他是因为打赌输了。听他们说,他在1975年买下拿破仑旅店的时候,是用黄金支付的。"

我不禁"啊"了一声。

"意思是他找到宝藏了吗?"我问道。

"我觉得不太可能。"马蒂斯继续说道,"这个宝藏可能根本就不存在,很抱歉,我这么说可能会让你失望。我来给你们讲另一个很精彩的故事吧。故事发生在1942年,当时战事正处在决定性的时刻,德意盟军陷入了苦战之中,有人在奥地利举行了一次秘密会议。我是说可能有这么一次会议,因为这次会议没有留下任何纸质记录……"

"那你是怎么知道的呢?"

"有一位为美国情报部门工作的作家告诉我的,在告诉我之前,他是从某位德国将军那里听说的,而这位德国将军又是从某个与会者那里听来的。如果你们不介意的话，我就慢慢展开说，好吗？

"当然了，细节我可能记得不是很准确了。那是在4月底，准确来说是4月29日，与会的都是德意两国的核心人物：桌子最前边坐的是阿道夫·希特勒，让希特勒放心的意大利盟友贝尼托·墨索里尼坐在一把稍小一点儿的、嘎吱嘎吱响的椅子上，所以他每次要前后移动椅子的时候都小心翼翼地，希特勒右边则坐着他最信任的秘书……"

"鲍曼。"我小声接了一句。

"还有墨索里尼的外交部长，正对着他的是德国外交部长。桌子中央铺着一张巨大的欧洲地图，地图上标明了意大利和德国各部队的位置，参会的还有两国的参谋人员。注意，这是一次战争会议，目的是谈论当前的战况。墨索里尼一度表示维持当前的态势已经十分吃力，但希特勒没有做出回应，继续进行讨论。会议快要结束时，希特勒命令所有人离场，只留下了墨索里尼、两国的外交部长和鲍曼。如同每次要做出艰难抉择时一样，希特勒一言不发地绕着桌子转了几圈后，才下定决心似的回到桌边，对墨索里尼说：'我可以悄悄向意大利捐赠两百吨黄金，但一定要保密。'墨索里尼再也没有提出异议，毕竟这是一大笔资金。希特勒授权鲍曼全权处理黄金的转运事宜,除了当时房间里的这几个人,不会有任何人知道这个黄金转移行动……"

马蒂斯顿了一下,喝口水休息了一会儿,接着说道:"于是,鲍曼开始部署转运黄金的事,他一如既往地雷厉风行。在接下来的四个月里,他解决了转运中的两个核心问题。一是采取何种方式转移,毕竟两百吨可不是个小数目,如果采用公路运输一定会被有心人注意到,哪怕用装甲车队也不能保证百分百安全,更谈不上希特勒要求的保密了。不过,鲍曼更在意的是,怎么找到一个让这些黄金永远都无法到达意大利的方法……"

说到这里,马蒂斯笑了起来,用右手比出一个表示胜利的手势。

"事实上,鲍曼从一开始就认为,如果战况不断恶化,这笔秘密宝藏对于备用计划的实施更有帮助。注意,我这里说的不是希特勒和德国的备用计划,而是鲍曼自己的备用计划。为此,他制订了唯一可行的计划——用潜艇转移金条,这样既能不被发现,又能限定参与的人数,一举两得。此外,潜艇很容易'失事',而且无迹可查,这样他就可以偷偷把黄金转移到他指定的地方了。就这样,鲍曼的计划逐渐成形:他去海军部调阅了资料,发现有一艘潜艇,甚至还没正式服役,就于1942年8月6日在法国大西洋海岸圣纳泽尔附近沉没了。当时，这艘潜艇与另一艘同样在训练的U-444号潜艇相撞，沉在了浅水区，海军部也正在考虑是否要把它打捞上来。对鲍曼来说，这艘潜艇再合适不过了：这是一艘已经登记失事的潜艇，把它打捞上来藏到偏僻的船坞里维修，恰好能掩人耳目。于是，他下令让人把这艘U-612号潜艇打捞上来进行修理。这项工作从8月18日开始，请记住这个日期。"

我们点点头，等着马蒂斯继续往下说。

"9月16日，鲍曼在自己的私人公寓里召见了两个深受他信任的人，一个是特雷滕施密特海军中校，他是负责打捞U-612号潜艇并将它安置到维修船坞的海军工程师，另一个是鲍曼亲自挑选的潜艇驾驶员——君特·布伦特海军上尉。"

"布伦特船长？"

"他不是马略卡岛的帆船船长吗？"

马蒂斯神秘地笑了笑。

"他还……还……"我结结巴巴的，一个字都说不出来，只能转头看着奥黛丽。

"你早就知道了？"奥黛丽提高了声音，问马蒂斯，"你一直都知道布伦特是个二战军官？"

"我只能说我一直都怀疑他就是那个人。"

"那你怎么从来没跟别人提过呢？"

"你觉得我该怎么说？我去告诉别人，镇上唯一一家旅店的老板是前二战军官？而且我是怎么认出他来的？靠我这双已经看不见的眼睛吗？"马蒂斯用两个指头指了指自己翻白的眼球，深深地吸了口气，接着说道，"鲍曼给两人介绍了自己的计划——把金条装上潜艇，然后让潜艇消失。鲍曼向他们许诺重赏，但要求绝对保密。同时，鲍曼提出隆美尔将军可能是最大的内部隐患，他是个好人，但一定不能让他知道这件事。他们又一起研究了计划的细节，第一个细节是特雷滕施密特提出，当前船坞已经满负荷工作了，如果想让维修计划继续保密执行，那么需要四到六个月才能修好U-612号潜艇。鲍曼表示同意，正好可以利用这个时间把金条转移到圣纳泽尔去。第二个细节更加微妙——如何让潜艇顺理成章地消失，让墨索里尼拿不到这批金条呢？这时布伦特提出，在沿途至少有两个可以操作的地点，一个是法国和西班牙之间的比斯开湾，可以装作被敌方空军击沉了，另一个就是一直由英国人控制的进入地中海的必经之路直布罗陀海峡。其实最好的选择就是装作在直布罗陀海峡失事了，可以让艇员们下艇（为失事作证），然后前往一个安全的港口。但布伦特又问道，最终的目的地选在哪里？其实，鲍曼并没有对他们全盘托出他的备用计划，如果战事真的告急，金条将会被转移到阿根廷或其他地方。但在当时，他们的计划只是不把金条送到意大利。于是，他告诉布伦特，最终会把金条藏在克里特岛。"

"克里特岛！"我不禁喊了出来，"于尔根·查尔在那里工作过！"我突然想通了为什么他四十年来一直伪装成潜水爱好者。

奥黛丽却问道："那于尔根是怎么知道宝藏的事的？"

我说："据沃尔特和卡琳说，于尔根认识布伦特很多年了。"

马蒂斯也点点头，说道："那么事情就理顺了。"

"于尔根当时也在潜艇上吗？"

马蒂斯笑了笑，说道："不，他是负责端盘子的。他是那天晚上给他们端盘子的服务员，也是一名美国的反间谍人员。"

我用手掌拍了一下脑门儿，恍然大悟，"那个蝴蝶特工！"

37

蝴蝶特工

"那次召见后大约过了一个月,安托万就卷入了这件事。更离奇的是,他是在纽约接到的命令,当时纽约聚集了世界各地的反战人士……"

奥黛丽和我惊讶地对视了一眼。

"确切地说是在纽约第五大道上的一座漂亮的公寓里。公寓的主人克拉普托普夫人是一位犹太裔美国老太太,她召集了纽约文化界和政治界的名流,为欧洲战场募捐资金。那天是10月25日,宾客云集,除安托万外,还有一个英国的飞行员罗尔德·达尔,他还是一名间谍,后来也成了一名受欢迎的儿童文学作家。在场的还有战略服务处欧洲分处的负责人艾伦·杜勒斯……"

我向奥黛丽指了指马蒂斯墙上挂着的地图,以便她理解圣埃克苏佩里与战略服务处的关系。

"总而言之，那次聚会就像是一次间谍集会。他们探讨了欧洲战争局势，探讨了法国和英国的状况，共享了各种情报和预测。毕竟希特勒是个疯子，全世界的人都应该联合起来阻止他。德国的战争机器已经停不下来了，需要所有人的合作才能赢得解放。晚餐时，克拉普托普夫人发表了募捐演讲。晚餐后，大家分散在各个房间里，在大厅爵士乐队的伴奏下继续讨论战事。杜勒斯把安托万拉到一边，直截了当地邀请他为战略服务处工作。杜勒斯知道盟军在北非战场被隆美尔将军打得节节败退，所以安托万即将赶赴北非支援，他希望安托万能分享自己获得的情报。杜勒斯说自己读过安托万的所有作品，很欣赏他的想象力，并希望能用这种想象力创造出一个传递情报的新方法。安托万问他希望传递什么样的信息，杜勒斯想了一会儿，把战略服务处在柏林的反间谍报告拿了出来。"

"于尔根·查尔的报告。"我说道，马蒂斯肯定地点了点头。

马蒂斯没有继续讲下去，而是给我们时间好消化这些信息，理顺思路。

"在鲍曼的公寓聚会时，作为服务员的查尔，一直进进出出，端茶倒水，所以没有听到完整的计划，但也基本听了个大概。"

"他听到的部分已经足够他拿到美国人的退休金了。"我插了一句。

"也足够支撑杜勒斯开始部署他们的行动了。"马蒂斯接过我的话头说道,"美国人已经知道鲍曼要转移黄金,也知道会避开隆美尔。所以,杜勒斯想在不暴露蝴蝶特工的情况下,把这个消息通知给其他特工。因此,当安托万问到要传递什么信息时,杜勒斯回答说:'隆美尔是隐患、U-612号潜艇、直布罗陀海峡、克里特岛,怎么把这些东西一起传递出去呢?'"

马蒂斯又停顿了很久,仿佛是在给我们时间来想清楚这个问题的答案。他咳了两声,一只手按着沙发沿站起来,摸索着朝着书架方向走去。

"安托万的想法很简单,他建议直接写出来,藏在读者的眼皮底下。杜勒斯喝了一口威士忌,以为他在开玩笑,准备终止对话离开了,但安托万是认真的。他问杜勒斯会在《灰姑娘》里来回翻找密码吗?杜勒斯回答说:'我为什么要在那里面找密码呢?'安托万解释道:'你看,这是一个关于两个母亲、一个继母、两个姐妹、三支舞、一只舞鞋的故事,这就是藏在读者眼皮底下的一个五位数密码——21231。'"

马蒂斯摸索着找到了那本圣埃克苏佩里送给他的《小王子》,

我马上明白了他的意思。因为听得太入神,我几乎忘记了呼吸,不得不大口呼吸了几下。

"他为孩子们写了一个童话。"马蒂斯继续说道,"U-612号潜艇变成了B612号小行星,直布罗陀海峡的灯塔变成了灯柱,其他小行星之间都是以英里为单位的,我已经记不清具体从哪儿开始算了,但正好是克里特岛海岸上的某个精准的坐标点。杜勒斯对这个办法赞不绝口,但最后他还是决定放弃……"

在海风穿堂的天蓝色小房子里,马蒂斯挥舞着第一版《小王子》。

"但安托万已经把密码写进书里了,他就顺其自然地出版了,这些信息也原封不动地保留了下来。"

"没想到隆美尔破译了密码。"奥黛丽说道。

"隆美尔不仅破译了密码,"马蒂斯低声说道,"他还因此证实了自己之前的怀疑——有人背叛了希特勒。"

"1943年5月5日,在阿尔及利亚港口的一个小酒馆里,有人走到安托万身边,说要打扰他一分钟。来人自称是美国特工,并用了安托万掌握的身份识别码自证了身份。安托万回复了正确的口令后,两个人开始秘密交谈。这个人带来了线人网收到的一封德国人送来的、写着交给圣埃克苏佩里的信,安托万接过信封。

"'信已经被打开了,你是不是看过了?'

"特工说:'是的,您也看一下吧。'

"信上写着,陆军元帅埃尔温·隆美尔希望与圣埃克苏佩里当面一叙,就荣誉及欧洲的未来进行私人谈话,地点暂定于一个月后的卡萨布兰卡,隆美尔将秘密前往会面。署名是沙漠之狐。

"安托万放下信,笑了笑问道:'这是在开玩笑吗?'那名特工则异常严肃地说:'不,这是真的。我们希望您能配合我们,到时候去会面,帮我们抓住隆美尔。'

"安托万当然知道隆美尔是谁,那可是希特勒的心腹大将,英国人在北非战场的梦魇,安托万甚至在书里用他的绰号'沙漠之狐'开了个玩笑。当时《小王子》已经出版了,读者却都没有发现这些彩蛋。

"安托万对美国特工借机诱捕隆美尔的提议提出了异议,他说道:'隆美尔要求举行会谈,如果我答应了,那他应该受到荣誉规则的保护,你们不能去抓捕他。'

"'但隆美尔对德国来说太重要了,抓住他对于赢得这场战争至关重要。您想想看,这可关系到整场战争以及数百万人的生命。'

"'他想跟我谈什么呢?'

"'他总有自己的打算。请您在二十四小时内给我答复,可以在伊斯特灵格酒店前台给我留言。'

"安托万当晚便答应了美国人的请求,但他很沮丧,在接下来的好几天都没法儿说服自己。最终,他做出了一个沉重的决定——不让隆美尔被捕。他痛恨德国人在法国的侵略行径,但他知道隆美尔是一名爱惜荣誉的军人,而荣誉守则是人人都应遵守的,当敌人请求进行谈判时,他应当获得豁免权。

"他给伊斯特灵格酒店前台留下的消息是,会谈暂定在6月5日进行,地点在卡萨布兰卡港后边一个叫摩罗的地方。

"然而就在6月5日当天,情况又发生了变化。"

38

达成共识

"当时,隆美尔在法国战区的职责相当含糊,因此他得以偷偷出行去会面。他从法国南部坐飞机到了西班牙——尽管当时的西班牙对外宣称中立,但实际上也有点儿亲德的倾向——然后从西班牙又飞了一趟才到达卡萨布兰卡。随行的飞行员对他很忠诚,稍后我们还会提到他。隆美尔冒险进入了城里,去摩罗与安托万会面,飞行员则坐在飞机里,一直在跑道上待命返航。

"在距离摩罗大约三个街区的地方,隆美尔被一个阿拉伯人打扮的人拦住了。那人身材魁梧,用头巾遮着脸,操着一口并不熟练的德语警告他,说美国特工已经在摩罗埋伏好了。隆美尔听后露出了厌恶的表情,他认为圣埃克苏佩里背弃了法国人的荣誉感。他正准备感谢这个陌生人的时候,这个人又用法语说道:

'建议您不要说法国人的坏话。'"

"这个报信的人是圣埃克苏佩里！"奥黛丽和我异口同声地惊呼道。

"隆美尔之前读过有关安托万的资料，知道他身材高大，想必也认出了他，那么他遮住脸又有什么意义呢？安托万说，因为他自己也是个崇尚荣誉的人，他想知道隆美尔究竟想谈什么。

"于是，两人重新找了一个地方继续交谈。那是一个位于二楼的小房间，有一扇能俯瞰周围巷子的窗户。老板是安托万的朋友，不会有任何问题。更重要的是，他们能从窗户看到周围的动向，一旦有美国人接近这条街道，他们可以立刻逃脱。

"房间里的陈设很简单，只有一张茶几、两把椅子，以及一壶水。起初，两人的关系有点儿紧张。尤其是站在安托万的角度上看，他眼前坐着一名德国军官，同时也是一个疯狂的独裁者的下属，想起这个独裁者的所作所为他就十分愤怒。一坐定，他就告诉隆美尔，希特勒是德国人民痛苦的根源。隆美尔没有回答，毕竟他不是来跟一个法国飞行员探讨政治的。安托万也知道时间宝贵，毕竟现在美国特工也不会再信任他了，而且一旦他和隆美尔被抓住，他也会被判处叛国罪。安托万把身上的衣服脱了个精光，以示自己没有带录音设备，然后穿好衣服重新坐下，询问隆

美尔究竟想谈什么,毕竟是隆美尔发起的会面。隆美尔说:'主要是因为我读了您的书。您对黄金转移行动知道多少?'

"他们就以这种方式开始聊天,隆美尔问,安托万答,但他们没有提到潜艇。没过多久,还没等触及关键信息,他们就已经把桌上的水喝光了。

"在交流的过程中,他们发现本应是敌对关系的双方,有很多相似之处。他们身上都有着荣誉感和使命感,有一种必须通过某种方式达成目的的想法,因为他们认为只有这样才能实现自己的价值。在他们看来,一场战争是由一次次单独的战役、一个个抉择的时刻或一次次因无力选择而做出的让步串联起来的,即使你代表某一方作战,但你依然有选择正确行为的权力。沟通到这里的时候,隆美尔主动提到了黄金转移行动,提到了希特勒承诺支援意大利的两百吨黄金。但希特勒拒绝了隆美尔关于议和的提议,只是让他赢得北非战场的胜利。

"隆美尔还提到,向他透露秘密会谈的人是德国外交部长。安托万则说,两百吨黄金可不是个小数目。他们两人都不知道希特勒从哪里筹集到的这两百吨黄金,也不知道他把黄金藏在什么地方,不过当下也不是讨论这些细节的时候。

"隆美尔唯一明确的是,这是属于德国的黄金,不是希特勒或鲍曼等任何人的私人财富,当然,更不属于墨索里尼。

"安托万很赞同这个观点,但他主张应该用这些黄金来支付对法国的侵略赔偿。

"隆美尔气得一巴掌把水壶扇到了地上。如果当时安托万带了手枪的话,这个故事可能就终结于此了。然而事情并没有那么简单。

"壶摔得粉碎,水淌了一地,他们俩都没说话,彼此冷静了一会儿,然后他们俩达成了共识:合作拦截这批黄金,让它脱离鲍曼的控制,事成后把黄金藏起来,待战争结束后用于战后重建。

"隆美尔沮丧地说:'不光是法国的重建,还有德国的。'似乎他当时就已经预见了纳粹的败局。

"安托万点头同意了。

"于是,隆美尔共享了并未被蝴蝶特工截获的最新消息——护航的船队将于7月1日出发,但他不知道具体的出发地。

"安托万认为,只要他们能在半路拦截那艘叫B612或者说U-612号的潜艇就可以了。

"隆美尔却说,他应该操心的问题在于拦截下潜艇后该怎么处理。

"一时间,安托万也没了主意。他们决定之后再见一次,交换各自的处理意见。

"他们商定下次还在卡萨布兰卡见面,隆美尔算了算行动开始的时间,把会面时间定在了6月28日。

"这两只同样狡猾的'狐狸'握了握手准备离开……"

这时,有人敲了敲马蒂斯的房门。

39
不速之客

没等马蒂斯回答,塔尔迪就自顾自地推门进来了,动作熟稔得好像已经习以为常了,手里还拎着一盒西红柿。

我也不知道此情此景谁更意外,是我们还是他。他一看到我们就僵住了,看得出他似乎有点儿生气。他站在门口犹豫了一下,一时没搞清楚屋里是什么状况。

"奥斯卡,真高兴你能来!你给我带了新鲜的西红柿吗?"马蒂斯从沙发上站起来问道,"进来吧,过来。放到厨房里就行!这西红柿可真新鲜,我光是闻着就已经饿了。"

我从地上爬了起来,手肘和膝盖因为长时间趴在地上听故事,被硌得有些酸痛。

"这两个小朋友是来给我读《小王子》的,你还记得这本书吗？"马蒂斯凭感觉走到了厨房的位置。

塔尔迪自顾自地嘟哝了几句,把西红柿放到桌上吃剩的半盘辣香肠旁边,然后才转身和我们打了个招呼。不知道为什么,他让我感到恐惧。这个人仿佛想掌控一切,散发着一种不允许意外发生的权威感。显然,我和奥黛丽的出现对他来说就是一个意外。塔尔迪对我说:"你爸爸在找你。"

我看了看表,如果我想帮忙准备晚餐的话,确实该回家了。

马蒂斯弯腰闻了闻篮子里散发的果蔬清香,对我说道:"看哪,这些西红柿多新鲜!你确定你不留下来尝尝我拿手的鲜葱拌沙拉吗?"

"用不用我送你?"塔尔迪仍然坚持要把我送回去。

我告诉他,我是骑自行车来的,并对他的赠车表示了感谢。我再三向他保证,会好好爱惜这辆这么完美的自行车。

我正在客套,马蒂斯把双手搭到了我的肩膀上,凑到我跟前,对我说:"那我们明天见?继续往下读?"

塔尔迪生硬地插了一句,"明天可是周日,我们得去教堂做弥撒。"

"那么我们就弥撒后见吧,小朋友。"

塔尔迪依然不依不饶地抱怨道:"他们俩什么时候去参加过

弥撒？"

"普什巴赫葬礼那天呗！那天只有普什巴赫没去。"奥黛丽斜着眼说道，一脸挑衅地看着塔尔迪。

塔尔迪果然被她这副样子惹恼了，他咆哮道："也许我该找你爸爸谈谈了，奥黛丽！比如谈谈你每次说你去学校的时候，你究竟去哪儿了！"

马蒂斯笑道："哎，塔尔迪！谁在6月底还上学呀？"

塔尔迪耸了耸肩，说："那12月底干脆也别去了。"

"话说回来，世界杯踢得怎么样了？"

塔尔迪显然没有被马蒂斯转移话题的伎俩糊弄过去。他拉开门走了出去，头也不回地说道："我们赢了。"

"下一场法国队的比赛是什么时候？"

我们没听见塔尔迪的回答，哪怕他回答了，声音也被那辆旧货车的发动声盖住了。

40
思绪万千

吃晚餐时,我还在想着马蒂斯下午讲的那些故事。吃过饭,我躺到床上,用被单蒙住自己,想象着自己在那艘满载黄金的德国U型潜艇舱中,在黑夜中悄无声息地航行。艇员们奉命保持静默,发动机保持最低功率运转,一路躲避着沿海的灯光、灯塔、敌人的驱逐舰及声呐的搜索,驶向克里特岛以完成秘密登陆。

然后呢?那些黄金怎么样了?隆美尔或者圣埃克苏佩里找到它们了吗?陆地、天空、海洋,世间万物都应像钟表一样有序运转。但我能相信艇上的伙伴吗?假如潜艇没有成功登陆呢?发生了什么呢?为什么马蒂斯一开始说宝藏压根儿不存在呢?布伦特船长用这些黄金做了什么呢?

问题太多了，一时间，我思绪万千。

我翻身坐起来，蹑手蹑脚地走到布伦特的书房，坐在他的书桌旁，看着窗外的沙丘出神。

我仿佛又来到了卡萨布兰卡，在阳光刺眼的小巷里，那些美国人披着五颜六色的毡毯，腰上别着手枪，额头上滴着汗珠，等着冲向一个不会踏入他们布下的陷阱的人。

"莫里斯，你没事吧？"米拉贝尔的声音突然在我背后响起，吓得我差点儿叫出声。

她一直跟着我，此时正站在书房门口，身上穿着我的T恤当睡衣，宽大的下摆快要拖到地上，让她看起来像幽灵一般。

"没事，就是被你吓到了。"我转过椅子，朝她点点头，示意她走近一点儿。

米拉贝尔说："我不喜欢这个房间。"

"我也不喜欢。"

"那你坐在这里干什么？"

其实我也是鬼使神差地坐过来的，我倒是想把那些故事都告诉米拉贝尔，但我不能。我只能和奥黛丽分享我的想法，而此刻，奥黛丽远在另一边的镇子上，没人知道她现在在干什么。我抚摸着米拉贝尔的头，让她安心。

米拉贝尔趴在我怀里说："你的心跳得很快。"

"我知道，这是个好消息，说明我还活蹦乱跳的，对吧？"

我们回到房间，爬进各自的被窝里。毯子重重地盖在我的身上，仿佛要把我压到海底去。

41

修整旅店

周日早上,我们又开始修整旅店。普钦过来继续检修锅炉(旅店仍有一半的水龙头没有热水),爸爸妈妈忙着清理各个房间的衣柜,准备把里面的旧衣服搬到花园里,打包送去红十字会机构——佩里高德神父给了我们一个地址。

爸爸问:"这样的话,我们明天就能出去放松一下了,还可以去镇长推荐的小餐馆吃点儿当地的美食,你们说怎么样?"

我、延斯卡、米拉贝尔都不想再坐车了,更别说中途还要去爸爸期待的"著名"餐馆吃饭。

于是,我们提出帮助爸爸妈妈尽快收拾好衣柜,作为交换,我们三个明天不和他们一起出去,而是待在拿破仑旅店,想干什么就干什么:延斯卡可以安静地欣赏她的高分贝音乐,米拉贝尔可以享用她的蛋黄酱意面，我则有机会和奥黛丽多待一会儿。

真是完美。

我们说干就干。我把布伦特船长的几件外套扛到花园里，这么往返了大概十来次才把他的衣橱清理干净。我一直在想，布伦特已经在多特雷梅尔住了十几年了，除了有人说他买下旅店时用的是金条支付外，再也没有任何迹象表明他拥有那些宝藏。

难不成潜艇从没出发过？或者在出发前他被解除了艇长的职务？是因为隆美尔从中作梗吗？还是鲍曼改变了主意？要不就是希特勒发现了他们的计划？

可能性太多了。

我把最后几件外套放到花园里的衣服堆上，抬头看了看旅店的外墙：铁梯子仍然靠在墙上，藤架上的花蔓也蜿蜒到了墙面上。我用指头搓了搓鼻子，闻到了一股樟脑球的味道。

樟脑球……汽油桶……

马蒂斯说，普什巴赫最后一次路过他家的时候，没有吹口哨，也没有拖着什么东西。马蒂斯为什么要跟我们把故事和盘托出呢？

或许就跟圣埃克苏佩里把宝藏的事告诉马蒂斯一样吧。那时候马蒂斯才十来岁，说出去又怎么样，谁会相信一个小孩子的话呢?

"致马蒂斯,我的守护天使,在哪里摔倒,就从哪里重新开始。"

为什么要说马蒂斯是守护天使呢?守护……摔倒……重新开始……

我逐个拆解这些词,沉浸在自己的思绪中,差点儿撞到普钦——他正扛着一根管子从地下室上来。

"当心点儿!"他咧嘴一笑,抬了抬管子以免打到我,"这次估计没问题了,修理布伦特的这些设备就好像从淤泥里捞出一颗牙齿一样费劲。不过,我现在终于摸着门道了。"

我搭了把手,帮他把管子从屋里拖出来,扔到藤架下。我看着他喘着粗气,心里好像有什么想问他的,却又不知道从何问起。普钦往手套上吐了口唾沫,搓了搓,对我说:"有什么话就直说吧。你的表情就好像从洗衣机里取出洗好的内裤却发现它黑黢黢的一样。"

我笑了出来,他对我的反应似乎很满意。

他又补充道:"年轻的时候,要么学会打,要么学会说,总要排解出来。话说回来,你能给我煮一杯咖啡吗?"

我去厨房拿咖啡,他跟塔尔迪一样喜欢不加糖。

"锅炉怎么样了？"我端着咖啡出来时顺口问道。

普钦爬上梯子，头抵着天花板上的管道，"上帝只给了布伦特一只手，他为什么要用来修理水管？"

"布伦特的手怎么了？"

普钦爬下了梯子，接过咖啡，"有一次在海上，他手抓着缆绳，狂风把帆从右边吹到了左边，啪的一下，他的三根指头就被缆绳给勒断了。"

"我的天哪。"

"幸好他不是把缆绳缠在手腕上，要不然……不堪设想。"

"这是什么时候的事？"

"谁知道呢，他来镇上时，手就已经是那样了，再往前我们谁都不认识他。不过，他以前的那条船我们倒是见过，航线很固定，往返于直布罗陀和阿雅克肖之间，从这儿能远远地看见帆船的影子。"普钦用杯子碰了碰额头，"他的妻子来了不久就离开了。"

"她是个什么样的人呢？"

"你说康苏埃洛？也是个可怜人啊。"普钦说完，用手背抹了抹嘴唇，说道，"咖啡真不错，又浓又苦，好咖啡就应该这样，雷米店里的简直就是刷锅水。"

说完，他把杯子递给我，眼睛却一直死死地盯着我。直到他移开了目光，我才拿着杯子回到厨房里。

把咖啡杯放进水池的那一刻，我感觉我的手在发抖。

42

做弥撒

十一点半时,我上楼去找爸爸,告诉他我要去一趟镇上。

爸爸一脸狐疑地盯着我问道:"你什么时候开始做弥撒了?"

"怎么了?儿子有什么事吗?"妈妈在整理床上堆着的一大堆衣服。

"我只是觉得他去做弥撒是个借口。"

我赶紧转移话题:"我回来后帮你们把这些衣服都搬到车上去。"

"那你去吧,带上米拉贝尔一起。"

"带谁?"

"带上你妹妹!"

我不情愿地嘟囔了几句:"我当然知道米拉贝尔是谁,只是带着她……"

妈妈叉起胳膊，瞪着我问："只是怎么了？"

我赶紧转身跑出房间，找到米拉贝尔，低声告诉她："我不是真的去做弥撒，你懂吗？"

"我当然知道。"

"所以呢？"

"所以我也不去做弥撒。"

"这不是重点。"

她的头被衬衫领子箍住了，尝试了好几下都没钻出来。我帮她把衣服拉下来，看着她认真地说道："我不能带你一起去。"

"那我就把你的秘密告诉爸爸妈妈。"

我不自在地笑了笑，问她："你想去跟他们说什么呢？"

"我就说你藏在床底下的纸上写着自杀的人和坏人的事，还有那个宝藏。"

我惊得咽了口唾沫，"米拉贝尔，听我说，压根儿没有什么宝藏。"

"我知道，而且也没有坏人。所以你会带上我的，对吧？"

"倒霉！"我在心底想着，她是从什么时候开始偷看我的笔记并跟踪我的？我真是低估了她。

米拉贝尔盯着我,眼睛里闪过狡黠的光芒。

"好吧,我带你去。"我还是让步了,毕竟如果没有米拉贝尔偷来的钥匙,我们也没法儿进入查尔家,"但你不能多嘴,明白吗?"

她立刻抬起手,向我敬了个军礼,然后手忙脚乱地提上了裤子。

我把米拉贝尔抱到自行车的大梁上,让她抱着我的包,抓紧车把,然后骑着车出了旅店的院子。

"我们为什么要背着书包去做弥撒?"米拉贝尔不解地问我。

"一会儿你就知道了。"我说。

呼啸的海风带来了远处海水的味道。我一直骑到了教堂门口。教堂前有几个人在聊天,这么热的天气,男人们却都穿着深色衣服,女人们则披着围巾。此时,钟楼的钟声响了,教堂的大门也应声而开,从里面传出来一阵钟鸣后的嗡嗡声。

我把自行车靠在矮墙上,背上背包,拉着米拉贝尔的手走了过去。

"你不是说你不来做弥撒吗?"刚走到门前,米拉贝尔就摇着我的胳膊抗议道。教堂的拱顶是船形的,就像前一天我和奥黛丽趴过的那条倒扣的船一样,只不过这里要凉爽得多。我一眼就看到了奥黛丽，她坐在祭坛右侧的第一排，夹在她父母中间。

她也看到了我，同时也发现了我身边的米拉贝尔，她朝我做了个鬼脸，示意现在走不开，我迅速地摇了摇头，让她放心。

米拉贝尔笑了起来，拉了拉我的手。

"怎么了？"

"我看到你们了。"

"看到什么了？"

她没有回答，只是继续咯咯笑着。

我和米拉贝尔溜到了左侧的最后一排，这样我就能一直看着坐在右前方的奥黛丽了。其他人也陆续进来，找到位置坐下。布兰迪太太带着查尔兄妹走了进来，他们俩表情僵硬，看起来既不自在又不耐烦。镇上传言，布兰迪太太同意把房子租给他们的首要条件是必须参加弥撒。"我们走。"趁着哈马杜克小姐走上祭坛时，我对米拉贝尔说。

我们猫着腰从长椅钻到过道上，然后一步一步地慢慢向门口退去，教堂里的其他人还在进行着我无法理解的诵读仪式。

我们来到广场上，刺眼的阳光好像重锤一般，敲击着教堂前的这片空地。

米拉贝尔抬头问："莫里斯，我们现在要做什么？"

"这边，快跑！"我松开了拉着她的手，让她跟着我跑。

我们顺着阳光明媚的小广场边缘一直跑到了巷子拐角处的查尔兄妹家门口。

我对米拉贝尔说："我要进去一会儿，你在树荫下把风。如果看见查尔兄妹露头，就吹口哨，听明白没有？"

"可我不会吹口哨！"她抗议道。

"那你就尖叫一声，然后跑开，明白吗？"

她兴奋地点点头，仿佛领到了什么重大任务一样。但她立刻回过味来，问道："这是在做坏事吗？"

"当然是做坏事啦。"我从裤兜里掏出沃尔特的钥匙对着她晃了晃。

看到我手里的钥匙，她惊呼道："是我偷的那把！"

"没错，你小点儿声，小心被教堂里的人听到。"说着，我把钥匙插进了锁眼儿里。

米拉贝尔又问道："他们也在找宝藏吗？"

"米拉贝尔，没有宝藏，大家是在玩一个游戏。嗯，是个比赛，明白吗？"说完，我便进了门，不知道她是否相信我说的话。当然，她很可能是不信的。

进门的时候，我发觉自己又陷入了口干舌燥、手脚僵硬的状态。

我走到橱柜边蹲下来，把一只手伸到柜底。然而，我摸了个空。

"噢，不！"我的身体一阵战栗，不敢想象录音机被发现的后果。

我又试着往更深的地方摸了摸，幸好是一场虚惊，录音机还在。

我把录音机、磁带、固定胶带一股脑儿地扯下来，夹在胳膊下，赶紧跑出了门。

"快，快放到背包里。"我抓过米拉贝尔手里的包，把我的这些宝贝设备胡乱塞了进去。

"现在做什么？"米拉贝尔好奇地问。

教堂钟楼的指针刚刚走过十二点十分，也就是说他们还得在里面待上二十分钟。

小广场上空无一人，没有人看到我们。我让米拉贝尔留在巷子口，我跑到教堂墙边推着自行车回来找她。

"我带你去个特别的地方。"我推着自行车来到大广场酒馆旁边巷子的角落里，对妹妹小声说。

每次经过这里，我总有一种奇怪的感觉，仿佛有人在盯着我们，于是总是忍不住不停地转头去寻找。突然，有一个声音从巷子里传出来："小家伙们，想喝点儿柠檬汽水吗？"

43

酒馆的照片

我本能地捏紧了刹车,刹车胶皮死死地夹住车轮,发出了刺耳的声音。

大广场酒馆的老板雷米就坐在自家招牌的树荫下,正面带微笑地看着我们,脸上带着一丝凉爽的惬意。他头上扎着一条黄绿相间的手帕,两条长腿向两侧摊开,几乎占据了整条巷子。

"嗯,一瓶柠檬汽水,谢谢!莫里斯,给我买一瓶吧,好不好?"我还没来得及跟雷米打招呼,米拉贝尔就摇着我的胳膊说道。

雷米向后仰着脖子,屈起双腿让我们过去,指了指酒吧的彩色塑料门帘说:"自己进去拿两瓶吧,就在放冰激凌的冰箱里,我请客。"

我把自行车靠在门边的墙上,觉得有些尴尬,不知道他有没有看到我从查尔家溜出来。

"这样合适吗,雷米先生?"

"叫我雷米就行。"他纠正道。

"我好渴啊!"米拉贝尔配合地大叫道——拿饮料变得顺理成章了许多。

雷米向我眨了眨眼,示意我赶快去拿。我撩起帘子,迈步走进了这个镇上大人们的社交世界。屋里阴凉又通风,一面墙上砌着一个没点火的壁炉。屋里有一张又长又窄的淡绿色柜台,一侧有一个低矮的黄铜把手。天花板正中央的大风扇缓缓地送着风,几只苍蝇在擦得透亮的玻璃上嗡嗡作响。屋里的桌子整齐地摆在一起,像扑克牌搭的梯子一样。白色的墙面上挂满了日历和陈旧的相框,一边的镜子上贴着几十张褪色的明信片。墙角有一个小隔断,出乎意料的是,里边居然摆了一台赛车游戏机,我真好奇谁会坐在那儿一本正经地玩游戏。六边形的冰箱嵌在吧台和卫生间之间,上面贴着各种冰激凌的广告牌。我打开冰箱门,看到冰激凌按照口味分别装在不同的盒子里。我用手指点着挨个儿看过去,找到了柠檬汽水的瓶子。我用一只手拎出两瓶汽水,用另一只手关上了冰箱门。接着,我把汽水放到吧台上,去找开瓶器。

当我在吧台后的一排排啤酒瓶和苹果酒瓶之间搜索的时候,我注意到墙上挂着的一张大照片。

照片上的六个男孩拥抱在一起,像庆祝进球的足球队员一样,但他们显然不是运动员。他们都穿着工装,衣服上满是白色的灰尘,有两个人光着膀子,其中一个肌肉很发达。剩下的男孩里,有一个穿着破外套,一个穿着破衬衫,还有一个穿着满是窟窿的羊毛衫,而站在中间的男孩戴着头盔。

尽管这已经是多年前的老照片了,但我还是立刻就认出了中间那位是奥斯卡·塔尔迪。

恍惚间,我忘记了自己是来找汽水开瓶器的,趴在墙上仔细地辨认照片上的其他人。我认出了费迪南德,就是照片上那个光着膀子的强壮男孩。最左边的是帕斯卡尔,他透过乱蓬蓬的头发看向镜头的冰冷眼神很有特点——当然也有可能不是他。那个老鼠脸的小个子,是普钦吗?剩下的两个人,一个我毫无印象,另一个看起来是年纪最小的,塔尔迪还把头靠在他的胳膊上。他也是照片里穿得最寒酸的人,脏背心卷到胸口,裤腰用绳子勉强系着。他的表情很活泼,乍一看可能认不出来,但他的耳朵实在太有特点了:他是年轻时的马蒂斯。

"找到汽水了吗?"雷米的声音从外边的巷子传过来,我惊得抖了一下，有些不自在，就好像在酒馆里偷东西被发现了一样。

"嗯，找到了！我这就出来。"我盯着照片，赶紧应了一声。

塔尔迪、费迪南德、普钦、马蒂斯，他们在干什么呢？另外两个人又是谁？

我打开汽水，穿过门帘走了出去。"你不喝点儿什么吗？"我问雷米。

雷米高兴地说："不了，谢谢，我可是唯一一只喝水的酒保。汽水好喝吗？你应该拿两根吸管的，用吸管喝更好喝。"

饮料棒极了，冰冰凉的气泡在舌尖跳舞，适中的酸甜味道在舌尖上绽放出来。

"你们是从弥撒上逃出来的？"雷米双手交叉垫在脖子后边，随口问道。

"他看到我们了。"我心里一沉。

米拉贝尔问："你不会告诉别人吧？"

雷米哈哈笑了，他的笑容很灿烂，很有感染力，"我为什么要那样做呢？你们看，我哪里像个正经参加弥撒的人。"

我喝了一大口汽水，问道："我能问你一件事吗？啤酒瓶后边的那张照片上都是谁啊？"

"采石场那张？"

"对。"

"你没认出来？"

我承认道："没认全，里面有塔尔迪和普钦？"

"对，你再猜。"

"还有……那个看起来年纪最小的，是马蒂斯？"

"你的眼神可真毒啊。那确实是马蒂斯，那个光着膀子的大块头是费迪南德。"

我点点头，表示有印象。

"另外两个是马修和埃斯特班，你肯定不认识，因为他们已经去世了。那是张老照片了，1950年，我刚来店里打杂的时候，照片就已经在墙上了，这些年我一直没动过它。"

雷米又想了想，说道："离这儿不远的山里有一个采石场，马修去世那年——也就是1967年才关闭的，那地方简直就是个地狱，幸亏我从来没去那儿干过。不过，战后，那个采石场效益还不错，一直有卡车车队来来往往，年轻人也都在那里挖矿或者做泥瓦匠，毕竟战后重建需要大量水泥，而生产水泥需要石灰。那张照片就是小朋友出事前几个月在采石场拍的。"

"小朋友？"

"就是马蒂斯，他们总是叫他小朋友。"

我仰头喝下了最后一口汽水，问道："他出了什么事？"

雷米把一只手张开放在面前，嘴里发出啪的一声，说："就像这样。"

米拉贝尔吓得缩了缩脖子。

雷米继续平静地说："生石灰溅到了他的眼睛里。你知道生石灰是什么吗？"

我不知道，也不想知道。我感觉自己仿佛被困在了小巷中，夹在雷米和自行车之间，一旁酒馆的门帘在微风中随意地轻轻摆动着。

"生石灰就是做石灰的原料，遇水熟化的过程中会释放大量的热，使用时一定要保证它已经完全熄灭了。而假如它还在反应，就会像海绵一样把周围触及的所有水分都吸收掉。马蒂斯的眼睛里只溅上了一丁点儿生石灰，于是……"雷米张大了嘴巴，深深地吸了口气，"生石灰夺走了他的眼睛。"

随后，是长时间的沉默。米拉贝尔死死地盯着她的汽水瓶，我攥紧了拳头。

"那时候，他还是个小男孩，"雷米说道，"他的亲人只剩下一个叔叔了，这个叔叔还特别嫌弃他。后来，他算是被塔尔迪收留了。塔尔迪是矿上年纪最大的人,而且也因为没能阻止这起事故的发生而一直自责。其他矿上的人也都一起帮衬马蒂斯,把他当成全镇人的儿子一样照顾。他在这儿有一张专门的桌子,我们给他读报纸听,然后一起讨论、发表评论。其他人会帮他打扫屋子、给他送菜。镇上人都说,如果有一天马蒂斯转头看了一眼海上的太阳,渔夫们也会把它摘下来放到他面前的。当然了,他也是个知恩图报的人,他总能把我们逗得哈哈大笑,整个镇子都因此变得更快活、更年轻了。"

雷米在讲这些时,我不禁想起塔尔迪送去的那篮西红柿,于是问道:"塔尔迪为什么要自责呢?"

"当时他是工头,有人说,他手里正拎着一桶水,而马蒂斯刚巧搬着一袋生石灰从他面前经过,然后悲剧就发生了。"

"真是不幸啊。"我嘀咕道,他的良心恐怕承受了几十年的自责吧。

雷米调整了一下坐姿,接着说道:"我建议你最好不要当众谈论这件事,我的意思是,别当着这几个当事人的面谈论,他们一直都很敏感,就像事情是刚发生的一样,一提起就会跳脚。他们始终无法释怀。"

雷米的眼睛死死盯着巷子尽头,仿佛那里有什么东西,我也转过身去看,但巷子里空无一人。

"孩子们,试着胜过我们吧。"他又给了我们一句忠告,但说这话的时候,他的声音都变了,变得嘶哑飘忽,好像从远处传来的一样。

不管从哪儿传来的吧,他现在就坐在我眼前,一双深邃的黑眼睛仿佛盯进了我心里。

"战争是玷污灵魂的东西,无关输赢,也无关正义与否。它会让人在之后很长时间仍处于一种疯狂的状态。我记得有一次,酒馆里发生了一场大战,希罗把他们全都揍了一顿。"

"你是说希罗·普什巴赫先生?"

"对。"

显然,米拉贝尔对我们俩聊的陈年旧事不感兴趣。她从我手里接过空瓶子,把它们放到酒馆吧台上。巷子里只剩下我跟雷米两个人。

"那是某一届世界杯时候的事,当时是意大利对德国的决赛。除了普什巴赫和布伦特两个家伙,酒馆里的其他人全都支持意大利队。当时意大利队又进了一球,已经2∶0领先了。于是,酒馆里的人都开始嘲讽德国队。接着,更坏的情况发生了——他们和这两个德国人对骂起来。我试图让双方都平静下来专心看球,但普什巴赫突然把费迪南德从桌子边拽了起来,还一把推开了帕斯卡尔。从那次事件之后,我就把电视机架在了高处,还装了一圈护栏,也警告他们:想闹事的话,就去其他地方看球。"

我小声说道:"我不了解普什巴赫……"

"噢,我跟他也不熟,要不是亲眼看见,我也不敢相信。跟普什巴赫或者塔尔迪、费迪南德这些人比起来,布伦特就是个小个子,结果他一把抓住普什巴赫的衣领,把他拖到了酒馆门外,顶到墙上——就是你现在站的这个位置,而且他对普什巴赫说,自己为他的行为感到羞愧,让他别闹事了赶紧回家。布伦特确实是个混蛋,但他是那天晚上唯一有能力拦住普什巴赫的人。"

"普什巴赫就这样屈服了吗?"

雷米看了我一眼,又转头看向酒馆门,好像怕米拉贝尔出来听见似的,小声说道:"屈服?你知道当时普什巴赫是怎么回答的吗?"

我实在想不出来,慢慢地摇了摇头。

"他说了一句德语:'Jawohl, Kapitän!'意思是'遵命,船长!'"

44

查尔兄妹的秘密

十五分钟后,奥黛丽终于骑车来悬崖边跟我们会合了,她甚至没来得及回家换下做弥撒的礼服。她带了一包佛卡夏面包,还有西红柿和凤尾鱼,正好让跟着我跑了大半天的米拉贝尔饱餐一顿。

我们坐在桑树下因干旱而枯黄的草地上,静静地看着面前波光粼粼的大海。现在大约是中午十二点半,太阳像钉子一样,牢牢地钉在天空的正中央,散发着无尽的热烈与激情。我们四周的一切都是白色的——干枯的草地、悬崖上的白垩石、浪花翻滚的大海,仿佛一个象牙盆,把我们扣在了里面。

我已经准备好了要跟奥黛丽分享的信息,也提前安抚好了米拉贝尔,确保她不会捣乱。

"米拉贝尔能留在这儿听吗?"我按下播放键之前,奥黛丽问道。

"求你了,求你了,让我留下吧!"米拉贝尔拜托道。

如果我们运气足够好的话,当她发现这盘磁带很无聊时,就会自己去玩了。但显然,我们运气不够好。

先传出来的是卡琳的声音,她在哼着歌,听起来是在整理抽屉里的东西,然后就是做饭、洗碗和其他乱七八糟的噪音,可能是门的响声吧。到这里,录音戛然而止——一旦环境音量不够大,录音机会自动暂停工作。

下一段开始了。我们听到了沃尔特进来的声音,他拖了一把凳子,发出可怕的吱嘎声,然后坐了下来。

卡琳问:"怎么样?"接着又是她做饭的声音。

"没什么。"

"什么叫没什么?"

"压根儿没有门。"

我抬起头,看了一眼米拉贝尔,她已经远远地跑开,自己玩去了。我希望她能多玩一会儿,至少要等到放完录音吧,不然我们至少要听她喋喋不休半个来小时。

"应该有的,我记得有。"卡琳说。

"我也记得有,在地下室里。"

对话声中止了,接着是盘子和平底锅乒乒乓乓的声音。

沃尔特说:"他们把地下室淹了。"

"故意的?"

"不知道,还有普钦那个家伙在碍事。"

"你宁可帮那个白痴雷纳德也不……?"

听到这儿,我立刻不满地抗议道:"嘿!他们怎么能这么说我爸爸!"

然后,我立刻闭上了嘴,刚才吆喝得太大声了,以至于没听到他们后边的那句话,我倒了一下录音带,重新播放。

"……也不帮普钦修一下?"

"我跟你说了,地下室里没有门,我帮他们收拾的时候在下面检查了一圈,可能是我们弄错了。"

"我们不可能弄错。"

"也许门在楼上?"

卡琳又重复了一遍:"我说过好几次了,地下室有一扇铁门,就在洗衣房后边。"

"但我也说了,现在地下室里没有门。"

"那一定是用墙挡起来了。"

"谁会干这种事？布伦特的鬼魂？"

"也可能是塔尔迪他们吧。"

"他为什么要这么做呢？"

"可能他全都知道，所以故意这么做。"

对话声又停顿了一下，然后是酒瓶和酒杯叮叮当当的声音。

"可真棒啊！"又过了一会儿，沃尔特说道。

"他们有美味的肉，但他们是野蛮人。他们住在海边，却只吃羊肉和猪肉。我们输给这帮人可太遗憾了。"

"确实，真是棒极了！"又是一阵碰杯声。

卡琳又说道："对了，我们喝的啤酒是萨丁岛产的，去买酒的时候，我能感觉到镇上的人仿佛都因为我没买本地的酒而恶狠狠地看着我。"

"行吧，现在的问题是我们什么都没找到。"

"海里也很干净，没发现什么问题，没有洞穴，水下二十米范围内也没有发现沉船。"

"你确定吗？"

"要不你亲自下去一趟？"

"如果布伦特真的全都跟塔尔迪说了，那我们必须再认真找一遍。"

"如果塔尔迪知道了,我们可能是在跟整个镇子作对了。"

"我们本来就是在跟整个镇子作对。"接着又是一阵响亮的碰杯声。

"希特勒万岁!"

"万岁!"

听到这里,奥黛丽害怕地抓紧了我的手,我也惊讶地瞪大了双眼——查尔兄妹是法西斯的拥护者。

"但是,沃尔特,你说布伦特为什么要把这些事告诉塔尔迪呢?"

"因为他害怕?"

"害怕什么东西呢?"

"不是害怕什么东西,是害怕人,害怕我们。我跟你说过,他越来越神经质了。"

"应该是精神病,跟他的狗一样。"

接着传来了卡琳刺耳的笑声,然后他们又碰了杯,"敬布伦特的狗!"

"可惜被毒死了。"

奥黛丽把我的手抓得更紧了,我能理解她此刻的感受。查尔兄妹毒死了布伦特的狗,这么做没有任何目的,只是单纯的残忍——或者说他们的目的就是在展示残忍。

此时,我手臂上起了一层鸡皮疙瘩。我看了眼米拉贝尔,她就在我们眼前十来米的地方,在悬崖顶上的野雏菊丛中欢快地哼着歌。环绕着她的是一圈象牙白,与查尔兄妹对话带给我们的黑暗感觉形成了鲜明对比。现在是初夏正炎热的时候,可我只感到刺骨的寒冷。

录音还在继续播放。

沃尔特接着说:"假设你是布伦特,你找到塔尔迪,告诉他,你这个大笨蛋,过来,我告诉你,我是个二战老兵,我的任务是藏匿希特勒的两百吨黄金。"

"希特勒万岁!"

"就像爸爸说的,现在这一切都是因为鲍曼,是他设计了整个计划以防万一。"

"结果布伦特自己也把事情处理得很好。"

"这不是重点,重点是,塔尔迪会不会相信布伦特的话?"

卡琳大笑起来,"都是为了金条,我们和他们有区别吗?"

录音中断了一会儿,继续播放。

"确实如此。"

"如果布伦特真的跟塔尔迪说了什么呢?"

"两百吨黄金，这对他们来说确实是一大笔钱，甚至可以按平方米结算买下整个科西嘉岛。"

"确实够了，但这笔钱在哪儿呢？"

"那就得问布伦特了。"

"可是他已经死了，只留下了那个破破烂烂的旅店。"沃尔特说。

"旅店地下有个房间，你知我知，我们都见过。我敢打赌他把不想让人看见的东西都藏在那里，他的军装、日记本、手枪什么的。话说回来，是谁把他弄下来的？"

沃尔特回答道："塔尔迪。"

从录音机里传出一阵餐刀切在盘子上的嘎嘎声。

"假设你是对的，塔尔迪知道了布伦特是二战老兵，以及他的最终任务是秘密转移一艘载满黄金的潜艇，但塔尔迪不知道潜艇在哪儿。布伦特自缢后，塔尔迪就能在旅店里畅通无阻，他可能把从地下室到阁楼的所有空间都搜了个遍，最后在地下室红门后的秘密房间里找到了有用的信息。可能是布伦特的日记、地图或者什么暗示沉没地点的线索，也可能是布伦特的配枪或者勋章什么的。但这些现在都不见了，他到底干了什么呢？"

"他在那个房间外砌了堵墙。"

"然后把锅炉搬到了墙的前面。"

看来这就是塔尔迪坚持不能移动锅炉的原因了。

"这时候我们这座房子的老住户普什巴赫又在干什么呢?"

我看了一眼奥黛丽,"听到没,他们开始说普什巴赫了,现在你相信这两者之间有关联了吧。"

就在半小时前,雷米告诉我普什巴赫用德语称呼布伦特为船长先生,布伦特听了很生气。他为什么生气呢?因为普什巴赫说漏了嘴。然而没有人知道真相,大家可能都认为这只是个玩笑。

但这是他们之间的秘密。布伦特不是唯一的宝藏守护者,普什巴赫也是。他来镇上已经几十年了,就是为了在这儿当个渔夫吗?这就是隆美尔对U-612号潜艇上艇员的安排?当时艇上究竟有多少人呢?只有布伦特和普什巴赫这两个不到一年双双过世的人吗?

米拉贝尔突然转过身,朝我们跑来,我不得不祈祷录音赶快结束。我们播放的音量本来就很小,在刺耳的蝉鸣声中只有集中精神才能听得清楚。

"普什巴赫拿走了宝藏!"沃尔特突然咆哮起来,"至少他试图这么做!"

"你是说普什巴赫勒死了布伦特?"

我从来没想过这个可能性。

"应该不是他,他已经等了四十多年,不会没有这点儿耐心。"沃尔特说道。

"我跟你说了我在镇上听的传言,棺材里是空的。"卡琳小声说道。

沃尔特问:"这又能说明什么呢?要么普什巴赫带着宝藏跑了,要么他和塔尔迪那群人达成协议,他们放他走了。"

这一刻,我眼前出现了普什巴赫乘着一条满载金条的小船在海上航行的画面,他在一个亮着灯的小屋前靠了岸,小屋的灯光全部得益于塔尔迪提供的发电机。

"也可能是塔尔迪他们杀了普什巴赫。"卡琳又补充道,"就像你对父亲那样。"

"父亲是自己滑倒了。"

"上帝啊,你不要再说那套词了。"

"你别喝了,你已经喝多了。"

录音机再次停了下来。米拉贝尔扑到我身上,让我跟她一起玩,或者带她回家。从桑树枝头传来的蝉鸣震耳欲聋,仿佛在宣告世界末日的来临。

接着,卡琳的声音再度出现了:"把那堵墙推倒,就当为了我。要是再没找到的话,我们就去找塔尔迪。"

米拉贝尔听后,忽闪着大眼睛问道:"推什么墙?我们也去找塔尔迪玩吧!"

45

昏昏沉沉

有时候绞尽脑汁也不会起到什么作用，如果一个劲儿地硬想而不去身体力行，那么既得不到思路，也找不到方向——只会让你头痛欲裂。

那天，我就这样昏昏沉沉地度过了整个下午。我去厨房帮忙，然后摆桌子、收拾桌子。接着又昏昏沉沉地——也可能是战战兢兢地来到地下室。我走到锅炉边，像在电影里看到的那样，用手敲了敲锅炉后面的墙，想看看是不是临时砌的。我不禁想到了电影《七宝奇谋》里的主人公在悬崖上餐厅的烟囱里寻找通向宝藏的捷径的画面。但跟他们不同，我什么声音都没听到，也可能是我分辨不出来，但结果是一样的。

从吃饭到睡觉前，我没有跟爸爸妈妈说一句话。哪怕在他们又一次尝试说服我们几个小家伙跟他们一起开车出去过周末,去镇长推荐的餐馆吃饭的时候,我也没有发表任何意见。

回想起来,那时的我多愚蠢啊。

我说愚蠢,是因为奥黛丽在家里也做了同样的事:她对每一个想法、每一条线索、每一个怀疑都守口如瓶。就好像我们这几天的各种调查,只是为了能一起度过这段夏日时光,就像玩游戏,或者排练戏剧一样。

无论如何,我确实都在做这一件事:认真地和奥黛丽继续调查,直到暑假结束。因为我喜欢她,法布里斯也喜欢她。

我喜欢我们在一起度过的时光,尽管我们必须不断揭露黑暗的故事。或者老实说,我可能也很享受揭露黑暗的过程。科西嘉岛南岸这个寂静平和的镇子变成了一个神秘而危险的地方,而我的新家——这个旅店则是一个被诅咒的地方。整个事情的真相还是一个谜。我们则凭借年少的无畏和坚持,漫无目的地探索着这个谜题。

短短十几天的时间,我感觉比在马赛的时候成长了很多,好像我不是简单地坐了八小时轮渡来到科西嘉岛,而是环游了整个世界:纽约、柏林、罗马、圣纳泽尔、卡萨布兰卡……

我的脑海里不停地翻滚着这些地名,仿佛每一个地方都遍布间谍、特工,信息在他们手中传递;而在小巷暗处,还潜伏着随时准备开枪的身影,他们仿佛觉察到了什么,然后联系上了我,问我把偷录的查尔兄妹对话的录音带放在了哪里——我放在了床底下,藏在所有放录音带的盒子的后边。

但即使那天晚上我坐在爸爸妈妈的床尾,把一切原原本本地告诉他们,结果也不会有任何改变——说布伦特是希特勒的一艘潜艇的艇长;说查尔兄妹来旅店帮忙是因为他们两个是新纳粹党,在找寻宝藏;说隆美尔将军和圣埃克苏佩里把宝藏藏了起来,他们还有一个专门的任务代号,叫作"小王子计划"。然后告诉他们,这都是镇子里的盲人马蒂斯告诉我的,他在这次行动后没多久就因为塔尔迪他们造成的事故而瞎了眼。

爸爸妈妈极有可能不相信我,然后一切如常地继续生活。而我,只能像个疯子一样,趴在床上胡写乱画。

但我还有奥黛丽。

小时候,我对两件事怀着巨大的恐惧,如今依然如此:一件事是害怕孤独,于是我总会臆想有法布里斯陪着我;另一件事则是害怕自己疯了,比如我以为发生了的事实际上没有发生,或者与我记忆里的不一致。

然而,在那个周日的晚上,可能只有我这个疯子才会听到有人拿小石子击打我窗户的声音。我急忙套上裤子,披上睡衣外套跳下床。我打开窗向下看了一眼,远处的海浪声扑入我的耳朵。我关上窗,蹑手蹑脚地跑下楼梯,穿过花园,从雪松的阴影里一路走到月光下的白色沙滩上,向等待已久的奥黛丽问:"发生什么事了?"

"他们今晚有聚会。"

她似乎跟我一样,也是随手抓了件衣服就匆忙跑出来了。她很害怕,在月光下,我能看到她颈上的鸡皮疙瘩。

"谁要聚会?"

她指了指旅店后边那些反射着白色月光的沙丘。

我明白了——是塔尔迪和他的朋友们。他们要在他的家里聚会,那个常年关着百叶窗、屋顶有天线、院子里布满防兽陷阱的家里。

46

枪 响

夜晚凉爽而宁静,耳边只有身后大海的波浪声,冰冷的沙子在我们指缝间流淌。我们像夜行动物一样,四肢并用地爬上了第一个沙丘,然后沿着星空下的山脊行走。

我们悄无声息地顺着山脊上来下去,一路摸到了塔尔迪院子的篱笆网外。篱笆有两米高,上边还捆着好多铁蒺藜。这座房子黑漆漆的,方方正正,像个军用堡垒,屋顶的天线像尖刺一样戳向天空。我们绕着篱笆网转了一圈,终于找到一个损坏的地方。奥黛丽弯下腰把篱笆网掀开一个口子,我趴下去,匍匐着前进。尽管我把肚子紧贴在地上,铁丝还是划破了我的后背。我抽了口冷气,继续往进爬。奥黛丽也爬了进来。院子里的土地凹凸不平,稀稀拉拉地趴着几株鹰爪豆的藤蔓,丝毫没有打理过的痕迹。

皎洁的月光下，我们一步一试探地朝着房子挪过去，生怕踩到陷阱。幸好我们在院子里没有看到陷阱或捕兽夹之类的东西。终于，我们跨过了整个院子，来到房子外侧的石子路边。我们把身子紧紧贴着墙面，躲在门廊的阴影里。我们俩屏气凝神，踩着石子路绕着房子转了一圈，怦怦的心跳声在夜晚中回响。我脑海中甚至出现了这样的画面：一只大黑狗拖着铁链从阴影里狂吠着冲出来，塔尔迪还没来得及开口，它就把我们一口吞了下去。我赶紧把这个画面和其他乱七八糟的想法一并从脑海里清理掉了。

在过去的小酒馆里，人们常把大肚玻璃酒瓶装到柳条编的篮子里，以便运输。塔尔迪在房檐下的墙边放了很多这样的瓶子，但里边都是空的，它们看起来更像是装饰品。从一扇透着光的窗户里传来聊天的声音，听起来有三个人，应该都坐在我们来时方向的对侧。我们小心翼翼地凑到窗户底下，里面传来一阵大笑声。

我和奥黛丽不约而同地听出了这阵笑声的主人——格林考特，那个加油站老板，那个在旅店篱笆上挂兔皮的人。

接着，我们听到了拖拽椅子的声音，还有塔尔迪一贯暴躁、急促的语气——他在安排每个人的位置。我们从窗户的一角偷偷瞥进去，吊灯锥形的光柱下面，是一张实木大圆桌，桌上有大约二十个啤酒瓶。桌旁背对着窗户的这边有十几把椅子，它们背靠着桌子摆成了月牙形。塔尔迪站在另半边桌子前面，正对着窗户，我们熟悉的那几个人都在场：费迪南德、普钦、帕斯卡尔，还有正抓着一瓶啤酒的格林考特。

然而，让我惊讶的是，奥黛丽的爸爸——镇长埃泽希尔·福考特竟然也在座，怪不得奥黛丽知道他们今晚要聚会。

这应该就是镇上所有的大波拿巴党成员了吧。

屋里的人按塔尔迪的要求走到自己的座位上，我和奥黛丽则一步一步移到一扇开着的窗户底下，踮脚蹲着。夜虫在灯光的感召下疯狂地冲撞着窗户的纱网。

"开始吧，奥斯卡。"不知道是费迪南德还是帕斯卡尔先开了口，"现在是什么情况？"

"是啊，到底是什么情况？"又一个声音说，"我在镇上听到两种截然不同的说法，有人说这会是场灾难。"

塔尔迪有点儿迟疑地回答说："我大概知道是谁传出来的了，估计是我们那个扎着头巾的朋友雷米吧，你们觉得呢？"

"有人警告过他这会是灾难吗？"

"所以他选择把这诅咒传话给了我们。不，谢谢，我不喝啤酒。"

"我能要一杯啤酒吗?"

"我们已经讨论过什么时候开始行动了。"

"格林考特也同意了。"

"我没有其他要求。"格林考特说道。

"抱歉,先生们。"镇长突然插了一句,"我们先说说现在的情况吧。"

塔尔迪说:"谢谢您,埃泽希尔,还是您说到了点子上。"

"所以他才能当镇长!"

"格林考特,你就别插嘴了,啤酒都堵不上你的嘴……"

"差不多得了,普钦!"

塔尔迪说:"首先我得明确一下……"

话音未落,满屋的人都吆喝起来。

"得了得了,我们知道。"

"我们就是来聚一聚、玩一玩。"

"不会传出去,我跟我老婆都不会说的。"

塔尔迪接着说道:"我保证,我已经尽力了,大家也有目共睹。普钦,你说对不对?"

普钦说道:"我也没做错什么。"

他们在说什么？我一时没有听懂，我靠在墙上，目光游离在盘旋冲撞着纱窗的小飞虫身上。

塔尔迪又说："可能，我是说可能，这里边有问题，我们都搞错了。"

"普钦在我前面坐着，对我来说这就是一个问题。"又有人说道。

这时，有人打了个响亮的酒嗝，估计是格林考特，"你能歇一歇吗？你都干了二十年了。"

"你倒是好，扮演了二十年的好人。"

费迪南德喊道："安静！要不就都回家歇着。奥斯卡，你觉得哪儿有问题？"

塔尔迪说："那个小男孩有问题。"

他说这话的时候，一只网球般大小的蜘蛛从我眼前的墙上一路朝着窗户爬去。

"他干什么了？"

"他开始跟别人打听那件事了。"

奥黛丽听到这儿，使劲攥着我的手，惊得我跳了一下。我试图专心听他们在屋里说了什么，眼睛却不由自主地跟着那只蜘蛛往墙上爬。估计蜘蛛也看到了在纱窗上打转的那些小虫子。

"跟谁？他们家那些人还是那俩德国人？"

塔尔迪说："跟那个人。还有你女儿，埃泽希尔。"

格林考特说："我见过他们俩去海边的悬崖那里。"

"那小孩还骑着你送的自行车呢，奥斯卡。"

奥斯卡说："我倒是希望他能骑着车就这么离开镇子别回来了。"他说这话的时候，蜘蛛已经爬到了窗台上，慢慢地撑起了身子，它离我跟奥黛丽也就半米远。

"奥黛丽……"我刚小声开口，她就示意我安静，她想仔细听听他们说了什么。

"他跟他们说了什么？"

"不知道，但咱们都知道那位小朋友很健谈。"

费迪南德插了一句："奥斯卡，你不能再叫他小朋友了，他也已经年过半百了。"

"但我一直都当他是个小家伙。"

福考特说："也许你应该直接去问问他说过什么，直接问就是了。"

塔尔迪说："我也想过，但觉得有点儿太直白了。"

"奥斯卡是对的。"

"那就问问奥黛丽吧，埃泽希尔。"

"帕斯卡尔,你想得太简单了,我女儿是个聪明的孩子,她总觉得我就是个只会工作的老古董。"

"确实是这样。"

福考特接着说:"我们在家里也不怎么闲聊,但我可以试试。"

"那我们聊聊那个马赛的小朋友吧,他是个什么样的人?"

普钦说:"很瘦,抬不动工具箱。"

塔尔迪则说:"有点儿多疑。"

格林考特插嘴说道:"要我说,你们才是有点儿多疑了,他们就是些孩子,这儿管点儿闲事,那儿管点儿闲事,然后自己就会厌烦的。"

"要是他们一直没烦怎么办?"

"真这样的话,吓唬他们一次,他们就会消停的。现在的重点是别让他跟那两个德国人接触。"

塔尔迪说:"我会在旅店看着他的。"

"然后呢?"

"我觉得他总是乱跑。"

格林考特说:"我们也这么认为。"

费迪南德说:"那两个德国人去潜水了,沿着海边从几处悬崖潜下去的。"

"他们想干什么就随他们去吧。"格林科特回答。

帕斯卡尔问道:"你觉得他们会像那两个孩子一样,过一阵子就消停了吗?"

"就先这样吧。"格林考特说着打了个嗝,打算借此终结这个话题,"还有什么情况吗?"但再没人说话了。

这时,那只大蜘蛛突然从纱网上滑下来,掉在了我的身上。

我发出一声尖叫,噌的一下跳起来,就这么暴露在窗前。

"谁在外面?!"

"是谁?!"

屋里传来一连串质问声和椅子挪动的声音。我僵住了,看着一个个向屋外走来的身影,又看了看被我甩到石子路上、正向一边爬去的大蜘蛛,一时间不知道该干什么。奥黛丽拉了我一把说:"快跑!"

我的跛脚一高一低地跑着,奥黛丽紧紧跟在我身后。

我听到房门嘭的一声被狠狠地撞开了,然后塔尔迪咆哮道:"站住!"

我当然不会停下,甚至都没想过要停下,我眼睛死死地盯着篱笆网,努力回想我们进来时的那个破洞在哪里。

"奥黛丽?是你吗?"艾泽希尔·福考特也喊道。

但她也没有停下来,反而超过了我,冲我喊着:"快跑,快跑!"

我扭头看了一眼,他们在房子外面站成一排。我告诉自己,已经远离他们了,他们不可能认出我们来。接着,我看到其中一个魁梧的黑影——也许是普钦吧,举起了一个什么东西。

门廊上的灯投下的轮廓又黑又长,肯定是猎枪。

随即,我听到枪响了。

这一枪仿佛把我们头顶的星星都打掉了。我死死趴在地上,蜷着身子,耳鸣不止,感觉自己好像被击中了。

但我没中枪,我活蹦乱跳的,那些人还站在门口大喊着。

我没有再扭头看他们。我看到奥黛丽也紧贴着地面匍匐,而且已经从篱笆网底下溜出去了——那个破洞在我右手边十来米的位置,我跑错了方向。

我从地上爬起来,猫着腰朝奥黛丽出去的方向跑,随时做好了枪响后趴下的准备。

我一瘸一拐地跑着,突然听到了某个机械装置发出一声可怕的嘎吱声。我想,这个声音会在我记忆里停留一辈子,它听起来就好像两只乌鸦的喙在相互碰撞。

那是捕兽夹夹住我的脚的声音。

47

毫发无伤

捕兽夹真是一种残忍的发明。

它由两个带锯齿边的金属夹具构成,锯齿十分锋利,很容易刺入猎物的肉中,以防止猎物挣脱。但它的残忍不仅仅在于锯齿刺入带来的痛苦,而是当猎物踩上夹子时,猎物自身的重量会触发夹子的弹簧,使锯齿迅速咬合。我之前说过,我出生时,医生曾用产钳助产。产钳虽然没有锋利的锯齿,但外形有点儿像捕兽夹,原理和捕兽夹也是一样的:用两个铁夹夹紧婴儿,然后把婴儿从产道拉出来。我不想去想象我出生时的画面,法布里斯则压根儿没有机会去想象。这也是我出生时为什么会"非常困难"的原因。大人们总是只说一句"当时非常困难",然后就是一阵沉默或者立刻转移话题。沉默是因为法布里斯的夭折,转移话题是为了让大家都不尴尬,而那句"非常困难",则是在说我。当时出了一点儿小事故,于是我出生后便一条腿长、一条腿短。多亏现在有一双特殊的鞋,可以在腿短的那一侧的鞋底垫一个加高的鞋跟,我才能体面地行走和跑步。我讨厌穿普通的鞋子,它会让我看起来和普通人不一样,我的同学也会取笑我别扭的走路姿势。

这天夜里,我更加感谢我这双特殊的鞋子。

捕兽夹合上的时候,我感觉眼前一黑,我以为自己再也走不了了。弹簧牵引的嘶嘶声,夹子咬合的啪啪声,这些也许会成为我挥之不去的梦魇。

我躺在地上,躺在那片鹰爪豆藤蔓上,心脏扑通扑通地跳着,仿佛要从嗓子眼儿里蹦出来一样。我紧紧抓着手边的一根灌木枝,另一只手撑着地往前爬——我做到了,我爬了起来。

我一起身便看到奥黛丽站在我面前,她的脸像幽灵一样苍白,紧紧靠着塔尔迪家的篱笆网。我听到她在叫我的名字,但也可能只是我耳鸣了。我只知道她抓住我的胳膊,把我拉了起来。

我一时无法理解。我怎么还能站在这儿?我刚刚可是被一个捕兽夹夹住了!但我丝毫感觉不到疼痛,只有心脏在疯狂跳动。

夜晚的冷风不停地吹着我的脚踝。我鼓足勇气低头看了看我的脚——我那只被夹住的脚赤裸着，但毫发无伤。

捕兽夹里留着的是我那只特制的高跟鞋，鞋跟被夹子狠狠地咬住了。

这一刻，我只想笑，想发出歇斯底里的、可怕的、无法控制的笑。

我最后看了一眼塔尔迪家亮着的灯、电视荧幕的蓝色亮光，还有这个镇上的"阴谋家们"的影子。这些人聚集在这里，谈论着谁也不知道的事情。我笑得越来越大声，我跟着奥黛丽钻出篱笆网，沿着沙丘，用我那长短不一的双腿，一瘸一拐地跑回了旅店。

48

运动员的名字

第二天早上,我一听到杯子和汤匙叮当作响的声音就醒了过来,然后穿好衣服下楼,做好了迎接最坏的结果的打算。然而,爸爸妈妈看起来心情很好,仍在商量着去捐赠旧衣服的事情。昨晚并没有电话打到旅店来,院子里也没看到塔尔迪的小货车——至少目前还没看见。

只有米拉贝尔知道我偷偷溜出去又溜回来的事。昨晚我回来的时候,她问我:"好玩吗?"

我则告诉她:"明天再说。"

我连衣服都没脱,直接钻到了被子里,在地上爬行时粘上的泥沙也被一股脑儿带到了床上。我的身体仍然因为恐惧而抖个不停,但我很快就睡了过去。

塔尔迪还是没来。吃过早餐，爸爸把我们的车从车库开到花园里，然后和妈妈一起上了车。

"你们注意安全……"

"我们很快就会回来。"

"午餐后就回来了。"

他们升起车窗，妈妈坐在副驾驶座上，直到出院门前还在朝我们挥手。看到车子开了出去，延斯卡哼了一声，把耳机戴上了。

"你们俩收拾餐桌。"她说。

"说说呗？"米拉贝尔带着惯常的微笑问我。

"说什么？"我边说边把盘子摞到一起，端到厨房里。

米拉贝尔拿着杯子也进了厨房。她把杯子递给我，问道："你们昨晚去哪儿了？"

我说："嘿，别乱想，你怎么能……"

"我听见敲玻璃的声音了！"

于是，我不得不告诉她奥黛丽来旅店找我的事，接着就把我们怎么到了塔尔迪家、怎么爬进去都一股脑儿地说了出来。当我说到他家里还有其他人时，米拉贝尔问："他们是去看比赛的吗？"

我盯着她想了一会儿,问:"什么比赛?"

米拉贝尔收拾完桌子,站起身对我说:"爸爸说在墨西哥举办世界杯真是糟透了,因为时差的原因,法国队的比赛总是排到中午。"

原来是说足球啊。我对这项全国性的运动确实一无所知,那么奥黛丽本以为的秘密会议也许只是单纯的……那么屋顶上的天线也就说得通了……

"爸爸说昨天有法国队的比赛吗?"

米拉贝尔认真地回答道:"他没跟我说,但他跟妈妈说了。"

我又问了一遍:"他是说昨天有法国队比赛吗?"

我们还是不太确定。虽然没有关注过足球,但或多或少还是听别人谈起过世界杯。法国队的比赛都在中午,而且要对阵意大利队。我知道意大利队很强,可能是最强的球队之一了吧,说不定能得冠军呢。或许昨晚那些人聚在塔尔迪家里就是单纯为了看世界杯?所以他们没有追出来,也没有继续开枪?

我一边洗盘子,一边思考着。

米拉贝尔接着又问道:"你知道布里格尔和利特巴尔斯基是谁吗?"

"不知道。"

"我也不认识,所以我问了爸爸。"

"他怎么说?"

"他说他们都是德国足球运动员。"

"你是从哪儿看到他们的名字的?"

"就在花园里啊。"米拉贝尔随口说道。

我放下了盘子,反问道:"在花园里?"

"那两个十字架上就写着这两个名字。"

我又花了几秒钟才想到花园里的十字架。花园,十字架,布伦特的狗,布里格尔和利特巴斯基,德国足球运动员。

狗,我之前从没想过花园里的狗。可能查尔兄妹也没想到。

"你干什么去?还没刷完呢!"米拉贝尔一脸疑惑地看着我跑出了厨房。

不,我知道,我确实还没干完。

49

发现锡盒

在刺耳的蝉鸣声中,我一瘸一拐地走到了工具房,打开门拿出一把锄头、一把铁锹。我把这些东西从工具房叮叮当当地拖出来,扛在肩上。米拉贝尔站在门厅探头看着我,手里还抓着擦桌子的抹布。

一时间,我也没想到更好的主意,但既然爸爸妈妈不在家,不如就这么试试看。

我本想关上旅店的篱笆门,而且后来的事实证明,当时确实应该这么做,但因为没听到路上有车路过,我就放任篱笆门敞着了。

我走向那两个小十字架,把铁锹插在地上,打量着该从哪儿下手。我这辈子从没挖过坑,更没挖过狗的坟墓。我甚至不知道自己会挖出什么东西。狗的骨头架子?虫子、骨头、狗毛?

我告诉自己不要多想。于是我举起锄头，先从利特巴斯基的十字架挖起。一下，又一下。所幸，这里的土壤很软，锄头很容易就挖了进去。我听到米拉贝尔走近的脚步声，但我什么都没说。她靠在旅店的墙上看着我。

很快，我就累得满头大汗。

突然，锄尖碰到了某种坚硬的东西，发出金属撞击的声音，锄把颤了一下，我也不禁紧张起来。

我把锄头放在一边，擦了擦额头上的汗水，然后跪到地上，一点点地扒开眼前的土。米拉贝尔也跑过来，跪在一边看着。我慢慢地清理着地面，然后从坑里刨出来一个带把手的锡盒，盒面上还有锄头刚刚砸下去的凹痕。

米拉贝尔问："这是那两条狗的棺材吗？"

"这也太小了，米拉贝尔军士。"这盒子的确太小了，连一双鞋都放不下。

"可能是小狗呢？"

我没回话，摸索着准备打开它。

"停下！"米拉贝尔喊道。

"怎么了？"

"让我来开！"

50

黑色日记本

"你们又想干什么？"延斯卡躺在卧室床上，眼皮也不抬地问我们。她戴着耳机，躺在一堆纸页中间。她在给自己涂深紫色的指甲油，房间没开窗，空气很沉闷。

我掏出二十法郎朝她晃了晃，她一下子就明白了，看着天花板翻了个白眼，"哦，天哪，又来这套！又是你那愚蠢的翻译！你没看见我很忙吗？"

"最后一次，你弄好了我们马上消失。"我信誓旦旦地说。

我把另一只手上的日记本递给她，黑色封皮的日记本里只有少得可怜的几页纸，上面也没有几个字。

"这又是什么？"

"我们从狗身上找到的！"米拉贝尔炫耀般地喊着冲向延斯

卡的床边，"看，还找到一枚胸针！"

"停下！不许在我的床上乱蹦！你全给我弄乱了！"

虽然不知道延斯卡用那些纸做什么，但她极力把米拉贝尔赶下了床。延斯卡跳下床，站到我们面前，命令我们挨着站好，不许走动。她甩着手，好让手上的指甲油干透——在妈妈进门前她就会把它们再擦掉。延斯卡认真打量起米拉贝尔递给她的胸针。

严格来说这不是胸针，而是一枚勋章，一枚深灰色的椭圆形勋章，刻着潜艇和纳粹党徽的图案。

"你刚才说从狗身上找到的是什么意思？"

"是在我们刚从地底下挖出来的盒子里找到的！"米拉贝尔说道。

我说："等会儿我会从头到尾都告诉你。"

"先把日记本给我吧。"她接过笔记本，快速地翻了翻。

我凑过去问道："这是布伦特的吧？"

从她表情看，我已经知道答案了，现在我只等着她告诉我日记本上都写了什么。

延斯卡看完日记本，对我说："估计你一丁点儿都看不懂。"

因为深埋地底的缘故，日记本损坏得很厉害，老式的墨水也褪了色，与其说是黑色，不如说是褐色，在已经发黄卷边的纸上几乎无法辨认了。最后几页上的字能看出是密密麻麻的人名和电话号码,看来这就是之前翻箱倒柜也没找到的那个登记簿了。

但第一页的内容与之截然不同。

延斯卡走到窗边,在阳光下一个字一个字地辨认起来。

"1942年9月16日,"延斯卡开始翻译,"我们在MB家里共进晚餐,谈及事关祖国未来的特殊运输工具。这个迷人的想法近乎疯狂,我很荣幸能参与其中。"

我知道MB,就是马丁·鲍曼,希特勒的秘书。

"继续吧。"我装作平静地跟延斯卡说道。

51

沙漠之狐遇到了海狼

当我进门时,马蒂斯扭头冲着我说:"我以为你再也不会来了。你跑步过来的吗?"

"我骑自行车来的。"

他用手摸了摸我的脸和肩膀,问道:"你出汗了,发生什么事了?奥黛丽怎么没跟你一起?"

"她被禁足了,出不来了。"我听完延斯卡翻译的日记本内容后,立刻吩咐米拉贝尔把小狗的坟墓填平,再把工具收好,我则骑车飞奔到了镇上,按响了福考特小卖部的门铃。愤怒的福考特太太打开了门,向我宣布了她对奥黛丽实施无限期禁足的决定。

毫无疑问,塔尔迪告发了我们偷闯他家的事情。

我看着马蒂斯,说道:"我们找到了布伦特的日记本。"

马蒂斯的脸僵了一下,然后露出一个古怪的表情,指了指沙发说道:"坐下说。"

我坐在沙发上,手指还在不停地颤抖。一切都是真的,马蒂斯之前讲的故事都是真的。

"我让我姐姐帮我翻译了,她懂德语。"

马蒂斯也挨着我坐下,问道:"上面写了什么?"

海浪声夹杂着人们的交谈声,穿过百叶窗传了进来。

我掏出自己的笔记本,上面抄写着延斯卡翻译的内容。

"跟你之前讲的一样,鲍曼邀请他共进晚餐。然后,在12月21日,布伦特写道,他们已经确定了适合他们的潜艇。"

马蒂斯微微一笑。

我继续读着日记本上的内容:"U-612号潜艇在测试中受损,现在要开始修复,特雷滕施密特预计它六个月后才能下水。"

"还有呢?"

"再往后记了几页有关准备工作的内容,然后……然后就到了4月,一切似乎都准备就绪,布伦特在等待指令,但是……"

"但是什么?"

我翻了一页,继续读下去。

"6月8日,隆美尔邀请布伦特见一面,布伦特很害怕,他之前从未与隆美尔打过交道，不知道他找自己干什么。"

马蒂斯点点头，"他当然会害怕，隆美尔可没在他们的计划之内。"

"事实上，他对隆美尔的会面动机也有所怀疑。他是这么写的：'MB从未提及R参与这次行动，但我也不能直接拒绝，也许我会收到新的指示，但无论如何，我得去见他。'"

"R就是隆美尔。他写了他们的会面地址吗？"

"写了，6月15日，在……法国的多凡。"我抬头看了看马蒂斯。

"6月15日，沙漠之狐遇到了海狼，希望同为野兽的我们可以达成共识。"马蒂斯点点头，引用了之前的隆美尔日记里的话，"给我读读布伦特是怎么描述这次会面的。"

"我不知道他想从我这里得到什么，但一定是发生了什么。情况有变，或者说情况该变。特雷滕施密特死了。"我又翻了一页，"没了。"

马蒂斯又笑了，说道："我似乎看到了他们——隆美尔和布伦特坐在多凡的一个小茶几旁，眼前是一望无际的大海。风很大，桌布被吹得飘起来。店里只有他们这一桌客人。隆美尔随行的飞行员，就是那个和安托万一起布置诱饵的人，在门口守着。

布伦特是一个人从院子里进来的，和隆美尔互敬军礼问候，然后坐下，等隆美尔先开口。但隆美尔也知道，自己要把握住分寸，因为他深知自己是在玩火，而且也不确定布伦特是否对希特勒和鲍曼忠心耿耿。隆美尔有被指控叛国罪的风险，但他没有几张牌可打了，因此，他必须小心维护自己的名誉，并尝试在柏林传播他可能担任意大利防线指挥官的传言，因为当时盟军即将在西西里登陆发动攻势了。

"布伦特只是静静听着，没有明确表态。他们喝了苹果酒。他知道隆美尔没有选择电话交流而是要面谈，必定有所图谋。

"的确，隆美尔决定铤而走险，他告诉布伦特：'我知道你要把黄金运往意大利，但这是属于德国的黄金，不能运走。'

"布伦特很困惑地看着隆美尔，不明白这个秘密是怎么泄露出去的，也不知道隆美尔是如何知道他也参与到这次行动中的。

"'我同意。'布伦特说，但没有再说其他的话了。事实上，鲍曼指示他不要把黄金运到意大利，要他运去克里特岛，甚至运去阿根廷。他也知道隆美尔是希特勒最喜欢的将领。他担心执行鲍曼那个与希特勒的指示截然相反的计划，会对自己不利。

"隆美尔又追问道：'这是德国的黄金，是属于德国人民的，你同意吗？'

"布伦特点点头。

"'是属于德国人民的,'隆美尔一字一句地重申,'不是属于当前替德国做决策的人的,无论他们的决策是对还是错。'

"布伦特感受到了压力,'我们发过誓的,元帅。'

"隆美尔点了点头,'当然,我明白。但在冲锋队成立之前,我就已经向日耳曼人民宣过誓了,你也一样吧?'

"布伦特犹豫了一下,他刚刚被任命为海军少尉时,就向国家宣过誓。直到后来,才被要求宣誓向希特勒效忠。

"隆美尔看了他的反应说:'我的想法就是这些黄金不能流入意大利。'

"布伦特立刻站起来,立正说道:'黄金不会流入意大利。'

"隆美尔抓住布伦特一只胳膊,示意他坐下,问道:'那黄金的目的地是哪里?'

"'一切都安排妥当了。'

"'谁安排的?'隆美尔提高了声调。

"布伦特没有屈服于隆美尔的威吓,'一切都安排好了。我知道怎么处理这些黄金,它们不会被运往意大利。您可以安心了,元帅。'

"隆美尔的大脑高速运转起来,他意识到这个计划比他预想的要复杂得多，有人在计划叛国，这人还是国家的高层。

"'布伦特，我们首先要明确，黄金必须是属于德国人民的，我们要用这些黄金来帮助德国复兴。'

"布伦特冷冰冰地说道：'德国不会衰落的，不需要复兴。'

"隆美尔叹了口气说道：'一年前，我率军站在开罗城下，现在我却出现在这里。U型潜艇沉没了多少艘了？斯大林格勒又发生了什么？'

"布伦特沉默着，饮了一口苹果酒。

"'上尉，你听好，我们敞开说，我们一贯正确的元首向意大利许诺要提供这批黄金，对吧？所以，他自然是认定我们德国可以负担得起的。'

"'当然。'

"'那么，如果一切顺利，就不会出现问题。但是，现在战况恶化，所以我希望这笔黄金可以还给德国人民。你接到的命令又是什么呢？'

"'恕我直言，我的命令与您无关，元帅。'

"'如果德国出了问题，我不希望现任统治者中，有任何人能带着这批黄金逃跑。你能向我保证这种情况不会发生吗？'

"布伦特沉默了，但可以看出他在思考这个问题。布伦特是一名军人,他知道什么是忠诚,什么是背叛。

"隆美尔接着说:'所以,我请你听我说完。我希望我们能把这批黄金藏到一个安全的地方,静待局势发展,如果德国不幸到了需要这批黄金重建的时刻,我们就把它拿出来。'

"'藏到哪里?'布伦特问道。

"'一共有多少箱?'

"'不是多少箱的问题,我们必须把整个潜艇藏起来。'

"隆美尔站了起来,'我会尽快回来找你,我需要去制定新航线的细节。'等他再找到布伦特的时候,带来的就是和安托万商定的航线了。"

"那么布伦特干了什么?"我问道。

马蒂斯没有回答我的问题,我赶紧翻到了笔记本上布伦特的下一页日记,"1943年7月1日,我们重新回到了海上。不是所有的铅都不发光。"

马蒂斯继续讲他的故事。

52

计划开始

"他们是晚上起航的,黄昏的时候,驶离了待了几个月的修理船坞。修复工作的负责人特雷滕施密特没有参加起航仪式,如果他去了的话,也许他会说,潜艇的吃水线比正常的要低一点。尽管大部分人都不知道原因,但他们都保持着高度的谨慎。普什巴赫知道布伦特的行动计划,他知道潜艇上有一件非常贵重的货物,但不知道具体是什么,也不知道这件东西藏在哪里。他们南下直指直布罗陀海峡,试图由此处进入地中海。这是一条非常危险的航道,正常情况下,潜艇都会避开这里。普什巴赫在潜艇的某些关键位置藏了一些火药,用以假装失事沉没。他还准备了盛放海水的装置,用以在必要时把海水倒在电池上,释放出少量的氯气,提高事故现场的真实性。于是,在某一个时刻,火药同时爆炸,氯气也在艇中弥漫开。布伦特告诉艇员:'我们撞上了水雷。'U-612号潜艇上浮到水面,艇员全员准备撤离。布伦特命令正在给救生艇充气的艇员向西班牙进发,然后销毁潜艇上的电报机,并宣布他想在放弃潜艇之前与普什巴赫一起将其沉入更深的水域。第二天,墨索里尼收到消息,他等待的黄金已经丢失,沉没在直布罗陀。黄金丢了,墨索里尼的魂儿仿佛也丢了。当天晚上,墨索里尼就被法西斯大议会解除了职务。"

马蒂斯顿了一下,我脑海里想象的画面也随之烟消云散。

"我希望撤离潜艇的三十七名艇员能顺利逃脱……"我小声读着布伦特日记本上的最后一段话。

"三十七人,这就对上了……"马蒂斯低声说道。

"你怎么知道这个人数的?"

"因为我有一个朋友,我又恰好记忆力很好。这毕竟是一个很传奇的故事。"

"最后这段话你觉得是什么意思?"我问道。

马蒂斯想了想,说道:"布伦特和普什巴赫花了六天时间将潜艇开到了科西嘉岛,根据隆美尔制订的计划,就是8月1日到的,记得吗?"

我当然记得,"但其中有多少环节可能出错呢!海、陆、空,一切都必须像最完美的时钟一样分毫不差地运转!还有……"

"……我真的能相信我的同伴吗?"马蒂斯帮我总结道,"安托万的P-38飞机已经准备好,机翼下安装了两个'吊舱'——像炸弹一样悬挂的圆筒,其中一个里面还装了用于紧急运送伤员的担架。这样的装置并不寻常,但安托万宣称悬挂吊舱是为了测试飞机性能,然后他便飞往了科西嘉岛。在岛上盘旋时,他用约定的无线电频率与隆美尔通信,然后隆美尔再跟布伦特通信。他们就这样跟潜艇建立了联系,并获得了隐藏潜艇的洞穴坐标。他一收到'信息已接收'这条消息,就立刻降落到临时机场,等待负责藏潜艇的布伦特和普什巴赫与他会合。他们彼此怀疑地握了握手,毕竟在场的三位本应属于敌对阵营——两个德国人和一个法国人。安托万交给他们两个降落伞,并让他们钻进机翼下的吊舱,然后他发动飞机,飞到了西班牙海上空,指示他们背好降落伞和自充气背心跳下去。最终,他们在西班牙着陆,并在那里表明身份归队。安托万则返航回到科西嘉岛,为了掩盖吊舱被使用过的事实,他故意迫降到荒地上,在救援的人赶来之前把吊舱拆下来。当他看见第一个跑到迫降飞机跟前的人是我时,他就笑了。"马蒂斯说完又转向了我,"这些可信吗?"

我低下头接着读布伦特的最后一段日记。

"8月1日，我真的不敢想象我今天做了什么。我藏了一艘潜艇，被吊在一架法国人驾驶的美国飞机的机翼上飞行，跳伞入海。普什巴赫和我永远不会忘记这一天，即使我们永远无法与任何人谈论这一天。是的，永远无法谈论，跟谁都不行。"

我抬起头，盯着马蒂斯，"这么说来，潜艇真的藏在岛上！"

他摊开双手说道："这我确实不知道。"

我说："我不相信你。"

马蒂斯坚持说："除了布伦特和普什巴赫，没有人知道它在哪里。"

"但我们说的是潜艇！"我几乎尖叫起来，"这不是玩具，是个大家伙！圣埃克苏佩里能找到多少适合藏潜艇的洞穴？"

马蒂斯摆摆手说道："莫里斯，你还没听到故事的结局呢。"

"什么结局？"

"安托万毕竟是冒着损失一架盟军飞机及其装备的风险行动的。回到撒丁岛的基地后，他轻描淡写的解释并没有轻松过关，他因此受到了惩罚——被剥夺了飞行资格。这可是一个大问题，因为计划的最后一步，是对藏潜艇的洞穴进行一次空中侦察，但他没有办法完成了。他度过了一段痛苦的日子。不过，他还是去找隆美尔了，以期能与隆美尔他们再合计一下如何是好，然而会面迟迟没有达成。直到他几乎心灰意冷的时候,事情才迎来了转机。9月5日,他见到了隆美尔的随行飞行员,他们还是躲在苏克的小巷子里见面、交换信息。安托万得知,从德国方面来看,他们的计划成功了:布伦特、普什巴赫以及所有艇员都安全了,德国的调查委员会已经做出了U-612号潜艇沉没的结论。安托万一下子来了精神,交给那位飞行员一个记着坐标位置的纸条,并告诉他时间紧迫,动作要快。墨索里尼收到了潜艇沉没的消息,那么鲍曼也一定会收到,但他不会那么容易就相信的。飞行员也证实了安托万的猜测——隆美尔已经受到了监视,不能再偷偷出来会面了。安托万认为,只要那艘潜艇没被人找到,他们就不会有事。但要保证潜艇无法被找到,就必须炸塌那个洞穴的入口。原计划是由安托万来完成这一步的,但盟军已经取消了他的飞行资格,所以必须由这位德国飞行员来完成了。

"飞行员听后就离开卡萨布兰卡,回到了法国,与隆美尔共进晚餐,并把这次会面得到的消息告诉了隆美尔。作为一名合格的军人,他并没有打开安托万给的坐标,而是交由隆美尔亲自打开。隆美尔在地图上标出了这个位置,然后授意飞行员登上一架梅赛施密特ME-110双引擎战斗轰炸机,向那个藏潜艇的悬崖扔了两枚炸弹。"

听到这里，我从沙发上蹦到了地上，"就是哈马杜克小姐提到的轰炸！意大利投降那天的轰炸！"

马蒂斯点点头，"也就是所谓的一架德国战机因意大利投降的消息而轰炸了一片无人居住的悬崖泄愤。"

我惊呼道："所以我们知道潜艇藏在哪儿了！"

"真的吗？"

"当然了！只要去搜……搜被炸弹炸过的那个悬崖就行！"

"被炸弹炸过也不过是从一个悬崖变成另一个形状的悬崖。"

我辩解道："一定有人记得底下有一个洞穴的悬崖！"

"在无人居住的海岸线上记得这样一个地方？还是战争期间？哪怕我在这儿住了一辈子，我也做不到。不过……"他自嘲地指了指眼睛，"我的条件确实也有点儿困难，哪怕有心也无力啊。但我同意你的观点，隆美尔的潜艇确实开到了这个岛附近，离我们的镇子也很近，毕竟镇上的很多老人都在投降日当天听到了那个炸塌悬崖的炸弹的声音。"

"塔尔迪！"我惊呼道。

马蒂斯抓住我的一只手，强拉着我坐下，"忘了塔尔迪吧，他和这件事无关，你先听我说完。"

"故事还没结束吗？"

"当然没有。"马蒂斯继续说道,"安托万在经历了数月令人煎熬的辩解和上诉后,终于在1944年5月24日重新获得了飞行资格。6月14日,他在法国南部执行了重飞后的第一次侦察任务,两周后的6月28日,他终于找到了飞来岛上检查德国飞行员轰炸成果的机会,他做得太好了……"

马蒂斯还在为故事收尾,我却激动得不停颤抖。我想立刻冲出门,飞奔到奥黛丽家里。我想告诉她,我已经知道了,那艘潜艇的确开到了科西嘉岛,藏在一个山洞里,一名德国飞行员炸塌了洞顶的悬崖,所以没人能找到它。

"1944年7月,第三十三飞行中队第二大队迁到科西嘉岛驻扎,我的老朋友安托万也跟着一起来到了岛上。因为这次驻防,我得以再次见到他,我也不知道这次见面与上次相比,哪一次对我们来说更幸运。我是他秘密处理吊舱的唯一目击者,他知道当时在场的只有我一个人,但也相信我会守住这个秘密。他把我当作他的守护天使,并把整个故事的来龙去脉都告诉了我,就像我现在告诉你一样。他当时对战争的结果很悲观,所以心情沉重。他告诉我,他总感觉死亡正向他袭来,但他害怕心底藏着的一个秘密会陪着自己死去。于是,他才将我告诉你的这些都告诉了我,只有一件事例外。"

"洞穴的坐标。"

"是啊,洞穴的坐标。"马蒂斯重复道,"但他离开前跟我说了另一件事。他送给我一张军用地图——就是墙上挂着的那张,还有你看过的那本第一版的《小王子》。然后他对我说:'马蒂斯,你在哪里摔倒,就从哪里重新开始。记住,在哪里摔倒,就要从哪里重新开始。'"

"从摔倒的地方重新开始。"我也回味了一下这句话。

"然后他就单腿跪在我面前,扶住我的胳膊低声说:'会有一位德国的先生来找你。他会让你告诉他整个故事,你一定要让他先读一读我送给你的书,如果他听完故事又读完了书再来找你,你就把那张地图给他。'

"我知道他的嘱咐很重要,非常非常重要。于是,我问他我该怎么认出那个人,我已经知道了会是隆美尔,但战争必定会让人有所改变,我得知道外貌才能辨认出来。安托万说:'那个人比我年龄大一点儿,皮肤经过风吹日晒变得很粗糙,目光像狐狸一样深邃、犀利。他的名字叫埃尔温,他来的时候,你一定要提醒他,我们都应为了整个欧洲的利益而努力。'十天之后,安托万消失在了海里,再也没有回来,而那个德国人,如你所知,也没有来找我。"

我的眼泪夺眶而出，我注意到马蒂斯残疾的双目也湿润了起来。

他指着书架对我说："但你和奥黛丽来了，也许这就是安托万想要的。他就留给我这些：一个间谍故事，一张军用地图，一本童话书。"

我提醒道："这可不单单是一本童话书。"

"是啊，这可是一本用来传递军事情报信息的童话书。你知道吗？"

"知道什么？"

"他写这个故事时用了很多心思，他不仅用B612号小行星引起了隆美尔的好奇心，还藏着更多隐喻：书里有一位点灯人和一个灯塔，这个灯塔的开关节奏和直布罗陀的灯塔一样，每分钟都会开灯、关灯；书里有一个坠落沙漠的飞行员，就像他自己在1935年发生的那次著名的坠机事件一样；还有那些其他的小行星——325、326、327、328、329、330……"马蒂斯笑了笑，"这些都是错的。"

53

《小王子》的秘密

到了午餐时间,我顶着灼人的热浪返回旅店,马路上的沥青被烤得热烘烘的,路面上方的空气仿佛都在扭曲。苍茫的海面上微风不起,和远处的天际线融在一起,一眼望去仿佛那就是世界尽头。

我把自行车靠在雪松的树干上,环视了一圈,希望找到延斯卡和米拉贝尔的踪迹。然而她们俩没在花园里,也没在外边的沙滩上。米拉贝尔已经把布伦特埋葬小狗的花田收拾得平平整整,但在爸爸妈妈回来之前,我肯定还得再整理一番。花园里太安静了,自打我回来就没听到法布里斯那让人不自在的声音。

大厅的门开着,门口柜台上还放着一张爸爸妈妈的字条,上面写着:"在家乖乖地,我们很快就回来。"

餐桌上空空如也，炉灶也没有开过火的迹象，哪怕烧一壶开水、用平底锅油煎大蒜粒，或者拌一盘沙拉也好啊。我打开冰箱，冰箱里也是干干净净的。我烦躁地关上了冰箱门，脑海里还萦绕着马蒂斯刚刚讲的故事的结尾。

我随手把马蒂斯的那本初版《小王子》放在餐桌上，继续寻找延斯卡和米拉贝尔。

可我还是找不到她们。可能米拉贝尔沉迷于她的毛绒玩具，延斯卡在房间里专心听音乐，她们俩都没注意已经是午餐时间了。既然我们三个都在忙自己的事，我又有什么权利去抱怨她们不准备午餐呢？真正困扰我的是奥黛丽被妈妈禁足了，我失去了队友。我想告诉她我是如何从捕兽夹脱困的，还有马蒂斯给我讲的故事的结局，这些都是不能跟第三个人说的。

听马蒂斯讲完，我终于把这些线索都连起来了：标错的数字、书页边缘的批注，还有迫降在沙漠里的飞行员，以及马蒂斯家里的那张军用地图。

寻找答案其实很简单。圣埃克苏佩里给他的守护天使马蒂斯留下的解开谜题的关键，就在书的赠言上："在哪里摔倒，就从哪里重新开始。"

我就是这么做的。

作为一名飞行员，圣埃克苏佩里想必迫降过很多次[①]。他最著名的一次迫降，发生在《小王子》诞生的那年，也就是1935年。那一次，他迫降在了利比亚沙漠里。

故事就是从这里开始的。

圣埃克苏佩里在给马蒂斯留下的地图上标出了那次迫降的准确地点，《小王子》书里那些小行星的编号325、326、327、328、329、330，都是距离这个点的英里[②]数。

在哪里迫降，就从哪里开始吧，莫里斯。

这些小行星一个接一个地排成一行，就好像分布在一个大圆的半径上，而这个圆的圆弧恰好能精确地与克里特岛的海岸线相切。根据圣埃克苏佩里在纽约时从美国特工嘴里得到的情报，这批黄金一开始的目的地是克里特岛，蝴蝶特工也在那儿寻觅了近四十年。如果布伦特一开始就服从了鲍曼的命令，那么目的地确实是那里，然而他并没有这么做。

这就是为什么《小王子》里批注的数字都是错的，因为在出版后情况发生了变化，所以才有了圣埃克苏佩里在送给马蒂斯的初版《小王子》页边的修正批注：

---

① 意大利语中的"摔倒"和"迫降"是同一个词。
② 英美制长度单位，1 英里 =1.6093 公里，即 1609.3 米。

325号小行星：Ⅲ－指南针

326号小行星：Ⅰ－西

327号小行星：Ⅱ－西

330号小行星：Ⅳ－×2.7

按照罗马数字的标号顺序可以把它们排列为：

326号小行星：Ⅰ－西

327号小行星：Ⅱ－西

325号小行星：Ⅲ－指南针

330号小行星：Ⅳ－×2.7

因此，以圣埃克苏佩里在沙漠里的迫降点为起点，向西走三百二十六英里，再向西走三百二十七英里，从那里朝着指南针底盘上显示三百二十五度的方向走八百九十一英里（330×2.7＝891），途中经过马耳他岛，最终会到达科西嘉岛的礁石悬崖边，距离我们所在的多特雷梅尔仅仅两英里——就是我和奥黛丽去寻觅普什巴赫尸体的那个悬崖。

我一边想,一边一步两级地走上了楼梯,"米拉贝尔?延斯卡?"

米拉贝尔不在房间里,地上甚至连一个泰迪熊玩偶都没有;延斯卡也不在她的房间里,红色的随身听被扔在地上,耳机也掉在床底下。

法布里斯的声音又在我脑海中咕哝起来。

我打开了爸爸妈妈的房门,还是空无一人。

我趴在楼梯扶手上,往楼下喊了两声,依然没有回应。于是我又转身查看了布伦特的书房,依旧是空空荡荡的。当我打开卫生间的灯,在镜子上看到自己的脸时,我不禁打了个寒战,迅速把灯关上了。

我上了个卫生间,洗完手后,又来到客房那一层,仍然空无一人。

他们到底去哪儿了?

我快步跑下楼,不停地喊着她们俩的名字。在我等待她们回应的时候,我仿佛听到一个遥远的声音对我说:"快跑!"

然而我只当这是法布里斯又在咕哝了,所以并没有在意它。

我来到地下室。刚开始我走得很快,当我注意到地下室亮着的灯时,我不禁放慢了脚步。我记得我走之前是关了灯的!在灯光下,还能看到一层薄尘在空气中飘荡着。

那个让我快跑的声音越来越清晰,但我还是愚蠢地忽视了它。因为看了太多电影,我坚信可怕的事情只有在晚上或者暴风雨来临的时候才会发生,我从未想过在夏日的下午两点,会有不幸发生在我身上。

当我来到地下室的房门前时,一只手从里边伸出来,一把抓住了我,把我拽倒在地。我刚尖叫着爬起来,另一双手立刻拿出一块抹布捂住了我的嘴。

"叫啊,叫吧!"卡琳·查尔恶狠狠地说,"反正也没人听得到!"

她一把把我推到墙上,我感到有个冰冷的东西顶到了我的下巴上。

"你要是乱动,我就开枪了……"她威胁道,"这杆老毛瑟枪已经四十岁了,但我打赌,它还是很好用的。"

我用眼神示意我不会轻举妄动,卡琳移开了枪管,把抹布也扔到一边。

越过她的肩头,我看到爸爸的锅炉被掀倒在地上,锅炉后的墙壁也被砸出一个大洞,墙后有一扇红色的门敞开着。我还看到了沃尔特·查尔,他光着膀子,拎着一柄石匠用的大锤,满背的汗珠顺着哥特字母文身UBER ALLES滑了下来。

我知道这几个德语词的意思：凌驾于一切之上。

但这还没完。那扇红门的另一边是一个小房间，墙边有一个洗脸池，衣架上挂着一件纳粹制服，房间里还有一张铁桌和四把椅子。

延斯卡被堵住了嘴，绑在一把椅子上。

54

原形毕露

我呆呆地看着延斯卡,大脑一片空白。与此同时,卡琳熟练地完成了对我的搜身,轻而易举地就拿到了布伦特的黑皮日记本。

"看哪,看哪。"卡琳从我的牛仔裤口袋里把本子掏了出来,翻了翻,喊道,"原来是你拿的!"

她拿枪对着我的鼻子晃了晃,问道:"你是从哪儿找到的?"

延斯卡这时突然呻吟了一声。

我试图转过去看看她怎么样了,卡琳却一把把我的头扭住,转了回来,毛瑟枪的枪口顶在了我的脸颊上。她一字一句地说:"看着我,回答我,你是在哪里找到的?"

我只能老老实实地回答道:"在卫生间。"

沃尔特一把揪住我的衬衫领子，把我提了起来。我的鼻子距离天花板的白炽灯泡只有几厘米远，我能清晰地感觉到灯泡散发出的热量。

"别跟我们耍心眼儿，明白吗？"

他猛地松开我，我撞到了桌子的边缘，好不容易才保持住平衡，没有一头栽倒。

查尔兄妹凑在一起，很快就读完了布伦特的日记，气急败坏地来回翻动着。

"就在这里！"沃尔特咆哮道，"我说过，就在这里！"

"那究竟在哪儿？"卡琳把日记本递给沃尔特，示意他找出藏宝的地点。

"你呢？你知道什么？"卡琳忽然问了我一句。

我只是呆呆地盯着她，并没有回答。

于是，卡琳又气急败坏地把枪口对准了我，我努力不去看那黝黑的枪口，心底反复祈祷着这一切都不是真实发生的。我闭上了眼睛，试图祈求法布里斯出来安慰我，但他并没有出现。

"噢，看哪，我们的小英雄，"我听见卡琳在我身前说，"他尿裤子啦！"

"你胆子可真小啊，小不点儿。"沃尔特不屑地说。

他说得对，我也很讨厌我这样。不过幸好几分钟前我刚去过卫生间，所以裤子上的污渍几乎看不出来。

他们再次把我的头提起来，强迫我睁开眼睛。

"说说吧，你到底知道什么？"

"我什么都不知道！"我喊道，"你们疯了！"

"那你口袋里怎么会有这个？"沃尔特晃了晃手里的布伦特的日记本。

卡琳又猛地推了我一把，"你为什么跟另一个女孩有那么多话说？"

"我父母很快就回来了！"我不服气地喊道。

"啊，没错，还有小米拉贝尔跟他们一起呢。我们已经知道了，你看，你姐姐可是把她知道的都告诉我们了。"卡琳讽刺道，"没关系，我们很快就会完事的。"

她靠近延斯卡，扯下她嘴上的胶带，延斯卡尖叫起来。

"别碰她！"我吼道。

"你想怎么样？"沃尔特笑道，"继续尿裤子吗？"

卡琳一把揪住了延斯卡的头发。

"放开我！"

当我和延斯卡眼神交会时，我能看到她眼中冒出的怒火，因为整件事都是我惹出来的麻烦，都是我的错。我也认识到了这一点。但我知道她的眼神里还有别的东西，那是真正的顽固和反抗的火花。

她好像在告诉我：别说，什么都别说，宁死不屈。

"小家伙们，听我说。"沃尔特靠着桌子，坐在我们面前。从他嘴里又蹦出两个德语单词后，延斯卡便不再挣扎了。

"好极了。"沃尔特说，"就目前而言，如果不想一辈子都留在这个秘密小房间里，你们就要抓住眼前的机会。"

"卑鄙！"延斯卡对他咆哮道。

"我？你说的也没错。"沃尔特笑着承认道，"那么你又如何评价亲爱的布伦特船长呢？还有他那个含糊不清的朋友——可怜的老普什巴赫。老普什巴赫时常登门拜访，他们又在聊什么呢？是关于……这个吗？"沃尔特挥了挥那个黑色笔记本，然后愤怒地把它扔到房间的角落里。

我还在努力地试着喘息。"法布里斯……法布里斯……"我无力地在脑海里求救着。

沃尔特站到我面前，俯下身说道："小家伙，还是说回我们的事吧。你看，你姐姐已经把她知道的都告诉我了，你是想跟她一样痛痛快快的，还是想继续逞英雄？"

"我什么都没说！"延斯卡尖叫着，再次试图从椅子上站起来。卡琳一把抓住延斯卡的肩膀，把她推倒在地。

沃尔特继续盯着我说："赶快决定吧。"

我被卡琳的动作吓呆了，她出手迅速而凶狠，应该不只为了立威而已。我现在丝毫不怀疑他们会伤害我们，这件事已经不是像小孩子过家家一样闹着玩了，也不再是一次简单的寻宝或者夏日冒险游戏了。

我听到延斯卡还在咒骂查尔兄妹，卡琳立刻踢了她一脚。

延斯卡是个漂亮的小姑娘，这一切都不应该发生在她身上的。都是我的错。

"住手！"我喊道，"我知道他们把黄金藏在哪里了！"

查尔兄妹瞪大了眼睛一起盯着我。

"我们凭什么相信你？"

"一共有两百吨黄金！"我尖叫着，"我知道马丁·鲍曼！我知道你们的父亲是谁！我知道他们是怎么把黄金转运到这里的！"

"住嘴，莫里斯！"延斯卡趴在地上，梗着脖子喊道。

我在心里咆哮着：为什么要住嘴呢？就为了在爸爸妈妈出门的今天，在他们嘱咐了我们要听话的今天，死在这个地下室里？

这就是听话了吗?

"我可以带你们去找黄金。"我说道。

这是真的。或者说,基本是真的。我们需要一张有坐标的地图,不过我知道他们手里本来就有这种地图。或者我们可以去找马蒂斯借。算了……我也不知道该怎么办。

我看了一眼延斯卡,"我们得一起去。"我又补充了一句,"你们俩,我姐姐,还有我,我们一起。"

查尔兄妹对视了一眼。

我心里明白,找到黄金后,他们就会灭口,但无论如何我要先争取一点儿时间。面对死亡的时候,你就会知道,一点儿时间,哪怕一个瞬间,都比两百吨黄金珍贵得多。

55

求 救

我们从旅店出来了。

延斯卡和我走在前面,查尔兄妹跟着我们。他们让我们坐进了他们苹果绿色的奥迪车。那辆车就停在车库前爸爸的车位上,我回来的时候竟然没有发现它,我可真蠢,然而这时再怎么自责也为时已晚了。

沃尔特负责开车,我坐在副驾驶座给他指路,卡琳拿着毛瑟枪顶着延斯卡,她们两人坐在后排。

沃尔特递给我一张比例尺为 1∶15000 的军用地图。我在地图上悬崖的位置仔细寻找着确切的坐标点,不断地跟印象中马蒂斯家里的地图比对。

我想我已经找到了,但我没有说话,只是点了点头。

"赶紧带路。"沃尔特命令道，然后便发动汽车，挂上挡，开出了旅店的院门。

引擎的声音一消失，米拉贝尔就蹲着挪到了窗户边，扒着缝隙往外看。她一直躲在自己在楼梯间发现的那间小密室里。延斯卡很聪明，她告诉查尔兄妹，米拉贝尔和爸爸妈妈一起出去了；米拉贝尔也很勇敢，藏在小密室里一动不动，没有发出任何声响。查尔兄妹闯进旅店的时候，她应该恰巧在那间密室里，所以就没敢出来，一直待在那里。当我回来的时候，就是她一直在轻声提醒我"快跑"，但我当时精神恍惚，完全没有注意到。她十分害怕，也不敢发出更大的声音喊。当我带着查尔兄妹去那个悬崖时，米拉贝尔才爬出来。她没有下楼去地下室，也没有去看我们刚刚在里边发生了什么。

她走出旅店前门，靠在雪松后边仔细打量了一番，确认周围没有人后，便打开了花园通向沙滩的小门，沿着沙滩，经过礁石和港口的小帆船，跑到了公路上，这才松了一口气。米拉贝尔径直走到镇上，走到福考特小卖部的门前，去找奥黛丽，可奥黛丽不在那里，这让米拉贝尔有点儿始料未及。

米拉贝尔问福考特太太奥黛丽去哪里了。福考特太太说奥黛丽被关在家里禁足了，转而反问米拉贝尔找她干什么。米拉贝尔摇了摇头，说有很重要的事情，但只可以告诉奥黛丽。

福考特太太被这个小不点儿的严肃态度逗乐了。大人往往不会认真对待孩子的话，这次也不例外。假设有一个成年人带着秘密进入小卖部，福考特太太一定会换上一副更加专注、谨慎的表情。

米拉贝尔没有灰心，她又问了福考特太太的家在哪里，接着就扭头跑了出去。

福考特太太不满地嘟囔了几句，诸如"城里的孩子也这么没教养"之类的，然后继续整理手里的鱼钩、渔具，把它们摆放到柜台里。

她知道这个小女孩是谁——就是刚从马赛搬来的一家里最小的孩子嘛。她也注意到了那孩子十分紧张，脸色惨白。更奇怪的是，她发现米拉贝尔在下午三点的时候还穿着睡衣。

她记得这家人平时是不会这样的。

于是，她突然感到一股莫名的恐惧，把没收拾完的杂物直接放到了柜台上，连店门都没锁，朝着自己家的方向跑去。

56

搜寻宝藏坐标

这次的悬崖看起来和上次大不相同了。第一次来的时候，奥黛丽在礁石上蹦蹦跳跳地保持平衡，她的发梢划过我的脸颊，一切都美好极了。而现在，我感觉周围的一切都褪了颜色，崖顶只有光秃秃的岩石，崖下则是汹涌的海浪，稀疏的几棵树下没有一点儿树荫。周一的阳光很明亮，刺痛了我的眼睛。海面上连一面船帆都看不到，海鸥似乎也躲回了自己的巢穴。

我们在道路尽头只有一条小径的地方下了车，走向本应是奥黛丽和我一起来察看的，或者说在奥黛丽禁足期间我会来察看的地方。空气里没有一丝风，每一步都能让我们感受到烈日和酷暑的威力。

我们走得很慢，还是我和沃尔特走在前面，卡琳和延斯卡在后面，没有人说话。

我们走到了崖边。这里距离水面有二十米高，从这里看下去，深蓝的海水仿佛一条巨蛇的后背在蜿蜒游动。

"到底在哪儿？"沃尔特看我停了下来，立刻问道。

我当然不知道具体在哪儿。我试着想象四十多年前，那个飞行员从空中投弹时看到的悬崖的样子。我模拟着炸弹会碰到悬崖的什么地方，又会炸落哪一块礁石。但这都是徒劳，毕竟遍地都是礁石、悬崖、地衣覆盖的石阶。海风呼啸，吹得悬崖嘎嘎作响，崖底的洞穴口灌满海浪冲出的泡沫。我既找不到藏宝洞的痕迹，也找不到隐藏洞口的石堆。

"就是这儿。"我说。

"具体在哪儿？"

我指了指崖底一块南北走向的礁石。礁石的尽头是漆黑的海水，藏宝洞可能就在那边的某个地方吧。应该在那边。

我看了一眼沃尔特，"应该就在那边，走走就能看到了，我也不知道具体的地方。"

卡琳用胳膊肘顶了顶延斯卡，差点儿把她推到悬崖边上，"小东西，我们不是在跟你闹着玩，当心我们把你姐姐推下去！"

沃尔特摆了摆手，阻止了她。他仿佛知道我没撒谎，不是随便给他们指了个地方。我想过把他们带到我跟奥黛丽走过的那条小路上，让他们在礁石间跳来跳去甚至摔下去，但我立刻打消了这个念头。一来，他们俩运动员般的身手应该很难被礁石困住；二来，他们毕竟有两个人，而且都是成年人；再者，我也想来看看这个地方。不管怎么说，我真的把他们带过来了。

根据马蒂斯家地图上的标示，《小王子》中正确的编号到这里就停止了。我在马蒂斯家温暖的客厅里读完了初版的《小王子》，听完了马蒂斯讲的故事，他也听了我的故事，知道我的打算，而且并没有阻止我。他知道我会带奥黛丽去找藏宝洞。毕竟我们整个夏天都在寻找悬崖和礁石，如果有勇气的话，我们还会带上潜水装备去海底找洞口通道。我应该会这么做的，如果不是奥黛丽因为某个愚蠢的原因被禁足了，我们可能已经找到了。

沃尔特明白这一点，他比卡琳更迫切地想要找到宝藏。无论是什么想法占了上风吧，他的确阻止了卡琳把延斯卡扔下去，而且命令她赶快去车里拿装备。

卡琳问："你自己怎么不去？"毕竟，车停在离我们三四百米的地方，来回需要十几分钟。

于是，沃尔特自己去取设备了。除了我们见过的卡琳穿的潜水服，他还拿来一套金属探测器。金属探测器的外形是一根长长的金属棒，其中一端有一个能产生交流电的圆盘。查尔兄妹用的是一种便携式军事探测器，有点儿像二战中盟军用来探测地雷的设备，也可能这就是二战时候的装备。

沃尔特把潜水装备扔到卡琳脚边，自己背上金属探测器，开始操作起来。

"你们真是疯了，爸爸妈妈很快就会喊人来抓你们的！"延斯卡说。

卡琳对她视而不见，她紧盯着沃尔特在小路上来来回回探测的背影。

"只要爸爸妈妈回了家，看到你们在地下室的所作所为，又发现我们不在家……"

"闭嘴！"卡琳诡异地笑了一下，"而且，谁说你们父母很快就回来了？"

我的脸唰的一下变白了，小心翼翼地问："你们还做了什么？"

卡琳转过脸盯着我，眼神中有些疑惑："你想说什么？"

"你们对我父母做了什么？"

"我们只是对车的散热器做了点儿小手脚而已，他们应该能开到目的地。不过他们必须在那里找修车工看看了。"

"你们这些坏蛋！"延斯卡骂道。

卡琳没有出声，而是把枪管朝向了延斯卡。

我不敢再说什么，扭头看向起伏的海面，试图分散注意力来缓解紧张害怕的情绪。

"你的潜水装备够你潜到洞口吗？"我问道。

"这不关你的事。"卡琳冷冰冰地说。

"潜得够远的话，你就能找到洞口了。"我又挑衅道。

卡琳瞪了我一眼。

我接着说道："洞口肯定在水下，他们当时轰炸了入口。你猜他们会不会还另外留了一个入口？"

"你最好祈祷是这样。"

卡琳放下了枪。我看了一眼延斯卡，希望她能明白我心里想的：你不要再惹怒他们了，我们得保持冷静。

加油，我们还有机会，对吧，法布里斯？说来也可笑，一小时前已经被吓尿裤子的我，竟然现在还想跟法布里斯说话。

沃尔特沿着路走了差不多一百米，沿途不断地用探测器在身子周围画圈探测。然后，他又走了回来，顺着礁石间的第一条小路往下走去。渐渐地，我们看不见他了。

这样至少过了十分钟——如此漫长的十分钟，突然，探测器的指针猛地跳了一下，沃尔特喊道："在这里！"

57

出 逃

尽管跑得上气不接下气，福考特太太还是慢了一步。

米拉贝尔已经不在家了。

奥黛丽看起来似乎在屋里睡着了，但其实那是她用枕头伪装出来的假象。

福考特太太在屋里来来回回找了两遍后，来到了街上。她双手抱头，仿佛想理清楚现在发生了什么。

然后，她又回到家里，迅速拨通了埃泽希尔在巴斯蒂亚的办公室电话，冲着话筒喊道："奥黛丽跑出去了！"

埃泽希尔正在参加一场重要的会议，不过，似乎每次会议都叫作重要会议。奥黛丽也不是第一次出逃或者预谋出逃了，从他们对奥黛丽宣布禁足的那一刻起，他就已经做好奥黛丽随时出逃的准备了。

埃泽希尔说:"给奥斯卡打电话说一声就行。"

"你太不负责任了!"福考特太太气呼呼地挂了电话。

她总觉得,这次的出逃和以往不同。空气中、阳光下,仿佛有什么危险的东西在蓄势待发。

福考特太太又一次冲出家门。但她想了想,又转身回家戴上一顶帽子,朝悬崖那边走去。

58

发现潜艇

沃尔特走的小径又窄又滑。小径沿着悬崖里的一条裂缝螺旋状地延伸下去，路的尽头堆着一层层海浪冲刷出的泡沫。当我们找到沃尔特时，他早把金属探测器扔到了一边，赤手空拳地在石缝中清理泥土。在他的努力下，一个小铁舱门的轮廓已经清晰可辨。如果不是使用了探测器，这扇舱门是不可能被找到的。

舱口有一个方形把手，但没有任何铭文或标记。

沃尔特双膝跪在地上，拉开了舱门。我们听到一阵回响，然后就看到一个漆黑的入口，仿佛一口深不见底的水井。

沃尔特打开手提手电筒，往舱里照了照，"舱壁上面有一架梯子。"

他朝舱内扔了一块鹅卵石，听声音估算了一下，"估计有五六米高。我先下去了。"

他一滑进舱口就消失了,我们只能听到舱内传来一声又一声下梯子的声音。

卡琳走近舱口,在沃尔特的方向和我们之间来回扫视着。

我们听到了沃尔特气喘吁吁的声音,军靴踩在坚硬地面上的声音。随后,他的声音也传了上来:"梯子一共有十二级,然后有个小台阶,再往前有一个很矮的通道,看起来是自然形成的,但有人工修整的痕迹。我还找到了一些东西。"

我们听到咔嚓一声,接着便是发动机的嗡嗡声。

沃尔特接着说:"这里有一台发电机,还能正常工作。我启动了,下面的灯光很暗,灯管要掉下来了。"

"我们来了。"卡琳插了一句,"把两个孩子也带下去。"

延斯卡先爬了下去,然后是我。我仔细摸了摸那些梯阶,不知道是谁建的。在通道的中间,我终于看到了耳闻已久的塔尔迪的发电机,也就是普什巴赫修好的那台。它的外形是一个一米见方的金属块,从里面伸出来一条电缆。机器旁的两桶汽油散发着难闻的味道。

正如沃尔特所说,越过发电机后,通道还在继续向下延伸。每隔几步,通道墙壁上就有一盏由发电机供电的灯,投下昏暗的光。通道内的地面凹凸不平，墙面也是如此——当初建造的时候，只是凿去了尖锐的凸起部分，仅能让人通行。

通道里有些地方很宽敞，有些地方却十分狭窄，让人不得不蹭着石壁才能侧身通过。最陡峭的地方甚至悬着绳子或者草草开凿出几级粗糙的台阶，以便人爬上爬下。

通道内的灯光十分昏暗，我们甚至都看不清自己的脚尖。通道里除了极个别地方伸手触不到顶外，大多数灯泡距离头皮都只有几厘米。

当我们手脚并用地越来越接近通道尽头的时候，礁石变得越来越潮湿、光滑，空气中的海藻味也越来越浓重了。在嗡嗡的发电机声和嗞嗞的灯丝燃烧声中，突然掺进了一种沉闷的金属铿锵声。

转过最后一个弯，大海的波澜重新映入眼帘，我被眼前的发现牢牢吸引住了。

沃尔特停下脚步，他离我只有四五步的距离，也被眼前的庞然大物震撼了。我能感觉到，就连走在最后的卡琳，此刻一定也是一样的神情。

卡琳快走几步来到沃尔特身边，两人紧紧地抱在一起，无论他们兄妹还是我们姐弟，此刻都不知道该说什么。

我们面前是一个高大的山洞，山洞的中央停泊着一艘德制ⅦC级潜艇，舷号是U-612，它的炮塔竖立在水线中央，金属漆面闪闪发光，就像刚从船厂下水一样。

59

分头行动

它还漂浮在水面上,没有被击沉。

U-612号潜艇就这样在洞穴内灯光照映的水面上微微摇晃着。

我们登上了舰桥。在地面上时,潜艇看起来无比巨大。当你踏上它的时候,你又会觉得它小得让人难以置信——毕竟只能容纳三十九个人。但哪怕现在站在艇上,我也无法确定水线之下的艇身究竟有多大。

无论如何,它依然在水面上轻轻摇摆着。我至今仍能回想起我们在金属的艇上来回走动时嗒嗒的脚步声,就好像踩在一个空盒子上。

沃尔特走到潜艇的塔楼前,爬了上去,轻松地打开了水密封盖。他俯身往里看了看,咧开嘴笑了。

"沃尔特，潜水服。"卡琳抬头提醒道。她最后一个爬上艇顶，弯腰抚摸着金属的艇顶。

"什么潜水服？"

"我的潜水服，我扔在上面没带下来。这个洞穴的舱口也还敞着。"

"听着，卡琳，我们一家找它找了四十年了，现在才终于找到了……你难道害怕有别人闯进来？"

"是的，我有点儿担心，我最好上去收拾好。"

"那他们呢？"沃尔特用下巴示意了一下我和延斯卡，问道。

"你带着父亲的鲁格手枪吧？"

我不禁抓紧了延斯卡的手，只听卡琳接着说："你那么强壮，应该能看得住他们俩吧。"

"卡琳……"

"沃尔特，听我的，最多十分钟我就回来了。"

沃尔特点了点头说："那你快去快回。"

卡琳从艇上跳到洞穴的地面上，然后顺着通道爬了上去。

我们看着通道里的灯光投下的卡琳被拉长的影子，直到连影子都看不见。

沃尔特咒骂道："快点儿！跟我一起进去，我费了这么大劲，可不是为了等这十分钟的！"

60

进入潜艇

空气里弥漫着樟脑球的味道,我们一爬进塔楼就闻到了。

从塔楼爬下去就进入了潜艇的内部。这里的空间十分狭小,不同尺寸的管道横七竖八地排列着,仿佛大大小小的蠕虫黏在舱壁上。狭长的过道一头有一个小小的驾驶室,里面有四个座位,坐下来甚至伸不开腿。在艇里穿行的时候,必须集中精力,否则在穿过一道道水密门时,一不小心就会撞到管道或者天花板。

"终于找到了……"沃尔特低声说道。

他一只手贴在艇壁上,触摸过了仪表、潜望镜、栏杆和舱壁,嘴里反复念叨着"终于找到了!终于找到了!"

艇员舱里同样弥漫着樟脑球的味道,我们穿过一间有一个双层床的小舱——可能是艇长舱,在下一扇小舱门前停下了脚步。

这扇舱门紧闭着,而樟脑球的甜腻味到了这里浓得让人无法忍受。

沃尔特示意我开门,我顺从地用胳膊肘顶开了门。

寻找了这么多年,沃尔特终于站在了答案面前。

房间里堆满了樟脑球,一推开门,有一些甚至还滚了出来。门里的地板上,以及U-612号潜艇的水手长希罗·普什巴赫躺着的小床周围,也撒满了樟脑球。

他穿着制服,双手交叉放在胸前,紧紧压着一本航海日志,正式而又局促地躺在潜艇舱里这短小的床板上。

"他选择在他成长的摇篮里走完自己的一生。"沃尔特站在我们身后低声说道。从他严肃的语气中,我感受到了他发自内心的钦佩和尊重,但其中或许也有一丝嫉妒,似乎他再也没有机会像普什巴赫一样赢得这种"至高无上的荣誉",以这样朴素的姿态,在他宣誓效忠的地方结束一生。

毕竟,无论是普什巴赫还是布伦特,都将秘密保留到了生命的最后一刻。相反,查尔兄妹的父亲于尔根,则经历了常年扮演双面间谍、不断背叛的一生。他先是为美国人的敌人做服务生,然后又反过来找寻美国的敌人——鲍曼留下的黄金,甚至还影响了他孩子的一生。

那一刻，我甚至觉得自己从沃尔特的眼中看到了什么不一样的东西。

但接着，他用枪管戳了戳我的肩膀，命令我把那本航海日志拿过来。

"让我们看看他们是怎么处理装金条的板条箱的。"他嘟囔着开始翻日志。

61

危　险！

一看到查尔兄妹停在路中央的绿色奥迪车,米拉贝尔就从奥黛丽自行车的大梁上蹦了下来。奥黛丽推着车,把它藏在高高的草丛中。接着,她们俩在崖顶附近转了一大圈,以确认查尔兄妹不在周围。看到卡琳的潜水服和氧气罐后,她们在蟋蟀的唧啾声中沉默了一会儿,然后米拉贝尔问道:"他们走了吗?"

"也许吧。"奥黛丽说,"你留在这儿。"

"你去哪里?"

"我下去看看。"

"我也想去!"

听到这句话,奥黛丽的眼睛一定和以前一样,瞪得又大又亮。她认真地看着米拉贝尔,说道:"不行,你在这儿守着,看好自行车。如果看到有人靠近，就大声喊出来。"

米拉贝尔转过头，试图从草丛里找出她们刚刚藏好的车。

"那你要是看到了人，也要大声喊，行吗？"

"好。"

奥黛丽趴下身子，打算悄悄地朝悬崖边爬过去。

"你知道我哥哥是对的吗？"就在奥黛丽准备动身时，米拉贝尔问。

"什么是对的？"

"他说你是世界上最美丽的女孩。"

奥黛丽笑了，"他真的这么说吗？"

"没有。"米拉贝尔回答，"但这是事实，没必要去特意说出来。"

奥黛丽像猫一样敏捷地挪到了卡琳的潜水衣旁，检查了一番，又转动氧气罐看了看，然后爬到了崖顶，向着崖下看去。

她观察了几秒钟，然后选择了一条小径，爬下了悬崖。

一个女人很快出现在米拉贝尔的视野里——是她，卡琳。米拉贝尔一看到她，就屏住了呼吸，埋下头趴在草地上。

该怎么办？大喊吗？她好像还拿着那把枪，如果大喊出来，她会开枪吗？枪打在身上疼不疼呢？被打死了又疼不疼呢？

米拉贝尔揪下一根草，塞进嘴里咀嚼着，然后又紧张地揪了一根草塞到嘴里。她攥紧拳头，直到指甲刺破了虎口的皮肤，她才试着强迫自己开了口。

使劲！大声点儿！得让奥黛丽听到！

她的声音呜咽出来，就好像在旅店里提醒我的时候一样，并没有发出很大的声音。

但她听到卡琳大叫了一声。米拉贝尔抬起头，发现奥黛丽已经从崖边跳回到草地上，抓起氧气罐，用力地丢向卡琳。突然的袭击让卡琳不禁大叫了出来。

"小心！奥黛丽！小心啊。"米拉贝尔焦急地小声嘟囔道。

卡琳毕竟是个强壮的成年人，她一把抓住奥黛丽的胳膊，奥黛丽失去了平衡。一瞬间，两人仿佛都静止在了白色天际线的背景下。

紧接着，卡琳又推了奥黛丽一把，两人的身影分开了，卡琳跌倒在草地上，奥黛丽却不见了。

当米拉贝尔看见奥黛丽坠下去的时候，她终于发出了尖叫声。她之前仿佛被草堵住的喉咙，现在终于叫出了声，但好像已经没用了。

她只能继续躲在草丛里，一动不动，绝望地等待着，度秒如年。

所以有人说过，如果你一直为自己的所作所为而感到羞愧的话，活着可能更痛苦。

62

消失的黄金宝藏

"1943年1月10日,"沃尔特在潜艇控制室大声念道,"压载工程已按计划完成。4月25日,转舵系统修复完成。27日,U-612号准备再次出海。没有人会记得去年8月6日它与U-444号潜艇相撞的事故。"

读到这里,沃尔特笑了出来,"是的,没人记得。"

他往下翻了几页,接着读道:"5月31日,第二次下水仪式。过去所有不幸的痕迹都被抹掉了。6月20日,启动电源。预计下一次任务日期为1943年7月1日。"

在他读日记的时候,我默默地在脑子里忙着把日记上的时间跟布伦特和隆美尔笔记本里的时间进行比对,想着当时世界上正在发生着什么。我们坐在椅子上,身后是潜艇的各种设备,沃尔特则坐在宽敞一点儿的艇长椅里。

"1943年7月1日，黄昏时分，起航。希望一切顺利。啊，确实很顺利。"

他翻了几页，又翻了几页。越往后翻，他的脸色越差。

"怎么会这样！"他不可置信地吼道，"日志到这里就结束了，上面没有任何关于装卸金条的记录！"他愤怒地把航海日志摔到船舱的角落里，"我的金子究竟被藏到哪儿了？！"

我慢慢地走到墙角，捡起那本日志，把它抚平合上，抱在了胸口。

沃尔特冲我一挥手，命令道："跟我走，快！"

他用鲁格手枪指着我的后背，命令我们一级一级地爬下舷梯，踢开或顶开一扇扇舱门，他用手电筒在一个又一个船舱里扫视、搜寻。我们把整个U-612号潜艇翻了个底朝天，一路下到了最底层的船舱里。大海与这里仅仅一层艇壁之隔，我们甚至能听到艇外大海神秘的呢喃。整个艇内除了我们空无一人，发动机舱没有运转，货舱里也是空空如也，完全没有金条的踪迹。

"他们把金条藏到哪儿了？！"沃尔特再次咆哮，他双眼冒火地瞪着我，"你知道吗？快说！快说你知道！快告诉我金子在哪儿！"

我尽可能飞速地把所有已知的信息又梳理了一遍。我回想起马蒂斯给我讲的最后一个故事，试图把当时他提到的日期和航海日志上的时间拼在一起——8月1日，在直布罗陀海峡潜艇假沉没六天后，布伦特和普什巴赫把U-612号潜艇开进了这个洞穴，然后与圣埃克苏佩里会面，登上了他的P-38飞机吊舱，又跳伞入海，乘小艇抵达了西班牙的海岸。他们俩没有时间卸货，圣埃克苏佩里显然也没有时间，因为他的飞行执照第二天就被吊销了。那么这是谁干的呢？

会不会还有第三方知道这次行动？知情的当然还有隆美尔以及他信任的那个飞行员，就是后来轰炸悬崖的那个。还能有谁？鲍曼吗？

突然间，我怀疑我掌握的所有关于黄金的信息都是错误的，我走进了死胡同。我双手抱头，感觉整个脑袋都要炸开了。沃尔特看着我的反应，拽住我的胳膊，迫使我看着他，问道："快说，小子，还有谁知道这件事？"

我盯着他，脑子还在飞速运转着——潜艇是空的，黄金被取走了。我在百科全书上读到过：一根金条重约十二公斤半，两百吨金条就是一万六千根，应该能把我跟延斯卡的两个房间都塞满了。

"究竟还有谁知道？"沃尔特咆哮着，越来越猛烈地摇晃着我的身子。

"放开他，你要伤到他了。"延斯卡在一边尖叫道，但只换来了沃尔特的一把推搡。我觉得她好像撞上了什么东西，然后就看到沃尔特朝我冲了过来。

"还有谁见过这艘潜艇？"

我一下子睁大了眼睛，我之前从来没考虑过这个问题。可能有本地人目睹了潜艇的到来，也许是一个躲在礁石中的孩子……

"马蒂斯……"我喃喃道。

"马蒂斯？马蒂斯是谁？"

U-612号潜艇到来的时候，可能他已经在这里了。这就是他能把整个故事讲得活灵活现的原因。也许他恰好离家出走，也可能正好出来散步，又或者是走在去钓鱼的路上，碰巧看到这个金属的庞然大物在水中滑行，冲向礁石，然后再也没有出来。

当时他做了什么呢？他大概紧紧地趴在礁石上，看见了两个人从山洞里爬出来，像无事发生一样，从容地走开了。他又趴了一会儿，确认再没有别人从里面出来后，他把鱼竿放到了一边，沿着他们出来的小路，四肢并用地爬到了山洞里。或者他跟着他们，一路到了波尔戈机场。在那里发生了什么呢？他看到圣埃克苏佩里迫降——也许他并不是偶然碰上的,而是看到P-38飞机以及那三个陌生人起飞后,一直逗留在机场周围。

这是完全有可能的。

"他当时还只是个孩子……但,可能他真的目睹了一切……"我喃喃道。

"他现在在哪儿?"

我笑了,紧张却又抑制不住地抽动着肩膀,沃尔特见我迟迟不回答他的问题,更加狂躁了,"小子,你在笑什么?停下!别笑了!"

我笑是因为想到目睹了一切的马蒂斯已经是个盲人了,但这是之后的事故造成的。命运和他开了个残忍的玩笑。也许事故的来龙去脉并不是像雷米讲的那样,可能马蒂斯保守着黄金的秘密——至少是保守了一段时间吧,后来他打开了板箱,一点儿一点儿地取走了黄金。但他又能搬走多少呢?他当时才十来岁,哪怕他再强壮,一次最多也就能搬走四根金条吧。他一天又能搬几趟呢?两趟?还是三趟?那最多也就是十二根金条。从8月1日到9月8日,也不过是一个月零一周的时间,除去他观察的时间,最多也就搬了六十根吧?9月8日那天,镇上正在庆祝停战和意大利投降时,隆美尔派来的轰炸机飞过小镇上空,炸塌了山洞。

镇上甚至还有些疯狂的人想要去报复德国人，但马蒂斯不这么想，他意识到了轰炸机的意图。他跑到悬崖边，发现去往山洞的通道已经不复存在了。潜艇和黄金，都不见了。

"快说！"沃尔特又推了我一把。

于是，马蒂斯决定寻求帮助。他和采石场的朋友们说了这件事：塔尔迪、普钦、费迪南德……整个团队的人。他把潜艇、洞穴、轰炸机的事情一股脑儿说了出来，他们听后哄堂大笑，完全不以为意。于是马蒂斯从背包里掏出一根金条，扔到他们面前灰白的石灰粉尘里，几个人全都沉默了。塔尔迪蹲下来捡起金条，擦掉了上边粘着的白色灰尘，直视着马蒂斯的眼睛，让他带路去潜艇停泊的地方，然后他们决定合力挖开一条通道。他们几个都是在晚上偷偷地干活儿，所以没人会注意到他们的诡秘行为。当他们顺利进入停泊潜艇的洞穴时，便共同发誓要保守秘密。他们手按着手，立下了铁的誓言，宣示泄露秘密的人会遭到不幸。

"马蒂斯就住在镇上。"我说道。沃尔特终于停了下来，不再摇晃我，专注地听我继续说下去，"他会讲很多故事，不讲故事就活不下去，其中很多故事都是他编的，剩下的可能是真的。有些是他亲身经历的，有些是道听途说的，还有些是他让人给他读书时记下来的，很难说哪个故事是真的、哪个故事是假的，可能他自己也弄混了……而且，他是个盲人。"

"那个瞎子！"沃尔特惊叫出来，显然他已经知道是谁了，"他知道潜艇的事？"

我点点头，脸上还是挂着紧张且已经僵硬的微笑。

"对，他知道。可能他也是知道秘密的人里唯一有可能说漏嘴的那个。也许采石场的那次事故并不是一次意外，可能他们拿走黄金后，不想让他知道金子藏在了哪里。"

沃尔特看着我，又向我逼近过来。

"马蒂斯说这里没有宝藏，而且……"我回想着，"他说的是从来没有宝藏这回事。"

现在我也不知道该信谁了，也不知道所有听来的故事孰真孰假。唯一真实的是大脑中不断传来的刺痛感、手按着的设备传来的冰冷的金属感，以及被沃尔特挡住大半的延斯卡侧着的背影，她似乎正在四处寻觅趁手的东西要偷袭他。

"快停下！延斯卡！"我立刻阻止道，"事已至此，没什么用的！"

"你这个笨蛋！"延斯卡气恼地骂道。

沃尔特猛地转身攥住了延斯卡的手腕，迫使她跪了下来。他似乎没有生气，也许我和延斯卡的垂死反抗在他看来是意料之中的。

他指挥我们两个靠在一起蹲下。我试图用拥抱安抚延斯卡，但她愤怒地皱着眉头顶开了我，因为我让她的计划泡汤了。但我只是不想让她再受到不必要的伤害而已。

沃尔特抬起了握着鲁格手枪的手。从他的眼中，我仍然看不出任何情绪波动。

这时，突然传来一阵脚步声，仿佛是从艇顶舰桥的位置传来的，离我们有三层楼那么远，却依然在这空荡的金属艇身内回响不休。

"沃尔特！"卡琳喊道，"沃尔特，你在哪里？快来帮忙，他们来了！"

接着，我们听到一阵枪声，噼里啪啦的，就好像巡回表演的马戏团放的礼花一样。杂乱的脚步踏在艇身上，又传来一阵嘶嘶声和隆隆声。

沃尔特咒骂了一声。他一手拿着手电，一手持枪，匆匆爬上舷梯，把我和延斯卡留在了漆黑幽暗的舱室里。

"快给我松开！"延斯卡叫道，"快点儿！"

在黑暗中，我摸索着去找她。但每次刚刚碰到她，她都会厌恶地把我的手顶开，就好像我是个怪物一样。

"延斯卡,是我!"

"别碰我!别碰我!"她歇斯底里地尖叫着。

但我不依不饶地继续试着去搂住她,在黑暗的舱室里,我被她反复撞到舱壁及隔板上,但最终她还是放松下来,呜咽起来。

"都是你的错,都是你!"

"我知道,都是我的错,你是对的,但现在你看……"

"我看什么?这里一片漆黑,莫里斯,这里一片漆黑!"

"他们在开枪!"我努力地安抚着她,"但好像不是打咱们。"

"那又是谁在开枪?"延斯卡抽泣着问道。

我也不知道。一时间我也没有回过神,我只知道我们在一艘潜艇的底部,听到了沃尔特在上面某个地方的脚步声,以及卡琳用德语发出的咒骂声。接着就是枪声,有些声音很轻微,有些却像大炮一样轰隆轰隆地回响在艇里。

"爸爸妈妈现在在哪里?"我们抱紧了彼此,延斯卡在我耳边问道。

"我不知道,但我能肯定他们没事。"

延斯卡不哭了,我能感觉到她擦了擦眼泪。

"米拉贝尔又在哪儿?"

"她应该也没事。"我想了想又说道,"刚刚我只是不想让他伤害你。"

"但我想打晕他。"

"那是徒劳。"

我听到她抽了抽鼻子。

"现在我们怎么办?就在这儿待着?"

我转了转头,说:"我们什么都看不见。"

又是一阵脚步声、一声枪响、一声尖叫。

"所以我们就得坐在这儿,等他们处理完上面的事再下来干掉我们?"

我也没了主意,不知道该说些什么。

"往前走,然后往右转。"

"往哪儿的右?"我没反应过来,问道。

"我什么也没说,你看着办吧。"延斯卡说。

"好好好,先往前走,然后再右转。"我蹑手蹑脚地站起身,生怕再碰到东西发出声响,突然意识到了什么,问道,"刚才不是你,对吧?"

"不是我?什么不是我?"

对,不是她,是法布里斯告诉我的。我在黑暗中不禁笑了出来,然后摸索到延斯卡的手,捏了捏,说道:"来,我们出去吧,梯子应该在前边右转的地方。"

她没有挣脱,顺从地跟着我的步子走了出来。

"加油,法布里斯,"我暗暗想道,"请带我们出去。"

63

自 救

还没走近,我们便听到了沃尔特的声音。

"你们再往前一步,我就杀了那两个孩子,听明白了吗?"他穷凶极恶地喊道。

延斯卡和我手拉着手,小心翼翼地挪着步子。我们向指挥室里望去,勉强能分辨出一些阴影。过道再往前一点儿的顶上,从塔楼的入口处射进来一束圆锥形的光。

沃尔特被堵在了塔楼的梯子上。

我们又听他喊了一句:"你们没听明白吗?"

我们看到他的一只脚从塔楼的梯子上探了下来,他被困在梯子上进退两难。

"你们投降吧!"潜艇外有个男人的声音喊道,"你们没有机会了，放下枪，举起手来！"

他的声音离我们太远了，根本听不出是谁在说话。

沃尔特恼怒地用枪柄砸了一下塔楼的艇壁，艇壁被砸得嗡嗡作响。

"那么如你们所愿，我现在就把那两个孩子送走！"

又是接连的几声枪响。

"快把孩子们放了！"

"我这就去！这就去，一个接一个地送他们上路！"

"查尔！"

外面吼了一声，后面还说了些什么，但我没有听清。

沃尔特咒骂了几句，从塔楼的舷梯又往上爬了几级，可能是在观察外面的情况。

我们对外面发生的事情一无所知，更不知道沃尔特在跟谁纠缠——尽管我希望那个人能占上风。无论外边是谁吧，起码那个人说的是"孩子们"，说明他知道我们是谁，而且和查尔兄妹不是一伙的。如果沃尔特真的打算像他自己说的那么干，他马上就会退回潜艇里动手了，那么他也就失去了谈判的筹码，会被永远困在这里。但只要局面还在僵持，我们就还是沃尔特的人质，无路可逃。延斯卡应该也在心里盘算了一番，她扯了扯我的胳膊，附在我耳边轻声说了几句。

"我不确定。"我轻声回答道。

"起码我们可以试试。"

对,起码我们可以试试。

延斯卡向前走了两步,扭头看了我一眼,仿佛是在问:"我可以吗?"

沃尔特还待在舷梯上,仿佛一只栖木上的乌鸦。我轻轻地点点头鼓励她。

延斯卡又往前走了一步,大声说:"投降吧,我们一个换一个!"因为刚哭过,她的声音有些嘶哑,但我仍为她的表现感到骄傲。

沃尔特一动不动地伏在舷梯上,就像没有听到一样。于是延斯卡又尽可能地大声重复了一遍。这次她的语气坚定多了。

沃尔特从舷梯上跳了下来,他蹲地缓冲了一下,然后直起身,用手电筒照向我们的方向。当他意识到刚刚是延斯卡在说话时,哧地笑了出来,"嘿,你们觉得自己很聪明吗?"

他手里还握着那把鲁格手枪。

"放下枪,我们来讲讲条件。"延斯卡重申了一遍。

"条件?你们有什么资格跟我讲条件?"沃尔特恶狠狠地朝

地上唾了一口,"我唯一的条件就是你们两个小东西……"

说时迟那时快,他突然朝我们扑了过来。

接下来发生的事我便记不清了。我只记得延斯卡把我往后一推,冲上去和他扭打在一起,一团明黄色的火焰在他们手中炸开。

我听到子弹在狭窄的金属过道中嘶嘶作响,如果我此刻闭上眼睛,漆黑的视界里,也许会看到它碰撞舱壁弹起的两朵金属火花。

然后,我感到一道火辣辣的痕迹撕裂了我耳朵上方的空气。我向后撞到了水密门凸出的门沿上,又重重地摔在了地上。

64

清　醒

当我再次睁开眼睛的时候,我已经躺在巴斯蒂亚医院的病床上了。这是一栋崭新的小楼,透过巨大的窗户,窗外的海景一览无余。宽敞的病房里摆放了四张病床,但只有我一个人躺在这里。

爸爸妈妈陪在我的床边。他们并排坐在一起,爸爸膝盖上放着一份打开的《尼斯早报》,我极力挣扎,却发不出任何声音。

妈妈率先发现我醒了过来,一把搂住我的脖子喜极而泣。

"莫里斯!莫里斯!"她不断地念叨着。

我的脑袋、手肘都疼得厉害,喉咙也干得要命,我感觉到妈妈在轻轻地摸着我的脸,我朝她笑了笑,问道:"爸爸心心念念的那个小餐馆味道如何?"

"这真是……天哪!"妈妈不禁惊叫了一声,用双手捂住嘴巴不肯再回忆下去。果然跟我预想的一样,只有爸爸才会喜欢那个地方。

爸爸绕到了床的另一侧,紧紧抓住我的右手,既尴尬又欣喜地看着我。

当我望向自己的手时,才发现我的手背上扎着静脉注射的针头。一共有两个针头,我盯着点滴架上的两大瓶药水,它们正顺着针管一滴一滴匀速地滴下来。

"你感觉怎么样?"

"浑身疼。"其实我也不知道现在感觉怎么样,更不知道自己是怎么来医院的。

"估计也是,你做得非常好。"妈妈说,"延斯卡把一切都告诉我们了。"

我吃力地把头转向她,静静地听着。

"你摔得很厉害,"妈妈说,"你……你们……我真不知道你们当时会怎么样。"她眼睛里亮晶晶的泪花涌了上来,声音也颤抖起来。

"幸好都平安无事,"爸爸开口说道,"也多亏塔尔迪先生及时赶到了。"

我听到了他说的话，但已经没有力气再转头去看他了。看来延斯卡讲述的是另一个版本的故事。她说的是我们从悬崖上摔下来了吗？我们在潜艇里听到的与沃尔特对峙的男人，真的是塔尔迪吗？

妈妈生气地补了一句："对了，说到延斯卡，我去喊她，她让我一看到你醒了就告诉她，她想第一个跟你说话。"

我心里暗想："我也是这样想的。"

"你得感谢你的好姐姐，知道吗？"妈妈俯下身，又吻了吻我的鼻子说，"她在这儿陪了你一天一夜。"

"一天一夜？今天是周几？"

"现在已经是周三早上了。"爸爸回答道。

我调整到一个更舒服的躺姿。

妈妈一离开房间，爸爸就凑到了我的枕边，说道："你妈妈让我什么都别说，但是……"他又抬头确认了一下妈妈确实走出去了，"你的朋友可没你这么走运……"

"怎么了？"

"你虽然摔成了脑震荡，脑袋还被割了个大口子，但起码逃过了一劫。但奥黛丽……"

我们听到脚步声越来越近。

"对不起，我的孩子……"爸爸补充道，"我真的很抱歉。"

65

枪响之后

"关于那些,他们是怎么说的?"屋里只有我跟延斯卡两个人的时候,我迫不及待地问道。

她已经在我床边坐了整整一个上午了,午餐时间她费了好大口舌才说服爸爸妈妈回家告诉米拉贝尔我醒了,而且状态还不错。护士给我端来了一份蔬菜汤和没有加盐的煮鸡肉。

"你说哪些?"延斯卡一边给我喂汤,一边漫不经心地问道。

"家里地下室里的那些。"

"地下室里什么也没有。"

"别开玩笑了。"

"我没开玩笑,地下室里确实有面墙塌了,但那是锅炉爆炸造成的,除此之外什么都没有了。"

"怎么可能？我记得一清二楚，当时我看到墙后边有个房间，里面还有桌子，还有……你就在里面呀！"

"确实，但可能……我们是唯一的见证人了。"

我啜着汤，想着这句话的含义，问道："是谁把地下室恢复原样的？"

"普钦。"延斯卡平静地回答道。

"那么塔尔迪，他……"

她还是没有吭声，只是平静地点点头，"塔尔迪紧接着就冲了过来。"

"紧接着什么？"

"你掉落悬崖之后啊。"

"别瞎说了。"

延斯卡又给我喂了几勺汤，说："那个沃尔特倒下之后，他就冲过来了。"

"天哪，延斯卡，到底是谁……？"

"我也不知道，反正枪响了，子弹从舱壁上弹回来，我不确定是击中了你，还是击中了他。"

我不禁笑了起来，我感觉头骨都在随着笑声震颤。于是摸了摸太阳穴，紧紧裹住脑袋的绷带摸起来有两圈那么厚。

"疼吗？"延斯卡皱着眉头问道。

"笑的时候疼。"

"那就别笑了。"

"你这又算是在教训我吗？"

"傻瓜。"

煮鸡肉不仅颜色惨白，吃起来也味同嚼蜡。我努力咽下去四口，咀嚼的时候下颚开合，牵连得头顶又是一阵疼痛。

"查尔兄妹怎么样了？"我放慢了咀嚼的速度和幅度，还不忘问了一句。

"官方说法吗？"

我费力地把鸡肉咽了下去，听延斯卡说道："镇上的人说他们给布兰迪太太留了一个月的房租，然后不辞而别了。"

"那非官方的呢？"

"从这个世界上永远消失了。"

听到这儿，我瞪大了眼睛，"到底怎么回事？"

"一个，算是他自己的子弹没长眼睛；另一个，可能是塔尔迪、费迪南德或者雷米干的吧。"

我尽量保持冷静，问道："他们都赶过去了？"

"镇上这些男人都去了。"

我推开盘子,顿时感到筋疲力尽,"你看,我是对的吧?"

延斯卡下了床,说道:"关于这个问题,我保留离开这里后再与你详谈的权利。"

我看着她,问道:"除了奥黛丽,镇里的每个人都知道。"

她没有继续说明,反而露出了一个笑容:"欢迎来到多特雷梅尔。"

"什么意思?"

"现在我们也知道了。"她拿起托盘,我终于不用继续忍受那淡菜汤和煮鸡肉的味道,一歪头不知不觉睡了过去。

我梦到潜艇在漆黑的海中航行,悬崖上灯塔往返扫射的光芒透露着威胁,驱逐舰的探照灯也不断地穿刺着海面。

我梦到我就是艇长,向艇员们发号施令,接受命令的艇员中赫然站着普什巴赫,但还有另一个穿着军装的男人,一脸敌意地盯着我。

我梦到我说的是德语。

66

勇敢的米拉贝尔军士

"你还需要什么吗?"那天下午,延斯卡坐在我的病床前问道。我们在等着爸爸妈妈带米拉贝尔来接我。中午的时候,延斯卡恰好在走廊听见爸爸妈妈给在家的米拉贝尔打电话,她告诉我当米拉贝尔得知我醒了的消息时,连她都能听见电话那头我们小妹妹那欢呼雀跃的声音。

"她没多说什么吧?"我问道。

延斯卡摇摇头,"她只是年龄小,但很勇敢。我们运气也不错,她躲的地方听不到我们在地下室里遭遇的事情,而且之后她也没下去看。"

"是她跑去找的奥黛丽?"

"没错。"

我咬了咬嘴唇,然后紧张地在被窝里翻了个身,"你觉得我什么时候能见到米拉贝尔?"

"很快。"延斯卡提醒道,"慢点儿翻身,小心针头。"

那个白天,我翻来覆去地想了好几小时,把我这个假期的全部经历总结成了你们正在读的这个故事——当然也是因为我躺得太久太无聊了。米拉贝尔当时本可以用旅店的电话求助,或者去镇里找雷米或塔尔迪,或者直接告诉福考特太太发生了什么,然而事实上她的选择才是最正确的。

她守护了我们的秘密。她有资格留在我们的小团队里。

"米拉贝尔军士,她应该获得一枚奖章。"我嘟囔着。

我们俩都沉默了一会儿。我想起了刚刚做的梦,于是我把梦里的事情告诉了延斯卡,还问她是否可以在我出院后给我上几堂德语课。

"你确定你不是需要点儿别的什么?"

"不要了。不对,我还得要点儿东西。"

我跟她要了笔和纸,就是写下你们现在看到的这个故事的笔和纸——虽然严格来说你们看到的已经是第三版稿子了。

"还要什么吗?"延斯卡把东西递给我,不屑地哼了一声。

"你能帮我去借一本书吗?"

"帮你什么?"

"我们现在在巴斯蒂亚,对吧?这里有图书馆,你去帮我借一本书吧!"

"看看你现在这副惨兮兮的样子吧,莫里斯,你竟然还说你想看书?"

"看完我还得写一本呢!你就说行不行吧?"

"你可真是疯了。"

"你去帮我借书,我就把我所有的录音设备都送给你!"

"我要那些玩意儿干什么?"

"你可以把它们转手卖掉,钱你留着。"

"你可别诱惑我!"

"不然呢?"

接着延斯卡扭头就跑到了走廊里。

这时,米拉贝尔恰好进来了。

67

回　家

这次再从副驾驶的位置看出去，巴斯蒂亚到多特雷梅尔的道路在我眼中已与之前大不相同了，也可能是因为我在这个夏天经历了太多太多吧。滨海公路上，一队队的货车和商队来来往往，路边还站着挥手想要搭便车的背包客。一侧的岩壁上长着我从未见过的巨大的紫白相间的九重葛、叶子尖尖的龙舌兰，还有散发着树脂香气、被海风吹弯了树梢的海松。远处的海面上依旧是星罗棋布的风帆。面包店、肉店、杂货店、小卖部，明明之前已经见过，甚至是以前还经常去的地方，现在对我来说仿佛都是全新的。爸爸说我一路上都没怎么安静过，一直在四处张望、指指点点。

当汽车驶过最后一段公路，我认出沙丘连绵的曲线时，我终于沉默下来。我们路过了塔尔迪的家,路过了我和奥黛丽爬过的沙丘,看到了矗立在海边的拿破仑旅店。旅店大门敞开着,门口停了三辆陌生的车,我惊讶地扭头看了一眼爸爸。

爸爸笑着说:"旅店已经开张了。"

好像这是一件再普通不过的事情了。我在医院里住了十二天,而在这期间,他们已经把旅店从里到外彻底修整好了。

爸爸把车停到一辆黄色车牌的英国车旁边。

"其实旅店还有些要修整的地方。"爸爸边下车边说,"但不管修整得多么完美,总会有新的问题出现,不是吗?如果想等到它尽善尽美时再开业,那我们可能永远都不用开业了。"

我犹豫着打开车门。

"我和你妈妈觉得旅店还是要有人气,热闹起来才好。"

我偷偷看了爸爸一眼。他知道那些事吗?也许普钦已经把地下室的事情告诉他了?也许他已经知道布伦特曾经是纳粹海军上尉了?

我一直倾向于这么想。我总觉得爸爸知道天底下所有的事,包括我这个夏天经历的所有事,还有我以后会遇到的事。而且我之所以能做这些事,某种程度上都是他默许我去做的,哪怕其中有死亡的风险;但爸爸既然知道会发生什么,那我就不会有事,何况他一直陪在我身边。

米拉贝尔和延斯卡在给阳台上的长桌摆放食物,妈妈做了一份美味绝伦的意大利面,如果帕斯卡尔来了一定会对它赞不绝口的。

我们的客人在花园外的沙滩上铺着毛巾嬉戏。每当海风吹过,我们都能听到他们兴奋的尖叫声。

"他们可真是有爱的一家人。"妈妈抬头看了看沙滩说道,"他们家里有个十几岁的小伙子,还有个很能闹腾的三岁的小妹妹。"

"院子里另一辆车是谁的?"

"荷兰人的。"延斯卡说道。我注意到她的语调中夹带着一丝欢快。

米拉贝尔插嘴道:"他们是一家三口!"

爸爸打量了一眼延斯卡,似笑非笑地说:"荷兰人和德国人有点儿像,语言也是……"

"所以他们家的孩子一定是个高大的帅小伙吧。"我猜测道。

延斯卡用叉子指了指我,警告道:"不要瞎想,明白了吗?"

我们在阳台上吃了一顿愉快的午餐,然后我鼓起勇气走进旅店内部。大厅依旧清新又宽敞,爸爸给墙壁刷的绿漆让它更加明亮。他们只保留了布伦特的一组旧橱柜,把其他大部分桌椅都搬走了。

我摸了摸前台的吧台,看见新钥匙挂在黄铜挂钩上。除了我们一家的房间钥匙,上面少了三把钥匙。我又看了看楼梯,抬脚刚走到第一级上,就停下转过身来。

我听到延斯卡走了过来。

"去看看吧,没关系。"

布伦特的书房变成了供客人们使用的小图书馆,我的书也都从床底的盒子里拿出来摆在里面了。爸爸妈妈则搬到了布伦特以前的卧室里,那个装满衣服的大衣橱被搬了出去,房间被漆成了明黄色。面向花园的百叶窗大大地敞开着,一阵阵花香沁入房间里。我和米拉贝尔的房间也被漆成了明黄色,延斯卡则选择了深紫色,她还没来得及在墙上贴上喜欢的海报。

米拉贝尔有了新的装毛绒玩具的盒子,准确地说是三个大盒子,它们还可以相互拼叠在一起,组成一个房子。米拉贝尔兴奋地拖着我,强迫我钻进她的小房子里,向我扔过来一大堆蛇和小熊的玩具。

我摸了摸自己的床和床头柜上摆着的书,延斯卡拉开抽屉,把U-612号潜艇的航海日志递给我,就是沃尔特扔到墙角又被我捡回来的那本。

"我觉得你会想在你的柜子里看见它的。"

我真想抱抱我的好姐姐。她甚至想过要替我把借来的《第三帝国》还给哈马杜克小姐。我真的很感谢她。

一切都很完美,这个世界是那么美好。

然而我的心底总感觉还是压着一块大石头。

延斯卡能理解我的感受,她把米拉贝尔拉到一边陪她玩了起来,告诫米拉贝尔不要来打扰我。我必须要说一句,我从未像那天那样,后悔自己对姐姐曾经有过种种不满与恶念,尤其想收回以往认为她不在乎他人感受及没有同情心的评价。也许是因为我总是沉浸在与幻想中的法布里斯的对话、电影还有录音这些乱七八糟的东西里,忽视了她这些优秀的特质吧。

他们还修好了地下室的灯,但我花费了至少五分钟才走完楼梯。

当我走到锅炉房门口时,我看到了一根尼龙晾衣绳,一直伸进了洗衣房里。洗衣房里的床单都挂在上边,已经晾干了。

锅炉房的新锅炉在慢吞吞地轰隆作响,仿佛它一直在那里,像是这栋房子的承重墙一样,从未被挪过位置。

我看得出神,甚至没有注意到背后的脚步声。直到塔尔迪清了好几下嗓子我才转过身。

他就站在锅炉房外,肩膀宽阔,胡子浓密,目光深邃而又神秘,"他们告诉我你今天回来……"

听到他开口,我无缘无故地感到心跳加速,"是啊。"

我还没想好如何看待他以及他在采石场的朋友们,还有马蒂斯,以及他们来救我们时在山洞里发生的事。我甚至不知道是谁在艇外开的枪。我们面对面站着,彼此都很尴尬,不知道从哪儿说起。毕竟我们有了一个共同的秘密。

"我检查了你的轮胎和刹车,"塔尔迪生硬地说,"车况不错,随时都能骑。"

"谢谢。"我发自内心地说道。然后我们都沉默下来。

终于,我鼓起勇气,打破了僵局——指着锅炉后的墙问道:"你们这些人都知道,对吧?"

"知道什么?"

"所有的事,布伦特、潜艇、黄金……"

"莫里斯,根本没有黄金。"

"哦,当然。我以前就听人这么说过。"

"真的没有。"他又重复了一遍,我咬了咬嘴唇,盯着他的眼睛。

"那马蒂斯的眼睛也仅仅是意外喽?"

他突然愤怒地挥了挥拳头,头发和胡子仿佛都竖了起来。但随后,他一声不吭地转过身回家了。

68

事　实

马蒂斯安静地坐在海边一条蓝色长凳的一头，等待着哈马杜克小姐来为他进行下午的朗读活动。他们现在读的是《纽扣战争》，又是一部经典的儿童读物。

"我是来还书的。"说罢，我坐到了他的身边。我把初版的《小王子》放在长凳上，往他的方向推了一下，书正好停在了我和他中间。

"我为发生的事感到抱歉。"他把脸转向大海。

我没有说话。

"我该为此负责。"他又说。

"你该为给我讲了一个很棒的故事负责。"我说，"但这个故事缺少了一个很重要的部分。"

"我不明白你的意思。"

"故事缺了你看到潜艇驶入岛上的洞穴这部分。"我平静地说道,"还有你看见普什巴赫和布伦特从洞穴里走出来,包括你把这件事告诉了你在采石场的伙伴们。你的故事缺少了这些事实。"

这下轮到他不说话了。他摸了摸坐着的长凳,把起皮的小片油漆都剥了下来。

"他是故意的,对吗?"

"故意做什么?"

"掉在你眼睛里的生石灰。"

我能感到他的震惊。他转向我,难以置信地把眼眶对着我。

"不,不不不,你怎么能这么想?那就是一个意外!只是意外!塔尔迪就像我的父亲一样!他对我总是百般爱护!百般爱护,懂吗,孩子?!"

看到他的反应,我又有点儿动摇了。

"你把黄金藏在哪儿了?"我问道。

马蒂斯一下子站了起来,猛地伸开双手,仿佛要大喊大叫,又像要拥抱什么人一样。随后他坐了下来,双手抱头,轻声地笑了起来。

"有什么可笑的?"我问道。这笑声让我很不安,也让我感到被冒犯了。

"我笑是因为我能理解你所想象出来的整个故事,也是笑你大错特错了。我和塔尔迪,包括帕斯卡尔、费迪南德、普钦,还有格林考特这些人,我们之间的关系如果是你想象的那样,我压根儿不会告诉你这个故事。我因为事故双目失明,而他们如兄如父地照顾了我很多年,这就是事实。"

"那黄金呢?"

一只海鸥在海面上尖叫着滑翔而过。

"从来都不存在什么黄金,我从一开始就告诉你了,莫里斯。根本没有宝藏或者黄金,小王子计划从未真正实施过。悬崖底下确实藏着一艘潜艇,很多人也都不想让它被发现。然而他们都已经去世了。圣埃克苏佩里、隆美尔、布伦特、普什巴赫,还有蝴蝶特工以及他的子女。只有你和我,以及我的朋友们还好好地活在这个世界上。我们就此达成一个协议,这是一个事关战争、鲜血和生命的协议。从某种意义上来说,这也是一个事关荣誉的故事。两个崇尚荣誉的人坚持到了最后,来守护一个从未存在过的宝藏的故事。虽然故事发生到后面已经超出了他们的控制范围,但对他们来说,信守诺言、保守秘密才是最重要的。"

我站了起来,因为我看到哈马杜克小姐的身影已经出现在了路的另一头。

"那你呢,莫里斯?"马蒂斯问道,"你认为你能信守诺言吗?你觉得你能保守住这个秘密吗?"

69

航海日志的真相

我又做了那个梦。

潜艇在风暴中航行,驾驶舱在狂暴的海流中摇摆不定,艇员都死死抓着舱壁的把手保持平衡,过道的应急灯也在不停地闪烁着。

我虽然坐在剧烈摇晃的驾驶舱里,人却冷静得出奇。"感觉不错。"我想。

在梦里,总有一个人死死地盯着我。他的目光平静又充满敌意,在疯狂摇晃的船舱里纹丝不动。我只有在梦里才见过这个面孔。

我试图与他对视,想和他说话,但却失败了,因为我每次都会被别的事干扰。

"我们的潜艇太重了,长官!"突然有人冲我喊道。

"长官!长官!"是我们的水手长普什巴赫,他的长发毫无章法地往后梳着,眼神也死气沉沉的。

潜艇里的人用德语对话,不过我听得懂。但只有那个人说的话,我一个字都听不懂。

"长官,我们可以释放压舱物吗?"

"我可以让他们释放压舱物吗?"

"不,普什巴赫,"我回答道,"不可以。"就在这时,我意识到我在梦里变成了布伦特。我一下子惊醒过来,冷汗浸透了我的睡衣。

窗户半开着,米拉贝尔躺在床上打着小呼噜。

"他究竟对普什巴赫隐瞒了什么呢?"我自言自语。

如果潜艇上确实没有装载黄金,那下达命令的时候为什么要含糊其词呢?布伦特,你究竟知道什么别人不知道的信息呢?梦里那个想和我对话,而我却听不懂他在说什么的男人又是谁?

我从床头柜里翻出那一本本相关的笔记,然后把床头灯蒙到被子里打开,确保不会惊醒米拉贝尔。我翻遍了手头所有的笔记,隆美尔的,布伦特的,U-612号潜艇的航海日志,上面还写着我姐姐的翻译。但我这次并没有去读笔记的内容。

隆美尔的日记是一本出版的印刷制品,页边空白处的批注和我在花园里挖出的本子上的笔迹一模一样,都出自布伦特的手笔。然而,航海日志上的笔迹全然不同,它看起来更加工整、规范,字母间距均匀,书写人显然很冷静。

我想,这应该出自一只会画图的手,或者一位技术人员的手……普什巴赫吗?

有这个可能。我去他的房子搜索过,这位水手长十分细致、干净、认真。他也符合技术人员的特点,会修理各种东西,比如拖拉机发动机或者发电机。我记得我和奥黛丽还有布兰迪太太进门的时候,看到桌子上放着几份文件,当时我还拿他写字的方式开了个玩笑,因为他写的字都是歪的。

可是航海日志上的笔迹一点儿也不歪。

而且日志为什么会在7月1日结束?正好是起航的那天?

突然,我想到了答案。我梦中的陌生人说着我听不懂的话,日志停在1943年7月1日……这一切都指向同一个答案:这本日志是船厂工程师特雷滕施密特中校写的,马丁·鲍曼曾邀请他与布伦特共进了一次秘密晚餐,而他在潜艇起航当天去世了。

70

神秘的压舱物

塔尔迪再见到我时很惊讶,但他很快就调整好了表情和情绪。

"我正在吃早餐。"他看着我,平静地问道,"有什么能帮你的吗?"

晨曦包裹中的石头"堡垒"仿佛没有我记忆里那么可怕。

"我想我有一只鞋落在您这里了。"

他笑起来,挠了挠头,"啊,那个比赛之夜。"他点点头,"你可吓了我一跳啊,孩子。"

我把自行车靠在墙边,跟着他走进可以仰视整个沙丘的小厨房里。

"世界杯踢得怎么样了?"

当然我在住院时已经听过不少世界杯赛事的新闻了。在我看来，法国队踢得相当不错，至少在遇到德国队之前是这样的。

"输给德国队了，真让人遗憾啊!"

"至少我们还能争第三名吧。"我说道,"第三名总比最后一名要好得多,不是吗?"

"世界杯只有一个冠军,要么夺冠,要么回家……"塔尔迪摇了摇头,在桌子的另一头坐下来,我便在他对面坐下。

"好了,我们换个话题吧。也别聊你的鞋了,鞋被夹坏了,所以我把它丢了。还是说说究竟是什么风把你吹来的?"

我把背包放到地上,双肘撑在桌上。我要聊的话题确实不太容易开口。

"我想为昨天的口不择言道歉。"我咬咬牙,终于说了出来,"我真是个傻瓜。"

塔尔迪咯咯地笑了起来,说道:"我能理解。"

"不,我是认真的。"

"那我接受你的道歉。"

"我错了。"我又说了一遍。

"我告诉过你了,不要胡思乱想,那对我们来说都是一段痛苦的记忆。我们应该向前看,对吗?"

"确实如此。"

"那么我们五个就算达成协议了，对吧？"

"五个？"

"还有你的姐姐妹妹呢。"他又补了一句，然后端起大茶缸，咕咚咕咚地喝起了牛奶，牛奶飞溅得满胡子都是。

他站起身，似乎准备终止我们的对话了。

然而我并没有打算就此结束。我从地上的背包里，掏出一本书递给了他。我不敢看他的脸，生怕他的反应再次吓到我。

"还有一件事，塔尔迪先生……这是我在巴斯蒂亚住院时，让延斯卡帮我去借的。"

我把书的封面正对着他。这是一本关于潜艇的书。他什么也没说。

"我一直都在想这些事，您明白吗？我相信延斯卡也是，当然还有其他人。我得出的结论是，也许我们错了。我是认真的，塔尔迪先生，所有的知情人——帕斯卡尔、普钦、格林考特、费迪南德，我相信还包括雷米，雷米也知道的，对吧？哈马杜克小姐呢？我对马蒂斯有所怀疑，因为从他给我讲故事的角度来看，他是有自己的想法的。但我也没有告诉过别人——至少是保密了一段时间……"

眼看塔尔迪的表情明显变得不耐烦了，我马上加快了语速。

"当然了,有多少人知道已经不重要了。我信守我的诺言,我也相信所有听到的故事,一字一句都相信,包括那些写下来的也是一字一句地相信,不过有个别字句引发了我的思考。塔尔迪先生,请看这里,还有这里,我不确定您是否懂德语,所以我请人翻译了这些句子。对,幸亏有延斯卡,我才能看懂这些句子,我们一起看一下吧。"

"孩子……"

"五分钟!塔尔迪先生,我只需要占用您五分钟,然后您就可以把我从座位上一脚踢出门去。请先读一下这部分吧,这是U-612号潜艇的航海日志,我认为这是潜艇修复项目的负责人特雷滕施密特中校写的,显然这是很德国化的人名,读一下吧,拜托您了。"

塔尔迪显然很恼火,他在桌上寻觅着,仿佛要找什么东西发泄,然后重重地吐了口气,从厨房的架子上找到一副眼镜戴上,拿过日志读道:"1943年1月10日,压载工程已按计划完成。"

"就是这里!"我叫出声来,"您不觉得他们设计的压舱物很有趣吗?甚至让我觉得有点儿疯狂,但我相信不止我一个人这么形容。你再读一下布伦特日记里的这一句,可以吗?"

"1944年9月16日,我们在MB家里共进晚餐……"

"MB就是马丁·鲍曼的缩写。"我插了一句话。

"……谈及事关祖国未来的特殊运输工具。这个迷人的想法近乎疯狂。我很荣幸能参与其中。"

"疯狂又迷人,明白了吗?事实上,这个计划就是打捞并修复一艘在与U-444号潜艇演习期间沉入浅海的U-612号潜艇。这个计划是高度保密的。但我想知道的是,除了普通的保密原则,如果不是为了装上几箱黄金,为什么要大费周章地找回这么一艘沉没的潜艇呢?"

听我说到这里,塔尔迪坐了下来。

"然而他们还是把这艘潜艇捞回来了。"我接着说道,"那么在这里,特雷滕施密特为什么要写……"

"1943年4月25日,转舵系统修复完成。27日,U-612号潜艇准备再次出海。没有人会记得去年8月6日它与U-444号潜艇相撞的事故。"

"然后呢?"我催促他念下去。

"1943年7月1日,黄昏时分,起航。希望一切顺利。"

"感觉不错。"我重复道,"只有可怜的特雷滕施密特没能成行,因为他就是在那天去世的。在同一天,布伦特在日记里写道……"

"重新回到了海上，不是所有的铅都不发光。"

塔尔迪停下了，抬起头与我对视，明白了我的用意。

"我借来的这本书……"我拿起来晃了晃，"上面说一艘U-612号ⅦC型潜艇在航行时需要携带两百吨铅作为压舱物。"

塔尔迪的肩膀突然垂了下去，我没有说话，因为我决定多给他点儿时间来消化这个消息。

"塔尔迪先生，我知道您是个好人。我花了好久才明白过来，您是个热爱家乡的人，您爱这个镇子胜过世界上的一切，哪怕它仍然这样贫穷和落后，或许这也是您爱它的原因吧。我们不应该让您难过。有机会的话，我想您的孩子也有可能回到科西嘉岛工作；马蒂斯或许也能通过手术重见光明，现在美国的医学技术已经很厉害了；布兰迪太太或许有机会实现环游世界的梦想；或许我们有机会把拿破仑旅店装修得更好，购置新的日光浴床和其他的新设施。当然了，我们的需求不值一提，这个世界上还有很多善事值得去做。但无论怎么花，两百吨黄金仍是一笔巨额财富。但不一定要按我说的这样做，而且我也不知道它是真是假，我只不过是个小孩子罢了。但如果是您，毕竟您已经做了许多年好事，您会知道该怎么做的，一点一滴，不引起任何人注意，或者大家都知道了，但谁都不会说出来。您觉得可能吗？"

71

胜　利！

那次事件之后，我第一次来到奥黛丽家里。我轻轻地敲了敲她的房门："是我，方便进来吗？"

听到回应后，我把门推开一条缝隙，抱着一个大纸箱轻快地侧身滑了进去。

"天哪，你抱了些什么东西啊？"奥黛丽惊讶地问道。

"你马上就知道了！"我朝她眨了眨眼。

我走到床尾的位置，打开盒子，抱出一台红色的米瓦尔牌便携电视机，装上了天线圆盘，然后开始一根一根地插上天线。

"你现在感觉怎么样？"我边干活儿边扭头打量着奥黛丽。

奥黛丽躺在床上，看起来比平时还要瘦小。天气还是十分炎热，她的右臂和腿上仍然打着厚厚的石膏，甚至连想挠一挠发痒的地方都做不到。她妈妈帮她把头发扎了起来，多少能让她感到凉快一点儿。奥黛丽从悬崖上跌下去，却奇迹般地活了下来，而且万幸，她没有伤到脊椎骨。但当急救人员发现她的时候，她也已经遍体鳞伤，呼吸微弱，摔断了几根肋骨，而且还摔掉了三颗牙齿。

但此时她的眼神和往常一样，总是隐约带着挑衅的意味。

当我装好最后一根天线，把整个天线圆盘支到窗外时，奥黛丽说："这像是塔尔迪家的那台电视。"

"哦，不，他家的电视比这台大得多。"

奥黛丽微微侧身，问道："大家都去他家看比赛了吗？"

"也不是全去了。"我回答道。

我打开电源，寻找法国第一频道，调整天线，问她电视画面怎么样。

"你能告诉我，你忙活这么一阵子到底想让我看什么吗？"

"法国队和比利时队的世界杯第三名争夺战，算得上是国家大事了吧。"

奥黛丽不解地瞪着我问道："那又有什么区别呢，反正不会是冠军了。"

"但说不定能拿个季军呢！"

时间转眼到了晚上六点，窗外的晚霞仿佛烧红的龙虾壳一样炫目。夏天的晚上就是这样，太阳总会晚一点儿落山。接下来，我们安静地看着比赛。我们都不是足球爱好者，但不介意共同分享这一历史性的时刻。

然后，我们都喜欢上了普拉蒂尼。

然而这场球开局不利，仅仅过了十分钟，我们就已经落后一球了，比利时队在开场占据了优势。不过费拉里和帕潘连续进了两个球，使我们相信比赛的主动权又回到了法国队手中。

中场休息时，我下楼去厨房拿了奥黛丽妈妈准备好的零食。当我回到房间时，我发现奥黛丽正抬头看着我。

"你看累了吗？"

"有点儿，但我有件事要告诉你。"

"必须在中场休息时告诉我吗？"

"是的。"

"那你就说吧！"

这句话似乎冒犯了她。她没有继续说下去，也可能她忘了自己要说什么。比利时队在第七十三分钟又进了一球，比赛被拖入了加时赛。从电视画面里能看到，球员们都很累了，但他们还是拖着步子再次走进了球场。

"我们赢定了！我相信我们会赢的！"我自信满满地说道。

第一百零四分钟，根吉尼进了一球，阿莫罗斯在七分钟后再进一球，最终把比分锁定在了四比二，法国队赢下了比赛。全国彻夜狂欢，街道上净是喇叭声和欢呼声。

"你怎么知道我们会赢的？"当我意犹未尽地关掉电视时，奥黛丽问道。

"我的直觉。"

她看着我问道："他还在吗？"

我开始卸下电视天线，"你指的谁？法布里斯吗？"

"是啊，你又和他说话了吗？"

我把电视和天线重新放回纸箱里，回答道："没有，很久都没有过了。"

"那你想他吗？"

"大概吧，我一直都害怕独处。"

"你再也不会跟法布里斯说话了吗？"

我坐回到床边，看着奥黛丽。她的脸上满是摔痕，颧骨还是乌青的，但在我看来她还是那么漂亮。

"是，"我说，"再也不会了。你刚才中场休息时说要告诉我的是什么事情来着？"

"没什么,已经过去了。"

"永远过去了?"

"也许下次世界杯的时候我还能想起来。"

我不禁笑了,"有没有人说过,你疯疯癫癫的?"

"那有没有人说过,你是个固执的小孩?"

我想了想,应该没有。但也就是我们这么一个疯癫又固执的组合,才能误打误撞地找到普什巴赫和那艘装满黄金的潜艇吧。

72

白驹过隙

那台老式的便携式电视一定还在阁楼的什么地方,反正我也没有再买新的。当我实在要看电视的时候,比如法国队在世界杯上被意大利队击败的那场决赛,我就去塔尔迪家看,他家房顶的天线能收到全世界的卫星信号。我也会关注雷米提到的伊拉克战争、双子塔倒塌这些世界大事,费迪南德和普钦在世的时候,我还跟他们交流了我对战争的厌恶和对那些受害者的担忧。哈马杜克小姐已经离世了,她把图书馆留给了我们,我接过了她的职责,开始给马蒂斯读小说。

在给马蒂斯读书的过程中,我经常把原文里我不喜欢的部分替换掉,编上自己喜欢的情节继续讲下去。马蒂斯发现后,建议我不如自己写点儿什么。我考虑了很久很久,然后找出当年在巴斯蒂亚住院时随手写下的这个故事，通读一遍后，就着手一边回忆，一边把它完善起来。当我给马蒂斯读了一遍完稿后，马蒂斯赞不绝口，鼓励我把稿子寄到出版社去，看看能不能有机会出版。我突然想到这个故事讲的是我们和这个小镇的秘密，便有了些许顾忌。马蒂斯听后露出了他一贯的人畜无害的笑容，说道："你只是写了个童话而已，既然他们不相信安托万写的童话，那么也不会相信你写的这个。"

我没买电脑，但哈马杜克小姐除了一屋子的书以外，还给我留下了一台老式打字机，美中不足是字母"Z"有一点点裂开了。我花了三个月的时间把我的书稿一字一句地敲出来，又去波尔戈的文具店里复印了两份。在去波尔戈的文具店的路上，陪我去的爸爸不断发着牢骚，来来回回就是我的书稿没什么希望之类的。我却只顾着观察四周的景色，波尔戈也发生了巨大的变化——变得更加现代化、更有活力了。

我想这就是科西嘉岛在不断发展的表现吧。

我们生活的多特雷梅尔却基本没什么变化。镇上多了一家冰激凌店和一家女士美发店，再就是格林考特在他的加油站旁开了一家高级洗车店——对镇上的居民免费。我们也没有什么变化，依然用心招呼着每一位来旅店住宿的旅客。现在接待的都是单纯的旅客了，而且很多都只是环游科西嘉岛时路过我们镇而已。客人们一进旅店总会说我们的镇子很好客、很真实，但当他们掏出手机，发现哪怕爬到悬崖最高处都搜不到信号时，他们就会义无反顾地前往下一个目的地了。也许还是要多投入一点儿注意力，才能发现我们小镇的美。

镇上平淡的生活里还是有一点儿小惊喜的。比如布兰迪太太，她嫁给了一个已经有四个孩子的男人。让年轻人搬到我们的小镇来定居还是有点儿困难的，他们可能没有那么单纯朴实或者深沉安静，只有三年前一位叫莫贝利的意大利画家搬到镇子上定居下来。我们都很喜欢他的作品，也经常买来挂到旅店里用作装饰。现在他在镇上的港口开了一家画廊，时不时会有路过的汽车停下来进去逛逛。埃泽希尔·福考特成了法律允许连任期内在任时间最长的镇长，他退休后买了一条小渔船自娱自乐，于是除了偶尔看到他那开了八万公里的老雪铁龙从身边晃悠过去以外，我们就几乎没怎么在镇上看到他了。塔尔迪一直是这个镇子的精神领袖。为了不引起怀疑，他会每三个月去一次外地的金店，巴斯蒂亚、马赛、利沃诺甚至卡利亚里等城市，他都去过，每次都会把一点儿黄金折现。在那之后的二十年里，他从未引起人们的怀疑。

塔尔迪去年去世了,他把房子留给了他的孩子们,而照顾他在镇上的好朋友们的任务则交给了我。我们为他举行了一场盛大的葬礼,他的棺材上盖着科西嘉岛的岛旗,整个镇上的人都在为他的离世哭泣。我本以为我可以待到葬礼结束,然而牧师坚持要进行完他那老一套的烦琐的致辞仪式,爸爸已经不厌其烦躲到了教堂外面,见状连忙给我解围,喊我出去陪他散散步。

　　这么多年过去,爸爸的性格也变得有些暴躁。他觉得世界上进化最快的不是人类,而是草坪,全球的草坪耗费了大量的人力与精力来打理它们,总有一天草坪会把人类消耗殆尽。妈妈则对他的说辞置若罔闻。

　　妈妈和我们的拿破仑旅店一起平静地变老了。我们在旅店里忙活着,接待着形形色色的旅客,有一脸茫然站在门口的小情侣,也有对未知生活充满期待的年轻人。在迎来送往的日子里,我学会了说一点儿德语、意大利语和英语。尽管米拉贝尔总嚷嚷着要我们适应时代,但我们既不想纳入在线预订系统,也不想看到可能不负责任的客户评论,所以我们并没有把旅店放到互联网上。顺便说一句,米拉贝尔自己则走在了时代最前端——她搬到了东京,负责一项小型前卫研究的神经回路设计。延斯卡去了阿姆斯特丹大学教语言学,至于她为何会去那里,这又是另一个漫长的故事了，如果我有时间和表达的欲望，也许几年后我会再把它写下来。

当年从悬崖上摔下来后，奥黛丽也开始有点儿瘸了，但她伤的是右腿。因此，如果你偶然来到镇上，你可以很容易地认出我们——一对四十岁出头的走路有点儿瘸的中年男女，一个往右瘸，一个往左瘸，身后总是跟着两个小女孩。我们通常会从镇上的防波堤走到沙丘，或者从沙丘走到镇上，这取决于我们散步的时间。我们散步时总会聊很多，但并不一定都能达成共识。有时我们俩会有一种奇怪的忧郁，当我们爬到悬崖的顶端坐下，把膝盖紧紧地抱在怀里，看着大海时，总有种怅然若失或者求而不得的感觉。

我们给我们的两个女儿读了《小王子》的故事，她们似乎很喜欢它。

我能想到的重要的事都说完了。

除了一件我仍在等待答案的事情——奥黛丽曾经说过，自1986年6月以来，法国队和比利时队再也没有在世界杯上相遇过。

我喜欢等待答案。

幸运的是，她也是。

奇想文库

为当下和未来建造一片奇思妙想的自由天地

"奇想文库"以"奇想"命名,承自"奇想国童书"这个品牌名,是奇想国专门为 6~12 岁中国儿童打造的经典儿童文学书系,其意义源自我们的出版理念:

奇思妙想,是人类最宝贵的精神财富之一;

奇思妙想,帮助我们大力拓展知识疆界,创新求变,为世界带来无限可能性;

奇思妙想,使我们永葆天真好奇的目光,更敏锐地感知世界,体会快乐和幸福。

奇想国童书希望通过自己的出版物,帮助孩子和大人终身拥有奇思妙想的能力。

丰富的、自由的、无边界的、充满创造力的想象,在科学领域之外的文学世界,特别是儿童文学领域,拥有另一个广阔的舞台。优秀的儿童文学作品以出色的遐想和精彩的故事,带领小读者上天入地、通贯古今,自由穿梭于幻想与现实的天地,去探索无限丰饶的人类精神和无限奇妙的世界万物。真正优秀的儿童文学作品,必将滋养出拥有充沛想象力、丰富感受力、善良同情心以及出色表达力的孩子,帮助他们成长为一个快乐的、有趣的、符合未来社会发展需求的人。

"奇想文库"以"想象"与"成长"为主线,以"名家经典"和"大奖作品"为选品标准,在世界范围内为中国孩子甄选优秀的"幻想小说"和"成长小说",让孩子通过持续的、多样化的阅读,为成长解惑答疑,为梦想插上翅膀,健康快乐地成长。

奇想文库系列，更多好书敬请期待……

Le volpi del deserto by Pierdomenico Baccalario
Copyright © 2018 Book on a Tree Limited
Italian edition published by Mondadori, Italy
This Simplified Chinese edition is published in arrangement through Niu Niu Culture.
This Simplified Chinese translation copyright © 2024 by Beijing Everafter Culture Development Co., Ltd.
All rights reserved.

图书在版编目（CIP）数据

小王子计划和消失的黄金宝藏 ／（意）帕尔多文尼高·巴卡拉里奥著；范琛译. －－西安：陕西人民教育出版社，2024.9.－－ISBN 978-7-5757-0207-2

Ⅰ．I546.84

中国国家版本馆CIP数据核字第20244ET190号

XIAO WANGZI JIHUA HE XIAOSHI DE HUANGJIN BAOZANG
小王子计划和消失的黄金宝藏
[意]帕尔多文尼高·巴卡拉里奥 著　范 琛 译

策　　划	奇想国童书
责任编辑	黄雅玲
特约编辑	李婉婷
装帧设计	李燕萍
出版发行	陕西人民教育出版社
地　　址	西安市丈八五路58号
经　　销	各地新华书店
印　　刷	天津中印联印务有限公司
开　　本	889mm×1194mm　1/32
印　　张	12.375
字　　数	189千字
版　　次	2024年9月第1版
印　　次	2024年9月第1次印刷
书　　号	ISBN 978-7-5757-0207-2
定　　价	48.00元

著作权合同登记号：陕版出图字 25-2024-201